大山廃寺《おおやまはいじ》（国史跡・小牧市）伝説の謎を解く
「天下三不如意　白河法皇の夢の跡」

尾崎　豊隆

目次

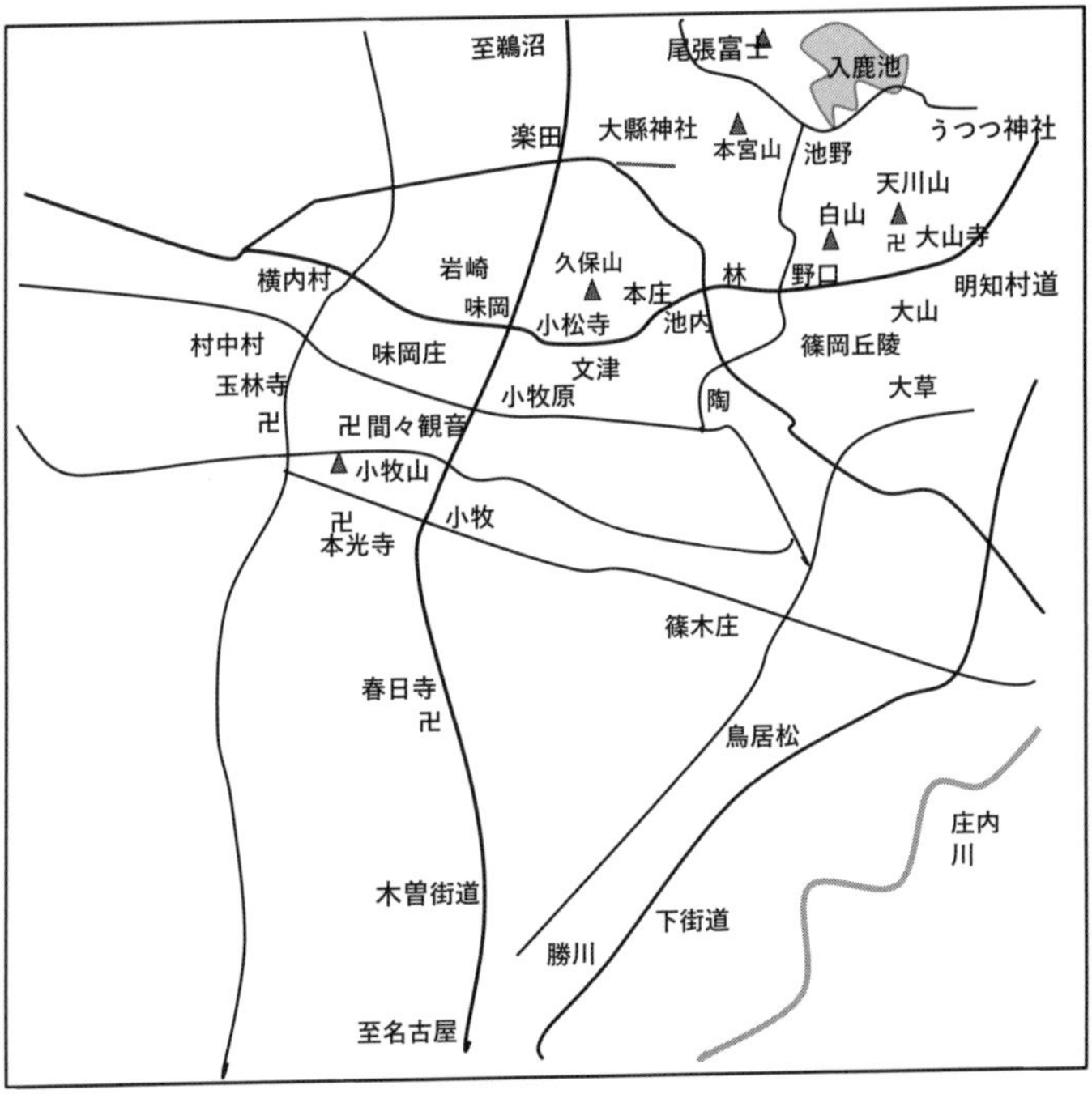

（尾張国春部郡　玉林寺・小牧山・大山寺絵図）

大山廃寺伝説の謎を解く
「天下三不如意　白河法皇の夢の跡」

第一章　幻の大山廃寺の謎

（一）臥雲と西行の仏像

雲一つない青空の下を、春の日の柔らかな風が流れている。その風に乗って多くのトンビが山の周りを飛んでいる。ここは尾張徳川家の狩場の一つの小牧山。平地にお椀をひっくり返したように、一つだけぽつりとある、小さな山である。

宝暦八年（一七五八）。尾張国春部郡味岡庄小牧村。小牧山の南の常普請に曹洞宗普照山本光寺があり、北に小牧山が塀越しに見える。その庫裏の外に梅の木がある。この時期葉を落とした裸木が多い中、苔むした梅の木が、春を告げる淡い色の花を咲かせ、ほのかな香りを楽しませている。

胡盧坊《ころぼう》臥雲《がうん》はそこで和尚をしながら、尾張国の北部（尾北）地域の神社をまわり、毎年歳旦帳を刊行している。また尾張本宮山にバケモノ（ヤマンバ）がいるのを、自分の足で確かめて記した「山姥《やまんば》物語実記」（彪物語《ばけものがたり》実記）の筆者で、その縁で近在ではちょっと名の知れた和尚である。

その他にも俳人として、風流を好み飛車窟と称する門下を持ち、この地方の俳諧の世界でも知られた人である。

さて臥雲は、平安時代末期から鎌倉時代初期にかけて、武士から仏門の世界に入り活躍した西行法師を師と仰いでいる。

数年前のある日、臥雲は近在の春日井原の曹洞宗春日寺で、西行の木彫りの仏像（※1西行法師木像流転録）の話を知った。そこで臥雲は無性にその木彫りの仏像に逢いたくなった。

その木彫りの仏像とは、西行が二度奥州の旅をしているうちの、一度目の旅の帰りのこと、伯父の恭栄和尚が、春日寺で住職をしているというので逢いに寄った。しかし、西行が春日寺に来た時には、すでに恭栄和尚は他界していた。

そこで西行は、寺の裏手の小川のほとりに、庵を造り、しばらく滞在し、葦原に吹く風の声を聞きながら、供養の為に木像を彫り春日寺に安置した。

それから六〇〇年以上歳月が流れ、その間西行法師作の木像は、持ち主が変わり尾張の国の各地を巡っていた。

その話を知った臥雲は、西行の木像を実際に自分の手元に置きたくなった。しかし、仏像は各地を巡り回っていたから、臥雲は取り寄せる為に、関係するところに働きかけてきた。

それから季節が変わり、そうこうしている内に臥雲の念願がかない、この年にようやく小牧村常普請の本光寺に西行の木像がやって来た。

臥雲は、その西行法師の木像を拝みながら、じっと見つめ、「この先本光寺の寺領に安置する西行堂を造りたい」と強く願った。しかし、その頃西行堂を建てることは、小牧山の麓にある小牧御殿（小牧代官所）が許可しなかった。

そうして自分の強い願望が叶わず、失望のあまり臥雲は体調を崩し、とうとう本光寺で独り寝込んでしまった。

そして独り身の臥雲は十分に養生出来ず、日に日に衰弱していくのであった。

臥雲は暮が近づき、毎年正月の歳旦帳を出すために歩き回っていたが、今年は、健康状態が悪くそれが出来ない。それで俳諧仲間から臥雲を心配する声が聞こえてきた。

それから静かに年が明け宝暦九年（一七五九）になり、俳諧仲間が集まり、飛車窟の門下で横内村に住む丹羽鯉圭《こいけい》は、病弱な臥雲が本光寺の住職を辞したので、身を案じ、小牧山近くの村中村の曹洞宗瑠璃光山玉林寺の庫裏に移して静養させることにした。そこは鯉圭と親戚関係であり住職とは馴染みであるために融通が利《き》いた。

その話を聞き、西行堂造りを一緒に働きかけてきた仲間たちが、心配して逢いに来た。特に俳諧仲間で飛車窟の門人たちが臥雲の身を案じていた。


四月、長閑な陽気のある日。名古屋の前津から、尾張藩士を隠居して気ままな生活を送っている横井也有《やゆう》が、下男《げなん》で俳人でもある石原文樵《ぶんしょう》を連れて、玉林寺に見舞いにきた。

横井也有は、尾張藩で大判頭から寺社奉行まで務めて、五十三歳で隠居の道に入り、石原文樵と二人だけで名古屋の前津の知雨亭で、悠々自適の生活を過ごしている。

彼は気ままに鶉衣《うずらころも》の出筆をし、後に前津から勝川を経て、内津への旅の記録もその中で書いている。

臥雲と也有は、俳諧仲間で随分前から度々会っているので、旧知の仲である。この年臥雲が五十二歳になり也有は五歳上の五十七際になる。二人は、年の差はあるが馬が合うというか、臥雲が特に也有を好いている。それは也有の人生の教えとして『優雅なる貧乏の教え』の話を聞いてから、臥雲は一目置いている。

也有は西行法師木像の捜査の件で小牧に何度も足を運んでいる。また臥雲も前津の知雨亭には何度も出入りしている。

その日也有は庫裏で臥雲の顔色を見て安心した。也有は、臥雲が体調を崩し、本光寺の住職を辞したと聞いて心配していた。

三人は座敷に入り腰を下ろすと、そこに四十路過ぎの艶やかな女人がお茶を持って入ってきた。

也有と文樵は美しい女人《にょにん》を見て、思いがけないことが起きて言葉が出ない。

「・・」

そこに場の雰囲気を察して下女が
「粗茶です、どうぞ」

二人の客人にお茶を勧めた。

「ありがとう。これは上等な粗茶だ」

也有が飲みながら嬉しそうに女人の顔を見ていった。

二人の仕草は、臥雲が療養している寺の庫裏に、綺麗な女人が出てきて驚いている。

也有の下男の石原文樵もお茶を啜り一息つき
「本当に美味しいお茶だ」

と女人に返した。

「わし（私）がここにお世話になったら。横内村の丹羽鯉圭《こいけい》さんが気を使い、下女を置いてくれたんじゃ」

臥雲も嬉しそうにその女人の顔を見ながら、ここに来た経緯を話した。

その間鶴望《つるみ》は席を立たずに主人の臥雲を見ている。

「それでは安心だ。それにこの女人を見たら気量も宜しいので早く元気になれそうだ」

也有は嬉しそうに、女人と臥雲を見ながら感じたことを述べた。

「この女性《ひと》は鶴望さん。ご主人に早死にされて子もなく可哀そう女性《ひと》なんじゃ。

それでも庄屋の江崎家の遠縁の方だから」

臥雲が鶴望の顔を見ながら、可哀そうな過去について也有に話した。

「庄屋さんの遠縁にあたるのか？」

也有は江崎家と聞いて驚いた。江崎家は入鹿池造成（寛永九年一六三六）の褒美に尾張藩主から帯刀を許された庄屋である。それを聞き改めて鶴望の顔を見た。

臥雲が、下女にさんをつけて呼ぶのは、それがあるからで、もし呼び捨てにしていることを、江崎家の人に聞かれたら申し訳が立たない。

「私はもう江崎家には顔を出していません。偶々《たまたま》鯉圭さんから親しくしてもらい、その縁で臥雲師匠の世話を頼まれたのです」

鶴望は恥ずかしそうな顔をしてここに来た縁を話した。

「わしは俳諧仲間の鯉圭さんを知っているが・・では貴女は鯉圭さんの好い人なのか？」

也有は少し下品な笑みを見せて、下心があるのではと勘繰って聞いた。

「好い人なんて、そんなんじゃありません。鯉圭さんは困っていた私を助けてくださったの」

鶴望は手ぶりをして、也有に変な勘繰りはしないでと、仕草で表した。

「いや変な詮索して申し訳ない」

也有は当てが外れたので素直に謝った。

「ありがとう。もう下がっていいよ」

臥雲のその言葉を聞いて、鶴望はその場から下がっていった。

この部屋は離れの庫裏の一室で、襖を開けると小牧山が見える。そこの桜の花が、終わり新緑が陽に照らされて光っている。その風情を楽しめる縁側で、お茶を飲みながら三人は時間を忘れて、旅の話を楽しんでいる。彼らは、湯飲み茶わんのお茶が無くなっているのも忘れて、話に夢中になっている。

「臥雲さんがバケモノ物語を書いていた頃の、元気な姿に早く戻って欲しいのう」

也有が残り少ないお茶を、チュチュと、音を立てて啜りながら呟いた。

それを聞いて臥雲は頭を掻きながら

「あの頃は若かったから、大縣神社に寄って本宮山に何度も登り

そこで昔から山を住処にしている山人族（山窩《サンカ》・山家人）が、この本宮山にもいるのを知ったんじゃ。その彼らのことを書いたのがバケモノ物語なのじゃ。

それから尾張三ツ山の本宮山、尾張富士、尾張白山にもよく登ったもんだ」

臥雲は遠い目で塀越しに見える小牧山を眺めた。昼前であるが、太陽が真上にあり、燦燦《さんさん》と陽を浴びて若葉が輝いている。

バケモノ物語は、古代から本宮山と尾張の山々を、住処にしている人達の話である。中でもヤマンバ社のある本宮山の山頂で、ヤマンバ（バケモノ）が出たことを書いている。

「では早く元気になってもう一度山に登ろうじゃないか。山頂からの景色は何ものにも代えがたい。それをお前さんが一番知っているだろう」

也有は、臥雲がこのまま老いていくには早すぎると思い、励ました。

「そうだね。山登りか。西行堂は、まだまだ諦めていないが、目途は立たぬ。だがしかし、止めても西行法師の木像の価値あるものは、かくも数奇な運命で多くの人、寺社を渡り歩いた。その西行堂が完成すれば、わしも少しは西行殿に貢献できるかのう」

臥雲が木像のある本光寺の方へ目をやって静かに話した。身体は弱り果てていたが、その眼差しは強く、臥雲の信念の強さ語っていた。

「それはよいことだ」也有も強くうなずく。

「西行法師の木像流転録が世に出れば、果てはお堂を作ることに許しが出るかもしれない」

「早くそうなって欲しいのう」

臥雲が也有を見ながら静かに応えた。

「ところで無粋な質問として、自らも承知でお聞きするが。臥雲さんがお堂を作るために西行法師木像の何を拘ってきたのじゃ？」

也有は、臥雲が木像に拘っている理由を、何時か聞こうと思っていた。

「わしは本光寺の寺領に西行堂という庵を建て木像を安置し、わしの俳諧の門流の飛車窟の、根拠地《こんきょち》にしたいという夢があるのじゃ」

臥雲は俳諧の飛車窟の庵を作り、西行の木像を安置すればという夢を語った。

「夢?」

也有が少し驚いて臥雲に聞き直す。

「そう。松尾芭蕉もこの地に訪れて、更科日記にこの地の句を読んでいる。

たしか春日寺の近くをへそ坂といったかな。その芭蕉が慕っていた西行法師もこの地に来ているから。

そして西行法師も小牧の詩を三句詠んでいるのじゃ。

・小せりつむ沢の氷のひまたえて　春めきそむるさくら井の里

・ひくま山ふもとに近き里の名を　いくしほかけてこきというらん

・あれわたる草野の庵にもる月を　袖にうつしてながめつるかな

この三句じゃ」(※1西行法師木像流転録)

臥雲は嬉しそうに小牧山を見上げて三句を詠み上げた。

也有はそれを頷《うなず》きながら聞いて
「その句については、私も臥雲さんから何度も聞いる」

白い歯を見せて笑いながら也有が返した。

「木像はその有名な西行法師が彫ったのじゃ。

だから私にとってはお宝なのだ。

それを皆で分かち合いたいし、後世に伝えたい」

臥雲が西行法師の仏像を想い、也有に聞かせるように夢を語った。

「そういうことなら分かったぞ。

ところで話は変わるが、尾張白山の隣に大山があるのを知っているか?

そこに平安時代に天台宗大山峰正福寺、またの名を地元民は大山寺という、大きなお寺があったのじゃ。

それが今では織田信長の延暦寺攻めによって廃寺になっている。

その大山寺について何か知っているかい?」

西行の話になると夢中になる臥雲を見て、也有が頃合いを見て話題を変えた。

「也有さん、大山廃寺のことかい？　それなら知っているぞ。天台宗の山門と寺門の確執で、平安後期に焼き討ちにあった、その寺のことかい？」

臥雲は大山廃寺のことと知り、何度かそこに行っているから、すぐさま返した。

「そうじゃ」

也有は以前から大山廃寺について興味を持っていた。そこでこの地の郷土史に詳しい臥雲に尋ねた。

「それなら以前江岩寺に寄って、和尚から話を聞いたことがあるんだが」

臥雲は話題が変わり、頭の中を切り替えながらいった。

「そうか。もう江岩寺の和尚に会って話をしたのか？」

也有はそれを聞いて嬉しそうな声を出した。

「そうなんだが、大山廃寺については、まだ分からないことばかりなのじゃ」

臥雲は残念そうな声を出して也有を見た。

「分からないことばかり？」

也有は少しがっかりしながら問いかけた。

「大山寺の最盛期（平安後期）は西の延暦寺、東の大山寺といわれたほど大きなお寺だったのじゃ。それが寺の生い立ちから、全盛期には三千坊いたというお寺になり。平安後期に天台宗の身内から焼き討ちに遭ったのだから。その訳が何故焼き討ちに遭ったのか、いろいろと分からないことばかりじゃ。もちろん襲った相手も分からない」

臥雲は自分の記憶を也有に話したが、大山廃寺は謎だらけである。

そこで彼は数年前に江岩寺に出かけたことを思い出しながらいった。

「ではそれらを調べているのかい？」

也有は、臥雲がすでに調べていたことを知り、期待を込めて問いかけた。

「調べるといってもこの身体だから。今は残念ながら中座している」

臥雲が焦る也有を抑えるように、両手を振りながらいった。

「そうか」

也有はその臥雲の姿を見て仕方ないと諦め始めた。

「でも白山の山頂からの眺めは素晴らしいぞ。

延暦寺のある比叡山からの眺めも素晴らしいと聞いている。

その山頂からの眺めでは、延暦寺も大山寺も共通点があるからお前さんは白山に登ったことは？」

それでも臥雲は、諦めるには早いぞという代わりに話し出した。

「私はまだないけど
それで、山頂からの眺めが素晴らしいのか？」

也有はまだ大山寺にも行っていないから、その山にも登っていない。

「白山からの眺望は、篠岡丘陵の所々から白い煙が上っているのがよく見え、それは焼き物を焼いているのだろう。のどかな風景じゃ。

それに雲がなければ名古屋城や熱田の森を超え遠く海まで見られるぞ。

広く遮るものがない景色だ」

臥雲が嬉しそうな声を出して、目を細めて尾張平野の景色の情景を細かく話した。

「そうか。私も一度見て見たいのう」

也有が嬉しそうに話す臥雲を見ながら、眺望を見たいといった。

「それから尾張富士に登るとこの山からの景色も素晴らしい。

もう百年前にできた人工の入鹿池が、水を湛えているのが見えるから」

臥雲は鶴望の親戚の江崎家のことを思い出しながら、誇らしげに也有に聞かせた。

「入鹿池が見えるのか？」

也有は驚きの表情で聞き入った。

「そう。大きな灌漑用のため池じゃ」

臥雲が情景を思いながら
「入鹿池が出来る前は、大雨が降るたびに水害が起きていたけれど、池が出来てからは水害もなくなったそうじゃ。

それに近在の田畑が増えて出来高が上がり、造成に協力した六人衆に帯刀が許されたのじゃ。その中の一人が鶴望さんの遠縁の江崎家じゃ」

臥雲が以前どこかで聞いた話を思い出しながら話すと
「私も一度見たいなあ」

也有は目の前の小牧山を見ながら、見たいと呟《つぶや》いた。

そしてその情景を想像して
「本当に絵になる景色だ」

臥雲は也有に向かってさらりと流した。

二人は尾張三ツ山（本宮山・富士山・白山）からの眺望の話を嬉しそうに語り合った。それぞれの山は、標高は三百メートルに満たない山であり、登りやすい山である。それぞれの山の山頂には、ふもとの神社の奥の宮が祀られている。

その後也有は挿絵《さしえ》の話を始めた。

「私の俳諧仲間に内藤東甫という絵師がいるから今度面合わせをしよう。

彼に西行法師木像流転録に挿し絵を書いてもらえばいい」

也有は臥雲に挿し絵の話を持ち出した。

「挿し絵？　考えてもいなかった」

臥雲は少し驚きの表情を見せた。

「面白い絵を書くから一度会おうぞ」

也有は絵師の東甫を臥雲に会わせたいと思った。

そして続けて
「私も今鶉衣《うずらころも》という題名で気ままな文を書いているから。その文に挿し絵を入れたら読む人の心がより和むと思う」

也有は本の中に挿し絵を入れるのを楽しみにしている。

「そうだね。世の中に出回っている本は、文字だけで構成されている。それが当たり前になっているからなあ。

そこに挿し絵という、簡単な息抜きの絵があれば、読み手の気持ちが和み楽になる。

也有さんは新しい感覚の持ち主だね。それは素晴らしいと思う。

察するにその本は好い本になりそうだ」

臥雲は挿し絵のことを思いながら静かにいった。

「文字だけの本では読み手の心が固くなっている。

そこに一輪の花が咲いていたら心が和み

文字だけの表紙から、絵が入ればきっと、皆さん喜んでくれます」

「そうだね」

それからしばらくして、二人の挿し絵の談議は終わった。

その話があって、也有は次に小牧に来る時に、絵師の内藤東甫を連れ、臥雲に合わせようと思った。

臥雲は二人を見送りして庫裏に戻り、也有が大山廃寺に興味を持っているのに、改めて驚いた。臥雲は伏せてから大山廃寺のことを忘れていた。それが以前調べていた経緯があり再び思い出してきた。それについて、歳旦帳を書いていた頃は、地元の郷土史を調べるために必要だった。その一端で大山廃寺を知り調べていたことがあった。

数日後、臥雲は平安後期の大山寺の全盛期の頃の夢を見た。大山寺が正福寺と名前を変えて、比叡山延暦寺と肩を並べるほど大きな寺になった。尾張白山から天川山に続く大山本堂ヶ峰のあちこちに堂宇《どうう》が見える。山裾には里人が集まり、大山村がにぎわっている。

その大きな寺が、天台宗の宗派内の争いで、焼き討ちにあい、寺は消滅した。それで和尚と二人の稚児が犠牲になった。

臥雲は夢から覚めて、その悲しい寺の歴史を思い出した。そこで臥雲は、大山寺を調べたのだが、あの頃の記録が、何も残っていないのである。だから当時は、そこで中座した記憶が蘇ってきた。そして也有が、その大山廃寺に興味を持っていたのを知り、臥雲の眠っていた郷土史愛に火が付いた。

(二) 石上げ祭り・江岩寺・大山廃寺

見たか聞いたかヨー　石上げ祭

「ヨオー　お山を」高くする　ナアヨー
尾張名だいのヨー　石上げ祭
「ヨオー　どんどと」石が上る　ナアヨー
尾張お冨士へヨー　この石上げりゃ
「ヨオー　病に」かかりゃせぬ　ナアヨー
石上げ祭はヨー　天下の奇祭
「ヨオー　揃うて」石を上げる　ナアヨー
今年も上げるヨー　石上げ祭
「ヨオー　お冨士へ」ひと詣り　ナアヨー
めでた、めでたがヨー　三つ重なりて
「ヨオー　御門に」巣をかけた　ナアヨー

宝暦九年（一七五九）六月一日、尾張国丹羽郡羽黒村富士山。俳諧流派の飛車窟を主宰してきた臥雲の体調が、最近好くなってきた。そこで弟子の横内村の丹羽鯉圭が、快晴に恵まれたこの日、近在の尾張富士の大宮浅間神社の石上げ祭りに誘った。

臥雲は玉林寺で静養して、下女の鶴望の優しさに触れて、次第に顔色が好くなった。

臥雲は鶴望を美しい女だと思い、恋心が芽生えてきた。すると男は勝手である。昔の元気な頃の身体《からだ》に戻って来た。

鯉圭はそんな臥雲を見て、外の景色を見せようと、庫裏から連れ出した。

その日二人は村中村の玉林寺から上街道（木曾街道）へ出て、味岡村を過ぎ、楽田から大宮浅間神社に向かった。そして神社に入ると、すでに多くの祭りの参加者が集まっていた。広場の足元には、山頂に運ぶ沢山の石と岩が、すでに山のように用意してあった。

臥雲と鯉圭は本殿に参拝してから、法被姿の地元の人たちの後について、尾張富士の山頂を目指して登っていく。

「臥雲さんは、尾張富士に何度も登ったと聞いているが、石上げ祭は初めてなら、今日は楽しくなりそうだ」

鯉圭は、足元が滑らないように、気を配りながら、臥雲に話しかけると
「名前は聞いていたが、詳しくは知らないのじゃ」

臥雲も話しながら、赤土の斜面で滑らないように、気配りしながら登っていく。

「ではお祭りの起源について少しお話ししょう。

聞こえてくる地元の人たちが、唄っている囃子《はやし》は、年に一度行なわれる尾張冨士大宮浅間神社の、石上げ祭りの石上げの唄だよ。

法被姿の男衆が籠に石を積んで、この歌を歌いながら山を登っていく。

この祭りの由来はその昔、この地に向かい合う二つの山がありそこで二つの山は、山の高さを競う背比べをしたのじゃ。

その一つ尾張冨士（二七五）のお山が、隣の尾張本宮山（二九三）との「背くらべ」に負けたのよ（標高差十八）。

そこで尾張冨士のご祭神は、村人に石を山頂に担ぎ上げ、山を高くすることを命じたのじゃ。そして石を積み上げた村人には願いを叶え、幸せになるよう神徳を与えた。

これにちなんで老若男女が、家族や友達で大小さまざまな石を、山頂に担ぎ上げるのが『石上げ祭』なのじゃ。分かったかい」

鯉圭が臥雲に石上げ祭りの由来を説明した。その二人を地元の若者が石を担いで追い越していく。

「そうか。本宮山との背比べに負けたのが悔しくって、地元の人たちが石を山頂に上げて、山の高さを高くするための行事なのか？」

臥雲が祭りの意味を知って、面白いと思い鯉圭に声を掛けた。

「そう」

鯉圭は頷《うなず》きながら上を見て
「臥雲さん、見えてきたのが中宮だよ。そこで少し休もう」

中宮の手前は急坂になっているが、そこを越せば中宮で、すでに大勢の人が屯《たむろ》している。

鯉圭がそこを指さしながら、あと少し頑張ろうと声を掛けた。

「皆さん滑らずに、転ばずに、上手く登っていくなあ」

臥雲は立ち止まって、深呼吸をして、足元の赤土を見ていう。

「地元の人たちは何度も山に登っているから、危ない個所を知っている」

鯉圭も何度もこの山に登っているから分かっている。

「そうか。滑って担いでいる石を落としたら、後ろの人が怪我をするから。

それで注意しているんだな」

臥雲も足元を気にしながら登っていく。

それからしばらくして二人は中宮に上がり、手拭《てぬぐ》いで流れる汗を拭いた。

そこで景色を見ながらしばらく休憩を取った。

休んでいる間に臥雲は、自分の身体の状態が思った以上に良いことを感じた。そこで尾張富士に上ったら、帰りに遠回りになるが江岩寺に寄って、寺の縁起があるか、あれば見たいと思った。でもそのことをまだ鯉圭に伝えるのをためらっていた。

「ここから先は、道が険しくなるから、用心して参ろう」

鯉圭が臥雲に怪我をしないように気を遣っていう。

「では山頂が近いのかな。これなら体調を崩して、山登りを心配していたが、取り越し苦労で済みそうだ」

臥雲はこの先の木々の隙間から、険しくなる道を見ていう。

「それを聞いて安心したよ」

そこで二人は山頂の奥宮を目指して登り始めた。

それから半時もせずに奥宮に着いた。

「ああ、久しぶりにいい汗をかいた」

臥雲が、里人が積んだ石の山を見ながら呟いた。

「向かいの山が本宮山だ」

鯉圭が、積まれた石の山の向こうに見える本宮山を指さしていう。

「あれが本宮山か。確かにここよりも少し高いように見えるなあ」

臥雲は尾張富士の奥宮に立ち、本宮山と尾張富士の背比べでは、確かに本宮山が高いことが分かった。

「ここに積まれた岩がもっと高くなると好いのだが」

鯉圭は積まれた石の山が低いことを嘆く。

そして入鹿池を見に行こうと臥雲の肩を叩く
「臥雲さん社の向こうに回れば入鹿池が見えますぞ」

誘い言葉を言って、鯉圭は臥雲の前に出て、社の裏手に先に行く。

「そうか、では見に行こう」

二人は奥宮の中庭から社の裏手に回り、八層山の方向を見下ろす。

「これは・・

大きな溜め池というより湖のように大きいな」

臥雲は少し驚きの声を出した。

「これが人工の池じゃ。水が少なくなると湖底から家が出てくるから」

鯉圭が広い湖面を見下しながらいった。

「そうか。でもこれで水害が減ったのだから好かったな」

臥雲も湖面に沈んだ村を思った。

「この池が出来る前は、大雨になると、入鹿川が決壊して、近在に被害が、何度も出ていたから。そんな暗い歴史があるから、このように輝いている湖面が眩しい」

鯉圭は入鹿川の氾濫で、幾度となく被害に遭ったことを聞いていた。だから湖面の輝きが眩しく見えた。

「そういうことか」

「この入鹿池を作った入鹿六人衆がおった。後に禄が増えた褒美として尾張徳川家から苗字帯刀を許さたのじゃ。

その中の一人に小牧村の江崎善左衛門さんがいたんじゃ」

鯉圭が江崎家のことを臥雲に話して聞かせた。

「善左衛門さんか、鶴望《つるみ》さんが言っていた遠縁の方じゃな」

臥雲が笑いながら鯉圭にいった。

「そう」

鯉圭は下女の鶴望の名前を出し、親戚といった江崎家のことを少し話した。

でも鶴望は法事などに顔を出さなくなったと言っていた。

もう江崎家とは疎遠になっているから。

「江崎さんの話は前津でも聞いているぞ」

臥雲が、入鹿六人衆の話は尾張藩でも有名な話だからと、也有から聞いたと鯉圭に教える。

そして更に話し始めた。

「これだけ大きな池を作ったのだから、苦労も多かっただろうに」

臥雲は入鹿池の大きさを見て、もめ事や事故も多かっただろうと思った。

「ここに住んでいた人たちを、入鹿新田という村を作り、移住させるなど、苦労が多かったと聞いている」

鯉圭が移住させられた人のことを思いながら話した。

それから二人は臥雲が先に立ち、石を持って登ってきた道の、反対側にある急斜面の道を下《お》りていく。そこで臥雲は寄り道を提案する。

「鯉圭さん、帰り道が遠回りになるが、これから江岩寺に寄って行くから」

「それはいいが体調は大丈夫なのか?」

「ああ大丈夫。ここまで来たのだからついでに寄りたくなったのじゃ」

「そうか、臥雲さんの体調が良いのなら、わしはいいよ」

この先の入鹿池に至る道は、けもの道のような道なきところを下りていく。そこから少しいくと集落が見え、湖畔の喜六屋敷と呼ばれる処だ。そして池野集落に出て、街道を南に進み向田を通り、倉曽洞の峠を登っていく。

二人は声も出さずに手拭いで、汗を拭きながら黙って峠の坂を登ってく。その峠に上ると、目の前に篠岡丘陵が横たわっている。

「おおー峠を登ったぞ」

臥雲が振り向きながら声を出した。

「ああ疲れた。でも絶景だね。あれは篠岡丘陵か？」

鯉圭が峠を下った正面の丘を見て聞いた。

「そう。ここからは野口村まで坂道を一気に下《くだ》るから」

臥雲は峠を登って来て汗を一杯掻《か》いて、その汗を手拭いで何度も拭く。

「では一息ついてから下《お》りよう」

鯉圭が休憩したいと申し出る。

そこで二人は休憩して、手拭いを絞り、竹筒から残り少ない水を飲んだ。

それからしばらくして、二人は坂道を下って行った。

臥雲はこの道を何度も通っているが、鯉圭は初めての道である。倉曽洞の峠から一気に下って、大山川が見えてきた。ここにある集落が野口村だ。その向こうにこんもり盛り上がった篠岡丘陵が、壁のように横たわっている。

その壁が大山川と村道と並んで続いている。その村道は、小牧から味岡村を経て明知村に向かう明知村道で、野口で東に折れて、しばらく行くと大山村の集落になる。そこで村道沿いの、大門と呼ばれている大鳥居を見つけて、隣に流れている児川《ちご》沿いに、北側に向きを変えた。その児川の上流は天川山である。二人が、大山の集落に入った目印はその大鳥居である。

その傍を流れる児川の上流を目指すと直ぐに江岩寺があった。

二人はその前まで来て止まった。

「今日は黙って来たけど、和尚がいればいいのだが」

臥雲が江岩寺の岩彩和尚を思い、不安な気持ちを声に出した。

「そうだね、まずは中に入ろうか」

鯉圭は不安そうな臥雲を見て、先に寺に入って行く。

そこに庭掃除をしていた岩彩和尚が先に二人を見つけて

「やあ臥雲さんではないか。久しぶりだね、今日はどうしたのじゃ」

和尚から臥雲を見つけて嬉しそうに声を掛けた。

「和尚も元気そうで嬉しい。今日は和尚に話があって会いに来たのじゃ。こちらは連れの鯉圭さんだ」

「わしは横内村の丹羽鯉圭と申します。お初にお目にかかります」

「ご丁寧にどうも。久しぶりにこんな山奥までよう来なさった。懐かしいのう。まずはお茶を出すから中にどうぞ」

それから三人は庫裏に入って行く
二人が囲炉裏の席に案内され、住職が自らお茶を出しながら
「ところで臥雲さん、私に話があるとは何じゃい」

臥雲よりも年寄りの和尚が臥雲に話しかけた。

「来て直ぐで申し訳ないが、江岩寺には大山寺縁起書（社寺などの由来、伝説。またはそれを記した文書、縁起と同意）か、江岩寺の縁起書が見たいのだが」

すぐさま臥雲は、出されたお茶に手を出さずに聞いた。

「江岩寺縁起のことか？」

「そうじゃ。でも本当に知りたいのは大山寺縁起書だが」

臥雲はそれが見たいからここに来たことを話した。

「縁起か・・

臥雲さん、私が先代から聞いているのは、大山寺縁起として、寛文八年（一六六八）に書かれたのがあるはずじゃが・・」

岩彩は思い出そうと、煤《すす》だらけの天井を見上げていう。

それを見て臥雲は急かすように
「ではおおよそ百年前に書かれた物があるのか？」

「・・・」

和尚は黙って考えている。それからしばらくして
「臥雲さん、大山寺縁起を何に使うのだ」

鯉圭が和尚の顔を見て、間を繋《つな》ぎたい気持ちで聞いた。

「鯉圭さん、幻の大山廃寺の謎を知る、きっかけを探しているのじゃ」

臥雲は鯉圭に縁起書を見たい訳を聞かせた。

「幻？」

鯉圭は幻と言われて少し驚きの表情をする。

「平安後期に西の延暦寺、東の大山寺といわれたほどの、大きなお寺が焼き討ちにあったのじゃ。その大山寺は、分からないことが多すぎるから」

臥雲は巷の噂で聞いていたことを話した。

「それで幻の大山寺と呼ばれているのか？」

鯉圭は、分からないことが、幻と呼ばれている訳を知る。今まで大山寺の細かなことまで知らないできた。そこで今初めて、幻とか謎といわれていることを知った。

今日は臥雲を尾張富士の石あげ祭に誘ったが、その先については臥雲任せ、訳も聞かずにここまで一緒に付いいて来た。

「巷の人はそう呼んでいるのじゃ」

臥雲が諭すように鯉圭にいった。

「では臥雲さんは、それを調べようとしているのか？」

「そうだ。それで大山寺の出来た由来から調べるのじゃ。だから大山寺縁起があれば嬉しい。和尚、その縁起を見せてもらえないか」

臥雲が今日来た訳を一息に和尚に伝えると
「臥雲さん、それで大山寺縁起をどうしたいのじゃ」

そこで和尚が臥雲の顔を覗き込みながら返した。

「わしはずいぶん前に本宮山のバケモノ物語を書いてきた。

そのために大縣神社や本宮山に何度も足を運んだから。

そこで大縣神社の縣大宮司から、奈良時代に大山寺を創建したという話を聞いたのじゃ。

それは七世紀頃の話じゃよ。この地が尾張というのは、尾張氏《おわりうじ》が大和から、こちらに移り住んできて、しばらくした頃のこと。その尾張氏と連《むらじ》がここに大山寺を創建したそうじゃ。

当時大和朝廷との繋がりがあった尾張氏が、朝廷の建屋が藁拭き屋根があるのに、この大山の田舎に瓦作りの寺を建てたのじゃ。

そんなすごいことが出来るのは、ここらでは尾張氏とその連しかいないと思う。

その話を縣大宮司から聞いたけど、証となる書き物が残っていないのじゃ」

臥雲は、バケモノ物語を書くために、大縣神社の宮司から聞いた話を、二人に聞かせた。

「そんな昔のこと。まだ文字が無かった頃ではないのか?」

鯉圭は今の時代でも、田舎に行けば文字の書けない人が多くいるのに、千年も昔の時代を考えて、文字のことを聞いた。

「いや都では文字はあったのが、この田舎ではまだ文字が伝わっていないだろう。だからあるのが可笑しいかもしれんな」

岩彩和尚も文字のない頃だと意見を述べた。

「和尚も博学だね」

臥雲が少し褒《ほ》めことばのつもりで和尚の顔を見ていった。

「この国を倭の国といっていたのが、七世紀に日本という呼び名に変わったのじゃ」

岩彩和尚は更に昔のことを二人に話した。

「話が飛んでいるけど、臥雲さんはこれからも大山廃寺を調べるのか？」

鯉圭が臥雲を見て改めて聞く。

「そうじゃ」

臥雲は鯉圭の顔を見て力強く言い返した。

「それでここに寄ったとのか」

「鯉圭さん分ったかね」

「気が付くのが遅くってすまん」

鯉圭は笑って頭を掻きながら素直に臥雲に謝った。

「わしが聞いているのは、大山寺は平安後期と、織田信長の時代の二回、焼き討ちに遭っているのじゃ。その後江岩寺に法灯が移ったそうだね。

しかし、平安後期の焼き討ちは、天台宗の山門派か寺門派の確執から、どちらが焼き討ちしたかは不明なのじゃ」

臥雲が大山寺の終わりについて、知っていることをいった。

「それは本当に不明なのか?」

鯉圭が驚きの声を出して、二回のうちの最初の焼き討ちについて聞く。

「そうじゃ。天台宗の中で山門派の延暦寺の僧兵か、寺門派の園城寺《おんじょうじ》(三井寺)の僧兵かは、不明のままだ」

岩彩和尚が二人を見ながら答えた。

「そうか、不明のままか」

臥雲が弱腰の声で残念そうにつぶやいた。

「和尚、山門であれ寺門であれ、同じ天台宗なのでしょう。それでどちらが焼き討ちしたかが問題なのか?

わしには分からないなあ」

鯉圭が、同じ天台宗の中のことを知らずに和尚に尋ねた。

「鯉圭さんのいう事も分かるけど・・

つまり天台宗の中の問題だから、拘らなくっていいというのだね」

岩彩が細かいことを気にせずにいう鯉圭の言葉を確認した。

「鯉圭さん、それでは大雑把すぎて面白くないから。

延暦寺も園城寺もどちらも大きなお寺だからね。

それが身内の末寺を焼き討ちしたのと、そうでないのでは、天台宗の問題だけではなく、仏教の在り方の問題に、発展する可能性があるから・・」

臥雲が鯉圭にもっと深く考えなさいと諭した。

「臥雲さんの仰《おっしゃ》る通り。でも残念ながら今日は、その縁起を見せる訳にはいかない」

岩彩和尚が二人を鋭く見つめて見せられないと告げた。

「え、何故?」

臥雲がそれを聞いて嘆《なげ》いた。

「急に言われても物置の中を探さねばならないからだ。どこにあるのか・・

私は先代の住職から引き継いだ時に一度見ただけなのじゃ」

岩彩和尚は今では縁起の在りかを忘れている。

「そうか」

和尚の答えを聞いて臥雲は残念そうに沈み込んだ。

「暇を見て探すから今日の所は我慢してくれ」

和尚は臥雲の落ち込んだ姿を見て時間をくれという。

「では後日また来るから、お願いじゃ」

臥雲はそこから諦めずに一カ月後にまた来るからと和尚に頼んだ。

「ところで和尚、大山寺は山門派なのか？」

鯉圭が和尚の顔を見て聞く。

「そうじゃ。山門派の延暦寺の末寺だ」

和尚は、大山寺が天台宗の延暦寺の末寺だったと教える。

「ところで私は、天台宗のことをよく知らないので教えてほしい。

山門と寺門の確執と先ほどいったけど、両派は何が違うのか？」

鯉圭は素直に知らないことを詫びて教えを請うた。

「天台宗を起こした最澄については省くから。

ただ天台宗の比叡山延暦寺を起こした人だ。

天台宗は法華経の教えを中心に、禅・戒・密教など様々な教えの、仏教思想を持つ仏教宗派なのじゃ」

岩彩和尚は簡単に鯉圭に教えた。

「最澄が、天台宗を起こした話は聞いたことがある」

鯉圭は最澄の話は聞いたことがあるから、その先の話は初めて聞いた。

それから和尚は更に続けて
「この寺は臨済宗の寺だが、ここで大事なことは天台宗の宗派についてだ。その教義について簡単に話すから聞いてくれ。
・まず密教の教えについて大雑把に言うと。
真理そのものの現れであるとされる大日如来が説いた、秘密の教えだ。
・次に法華経の教えについて。
仏教経典の一つ法華経はお釈迦様が出家された後、菩提樹の下で多くの弟子たちの前で説かれた教えのことで、人は誰でも平等に成仏できると説かれているのじゃ。

この二つの教えが長い間の両者の仲たがいの、原因になっていると思うんじゃ」

岩彩は素人に分かり易く天台宗の教えを伝えた。

「密教の教えと法華経の教えが重要なのか？」

鯉圭も天台宗のことが、少し分かって来たので更に聞いた。

「そうじゃ」

岩彩和尚はそう言って、更に話を続けた。

「最澄の没後、第三代天台宗座主円仁は、密教の教えと法華経の教えを、同じ重きとして指導したのじゃ。この円仁は延暦寺出身で山門派だ。

そして第五代天台宗座主円珍は、密教の教えは法華経の教えよりも、重いとして指導したのじゃ。この円珍は園城寺出身で寺門派だよ。

この密教に対する考え方の違いから、天台宗の内部で対立が生じたのじゃ。

法華経は天台宗開祖である最澄が、最も重要だと考えた経典だよ。その最重要経典のあり方が問われる訳だから、これらは天台宗の根幹にも関わる大きな問題なのじゃ。

鯉圭さん、お分かりか？」

岩彩和尚は鯉圭の顔を見ながら分かり易く話した。

そこから鯉圭は、自分が理解するために更に聞く。

「密教と法華経の教えが同じか、密教の教えを重要視したのか。その教えの違いが、重要なことなのか？」

「そうじゃ。山門派は同じとし、寺門派は密教に重きを置いたのじゃ」

彩和尚が手短に教える。

「その違いだけで両派は長い時代喧嘩をしてきたのか？

私にはたいしたことではないと思うけど」

「それが、素人の考えと僧侶の考えの違いだ」

「そうなのか、すまん」

その後もしばらく三人は話を続けた。

そして鯉圭は、明るいうちに帰りたい気持ちから、時が気になりだした。

そこで外を見たら日が傾きだした。日が沈む前には帰り道を急がねばならない。

臥雲は鯉圭の様子から察して、また訪ねてくるからといって岩彩和尚に別れを告げた。

（三）大山寺縁起

六月初めに臥雲と鯉圭は、石上げ祭りの日に江岩寺に行ってから、あっという間に一カ月が過ぎ七月になった。

今日は、臥雲と鯉圭が再び江岩寺を訪れ、縁起を見せてもらう日である。

鯉圭はその日の朝早く畑に出て、ネギや瓜など夏野菜を採ってきた。

それを江岩寺に持参するのだ。彼は葦《あし》と蔦《つた》で編んだ篭《かご》に野菜を詰めて、背中に背負って玉林寺の庫裏に向かう。

臥雲は大山寺縁起を見るのを楽しみにしている。男は楽しみが出来ると、身体が軽くなってくる。その臥雲の健康状態を気にしている下女の鶴望は、いつもより浮き浮きしている主人を見て嬉しくなってきた。

そこで朝餉の後に臥雲に声を掛ける

「臥雲さん江岩寺に行くのがそんなに楽しいの？」

臥雲は鶴望に聞かれてどうしてだろうかと考えた。そこで

「鶴望、静養も大事だけど、何か楽しみが出来ると不思議と体が動くのだよ」

臥雲は素直な気持ちを鶴望に伝えた。

「そうなの、では江岩寺は臥雲さんにとって良薬なのね」

それを真に受けて鶴望が応えた。

「良薬か、そうかもしれないね。西行法師木像流転録も目途が立ったから、次に取り掛かるものを探していたのじゃ。

それが幻の大山廃寺の謎にたどりついたから。

そのきっ掛けとなる大山寺縁起（書）を今日見られるから。それが嬉しいのじゃ」

臥雲は、大山寺縁起が今日見られると思い、浮き浮きしている。

「そのことは鯉圭さんからも聞きました。

それで大山寺縁起は何が書かれているの?」

鶴望にとって縁起とは何かも分からない。それで素直に聞いた。

「それは縁起だから、お寺の生い立ちが書かれているだろう。

でも気になるのは、織田信長によって延暦寺の焼き討ちがあり。その一連の焼き討ちの被害に遭って寺を閉じ、大山の裾野に新たに法灯を継ぐ江岩寺を建てたのじゃ。

それから約百年後に大山寺縁起が書かれている。今から凡そ百年前に書かれたのじゃ」

臥雲が縁起のことを鶴望に話して聞かせる。

「寺が亡くなってから縁起が書かれているの。何か変だわ」

鶴望は聞いていて疑問に思ったことを素直に聞く。

「そう。だから何が書かれているか、早く内容を見たいのじゃ」

臥雲は、鶴望が疑問に思ったことを分かって、それだから早く縁起を見たいといった。

「うふふ・・今日の臥雲さんは目が輝いていて素敵だわ」

鶴望は、主人が浮き浮きしている様を見て素直にいった。

「そうか。鶴望さんに言われると照れるな」

臥雲は人に言われて初めて分かったような仕草をする。

「殿方が、熱く語れるものがあると羨ましいわ」

今日の鶴望は熱いものを持った殿方が、羨《うらや》ましく思えた。

「そういう鶴望さんが今日は艶っぽく見えるぞ」

臥雲は、いつもよりも今日は鶴望を色っぽく感じた。

「まあ、朝から何を言うの」

鶴望も下心を感じて避けるようにいった。

「私ももう十年若かったら貴女を喜ばしてあげるのに。

この年になったら色艶のことは縁がなくなって・・」

臥雲はこの時の気持ちと裏腹に、老いた体を感じて哀しい気持ちが過《よぎ》った。

「今日の臥雲さんは可笑《おか》しいわ」

それを感じて鶴望が鎮めようとした。

「では離れてないでもっと近くにおいで・・」

臥雲は我慢せずに感情をあらわにいった。

「駄目です。そろそろ鯉圭さんが迎えに来るのでしょう」

鶴望も少し期待したのかもしれない。でも鯉圭が来る頃である。

「そうだね。戯言《ざれごと》を言っている時ではないな。

では帰ったらお風呂か行水を浴びるから、その折に鶴望さんに背中を流してもらおう」

臥雲はまだ高ぶった感情を抑えきれずに、そのため楽しみを夜に持ち越した。

「まあ、朝から何を考えているの」

鶴望は少し頬を赤くして、久しぶりに殿方との色仕掛けを楽しんだ。

臥雲はその鶴望の表情の変化を見て見ぬふりをした。

「わしは貴女《あなた》だけだよ」

そこで臥雲は今迄口にしたことのない言葉を伝えた。

「今日の臥雲さんは朝から面白い人ね」

鶴望は自分が下女であることを悟ったのである。だから主人の我が儘を一蹴することはしない。むしろ相手になって自分も楽しんでいる。

それから臥雲は出かける準備にかかった。

しばらくして鯉圭が庫裏にやってきた。

「おはよう。臥雲さん準備できているかい？」

鯉圭が威勢の良い挨拶をして、勝手知ったる庫裏に入ってきた。

「鯉圭さん、おはよう。用意は出来ているから出かけよう」

臥雲も直ぐに相槌をうって草履を履き始めた。

「今日も暑くなりそうじゃ。それから江岩寺に野菜の手土産を持ってきましたぞ」

臥雲の出かける仕度をしている姿を鯉圭が見て、お土産のことを告げた。

「そこまでしてくれたのか、ありがとう」

臥雲はそれで忘れ物はないか振り返って確かめた。

「ミーン、ミンミン・・」

外から蝉の合唱が聞こえてくる。

そして二人は玉林寺の庫裏の玄関先で、鶴望に見送られて江岩寺に向かった。朝早いといえ夏の盛りであり、今日もすでに暑くなることを蝉が教えている。

玉林寺のある村中村から田圃と畑に、あちこちに芦原がある中を、足早に進み。味岡村で明知村に向かう村道に出て東に進む。

更に小松寺から本庄、池内の集落を通り野口の集落を過ぎればもう大山である。児《ちご》神社の大鳥居を潜れば、もう江岩寺だ。出発して二時間半程して二人は江岩寺に着いた。

二人は江岩寺に入り、和尚の案内で庫裏に向かった。そこで鯉圭が背負い篭からお土産の野菜を岩彩和尚に渡す。それから座敷に上がって直ぐに和尚が、風呂敷に包まれているものを二人の前に置いた。

「あれから納屋を探して縁起をみつけたよ。

これが臥雲さんのお望みの百年前に書かれた大山寺縁起と江岩寺縁起じゃ」

お茶よりも先に岩彩和尚が臥雲の楽しみにしていた書き物を出した。

臥雲は一瞬目を輝かせて縁起を手に持って

「ほぉこれか。どれどれ早速見させてもらうぞ」

風呂敷を開きながら嬉しそうな表情をして、臥雲は黙って縁起を読み始める。

その様子をしばらく鯉圭と和尚は黙って臥雲を見ていた。

そこで岩彩和尚が鯉圭に向かって口を開いた。

「鯉圭さん、今日は沢山の野菜を貰いありがとう」

和尚がお土産のお礼をいった。

「いや気にせずに。それよりも縁起を見せて頂き嬉しいのじゃ」

鯉圭は素直に縁起を見せていただいたお礼をいった。

すでに臥雲は大山寺縁起を夢中になって読み始めている。

ここに書かれているのは、大山寺の創建は『大山寺縁起』によると、「延暦年間、伝教大使この地に来らせ給いて、当山を開創し一字の草案を結び名づけて大山寺と号し」とある。時代は七百八十二年から八〇六年の頃である。

「江岩寺縁起」（著者不明、江岩寺に関する伝説が集録してある）には、「伝教大師世間の無常を観し、衆生済度の御心深く閑静の地を求めんと、此の地に来らせ給い、我大山の霊峯天に微妙なるを感じ、足を留め、松の木陰に苔ついた岩に添い一の草庵を結び、名付けて大山寺と号し安居せられしが間もなく何処へか立ち去られ」とある。

大山寺が比叡山延暦寺寺領（無動寺領らしい）という関係で、こういう伝教大師開創伝説をいつのまにか生み出した。そして縁起に加えたのが真相と思われるが、この伝説の情景（パターン）は、延暦寺開創の「大師伝」を写したものと思われる。

「大師伝」（仁忠著）には、「延暦四年をもって、世間の無常にして栄衰の限りあるを観じ、正法おとろえて、人間に救いなきを嘆き、心に哲願を込めて、身を山林にのがれんとしその年の七月中旬、栄華の処を出離し、寂静の地をたずね求め、ただちに比叡山に登りて、草庵に居す」と書かれている。内容は大山寺創建伝説とよく似ているのである。（※2大山廃寺遺跡概況）

しばらくして臥雲が、岩彩和尚に縁起を読み終え目を離して

「大山寺縁起には、寺の創建が延暦年間（七八二～八〇六）とあるけど。

和尚はこれを見たことがあるかね？」

鯉圭と一緒に少し離れた所にいる和尚に声を掛けた。

岩彩和尚は声を掛けられて部屋の隅から立って戻りながら

「私は詳しく見てないのじゃ」

和尚が素直に縁起を見てないといった。

「そうなのか」

臥雲は和尚に聞きたいことがあったのだが、見てないのであれば残念だと思い、諦め口調で我慢した。

「この寺の上にある大山廃寺を掘ると古い瓦が沢山出ると聞いておる。それを見た人が言うには、白鳳時代から奈良時代の紋様のする瓦だそうじゃ」

岩彩和尚が何も考えずに大山廃寺の瓦の話をした。

「そうか以前大縣神社の大宮司と話をした際にも、そのようなことを聞いたことがある。それに気になることもあったのじゃ。それは掘り出された軒丸瓦の中から、天皇家の十六菊花紋章と似たものを見つけたそうじゃ」（※3小牧の文化財　第八集　大山寺跡から出土した軒丸瓦）

臥雲も縣大宮司から聞いた瓦の知識を岩彩和尚に知らせた。

「ええ、天皇家と似た紋章の軒丸瓦が出たのか？」

岩彩は驚いた様子で聞き返した。

「そうじゃ。だからわしもそれを聞いたときは、可笑しいなと思ったことがあったわ」

臥雲が驚いている岩彩和尚の顔を見ながら話した。

「天皇家と似た紋章の瓦が出たとは驚きだ」

和尚はそれがどういう意味をするのかを、考えて驚いた。でもそれを安易に口にするのは控えた。

「そうなんじゃ」

臥雲は、それが天皇家の紋章を使える、高貴な部族が関係していたという証なのか。でもその時はそれ以上のことは考えなかった。

「それでは創建は、縁起に書かれている延暦年間ではなく、奈良時代なのか？」その話を聞いていた鯉圭が大きな声を出して聞いた。

「それを期待していたのだが、縁起は延暦年間と書かれているだけじゃ」

臥雲が残念な気持ちで、縁起に書かれていることと聞いたことが違うといった。

「臥雲さん、延暦年間というのは最澄が延暦寺を創建した年と同じじゃ」

それで岩彩和尚は、縁起が延暦寺の創建を意識して書かれたと思った。

「ということは、話が上手く出来すぎている」

臥雲は言いながら少しがっかりした表情をした。

「そうだね」

「臥雲さん、これはお役に立ちそうか？」

それでも岩彩和尚は縁起を見ている臥雲に問いかけた。

「そうだ和尚、この二つの縁起を視写させてくれ」

そこで臥雲は急に視写したいと申し出た。

「この書を写すのか」

「縁起を持ってきた紙に写させてくれ」

臥雲は強く視写したいといった。

「ここでそれをするなら構わない」

岩彩和尚は臥雲のその気迫に押されて許した。

「有難う。では早速視写するぞ」

臥雲はそう言いながら、持ってきた風呂敷を開いて、硯と紙を用意しながらいった。

そして部屋の中にあった大きめの箱を、机代わりにして墨を擦り始める。

「ところで臥雲さん。謎解きが書かれていればいいのだが」

岩彩和尚は気を取り直して臥雲に言い寄った。

「いや今見ただけでは、考えていた内容と少し違うけど、写してしばらく考えたいのじゃ」臥雲は答えを直ぐに出すべきではないと、自分に言い聞かせた。

「そうか、臥雲さんの考えていたものとは少し違いそうか」

岩彩和尚は臥雲の仕草を覗き込みながら問いかけた。

「それは仕方ないさ。作者は不明で、百年前に臥雲さんのように、大山寺に興味を抱いた人が、書いたと思われるから」

和尚が応えていると鯉圭が二人の中に入ってきた。

「そうだね。仕方ないか」

臥雲が気持ちとは裏腹に諦め感でこぼした。

臥雲が視写に集中するのを、しばらく二人は眺めていた。そこで手持無沙汰になった鯉圭が、寺といえば本尊が何なのか疑問に感じた。大きな寺であれば必ず本尊はあるはずである。しかし、それが話題にもならないことに気が付いた。

「ところで和尚さん、三千人とも五千人とも言われた大きなお寺の本尊はどうなったの?」

鯉圭が、岩彩和尚に今迄話題にもならなかった、お寺の本尊のことを聞いた。

「それが分からないのじゃ。見たこともないし、何も書かれていないから」

岩彩和尚は首を振りながら鯉圭に話すと
「そうか。その縁起には、何も書かれていないか」

鯉圭が縁起の中に書かれていないか、期待したが裏切られた。

「私はそこまで読んでないんだわ。それに一回目の焼き討ちで、どうなったかも知らないし。二回目の焼き討ちにあった際にも、どうなったのか分からんのじゃ」

岩彩和尚は、前の住職から引き継いだ際も、そのことは言われなかったので何も知らないといった。

「それなら仕方ないか。本尊がどうなったかは分からないか」

鯉圭は残念そうな仕草をして諦めた。

「ただ寺に本尊がないことはないから、必ずあったはずだ」

岩彩和尚は、本尊は必ずあったといい、ただどうなったかが分からない。

「焼き討ちに逢った際に持ち出していればよいのだが」

臥雲が期待を込めていうと
「そうだね。無事であってほしいね」

和尚が返した。その後、臥雲はひたすら視写を続けた。それも昼飯も食べずに筆を走らせている。

その間、鯉圭は和尚と本堂に移りお参りし、その後和尚に大山廃寺と児《ち》神《ご》社を案内してもらった。

江岩寺から大山廃寺までは山を少し登れば着く距離である。二人は蝉時雨を聞きながら森に入り女坂を登った。

大山廃寺跡の境内の北側斜面に沿って児神社がある。そして拝殿がある。今は寺の建物があったと思われる平な所には夏草が茂っている。

そして少し離れた東側にあるお不動さん（石尊不動明王）に行った。その隣に児川の源流が流れている。二人はお不動さんで手を合わせた。

「このお不動さんは二回の焼き討ちの時も被害に遭わなかったのじゃ」

岩彩和尚が大山寺の焼き討ちの被害に遭わなかったことを伝えた。

「では焼かれていないのか」

それを聞いて鯉圭が驚きの声を出す。

「そうだよ。石作りのお不動さんだから燃えないから。

それとここにお参りすると御利益があるのじゃ。

特に命に関わることはご利益があるそうだ。

だから地元の人たちには心強いお不動さんなのじゃ」

岩彩和尚が焼き討ちに遭っても無事だったことから、病気など命にかかわることにはご利益があることを教えた。

その話をしている最中も和尚は両手を合わせて鯉圭に話した。

「それでここも和尚が世話しているのか」

「そうじゃ」

鯉圭はそれを聞いて、心を入れ替えてもう一度賽銭箱の前に立ち
「ではもう一度手を合わせよう」

そう言ってお不動さんに手を合わせお祈りする。

それから二人は児神社の正面にある石段を下りて帰った。江岩寺の庫裏に戻ると臥雲はまだ視写を続けている。

「臥雲さん、大山廃寺とお不動さんにお参りしてきたよ」

鯉圭が臥雲に席を外していた訳を伝える。

「そうか、暑かっただろう」

臥雲は振り向きもせずに手を止めず声だけで応える。

「あぁ暑かった。ところで視写の進み具合は？」

鯉圭が視写の進展を気にしながら聞く。

「あと少しで終わるから。もう少し待ってくれ」

それから臥雲の話を聞いて鯉圭と和尚は写し終わるのを待った。

蝉時雨を聞きながらしばらくして視写が終わり
「やっと終わった。和尚、待たせたな」

臥雲が背伸びをしながら振り向きざまにいう。

「終わったか、それで何か分かったか？」

岩彩和尚が気になって臥雲に問いただす。

「今迄分からないことが漠然としていたが、分からない内容が分かったよ」

臥雲が自分にしか分からない言い回しでいう。

「それは分からないことが分かったということか？」

岩彩和尚が聞き直した。

「そうだよ。でもここに書かれている内容を、そのまま信用してよいのかどうか」

臥雲は縁起に書かれている内容について、このまま信用できないと思いながら
でもこれで前に一歩進めると思い、自分の意見を述べた。そして更に

「それは内容次第だが」

岩彩和尚に納得したように応えた。

「そうか」

「ともかく今迄何もなかったことから、これで一筋の光を見た気持ちじゃ」

臥雲は視写した素直な感想を述べた。

「臥雲さん、好かったんだね」

鯉圭が嬉しそうな表情をした臥雲を見ていう。

「和尚さん、ありがとう。この写しをこれから調べて、分からないことがあれば、またここに来るから。その時は和尚の知恵を借りたいからよろしく頼むわ」

臥雲が素直な気持ちで岩彩和尚にお礼をいった。

「どうぞ、また遊びに来て」

それからしばらく雑談をして、二人は村中村の玉林寺に戻っていった。

（四）幻の大山廃寺の謎

臥雲は玉林寺の庫裏に帰ってからも、今日視写してきた縁起を見直していた。あまりに夢中になって読んでいるので、鶴望は心配になってきた。

そこでお茶を出したついでに臥雲に

「臥雲さん、先ほどから書に夢中になっているけど、そんなに興味深い内容なんですか?」

主人があまりに真剣に書を見ているので声を掛けた。

鶴望から尋ねられた臥雲は、縁起から目を離して鶴望を見て

「この書は江岩寺で視写してきた大山寺縁起なのじゃ。それを読みやすくするために本にしているところだよ」

縁起を製本しながら嬉しそうにいった。

「それではお探しの本が見られたんだ」

鶴望は、一月前から、今日を待ちわびていた主人を見ているから、その書だと思いながら尋ねた。

「そうだ。それも写しを取ってきたから」

嬉しそうに言いながら臥雲は、視写した書を鶴望にも見せる。

「それで夢中になっているのね」

鶴望は書をめくりながら機嫌のよい主人を見て自分も嬉しくなってくる。

「そうだよ、これからしばらくは大山寺縁起に集中するから」

臥雲が急に縁起を机に戻して鶴望に宣言した。

嬉しそうに宣言した臥雲を見て、今朝のことを思い出して臥雲に聞く。

「ところで朝言っていたことは、晩御飯前にするか、後にするか。どうします？」

鶴望が嬉しそうな声をして聞いてくる。

「あ、そうか、鶴望に背中を流してもらうんだった。思い出した」

臥雲は朝の会話を思い出して嬉しそうに鶴望を見上げる。

「背中を流すだけですからね。私は一人でお風呂に入りますから」

鶴望は主人がよからぬことを考えないように先に釘を刺した。でも心の中で思っていることとは違う。でもそのことは口にしなかった。

今日は疲れているから体を労わることが先である。

「そうか、鶴望は何か誤解していないか。わしがまるで野獣のように見えるのか？」

臥雲は背中を流すだけと言われて、鶴望が何を考えているのかを思った。

「そうは言いませんが、今日は遠くまで行き疲れているでしょうから。臥雲さんの体を心配しているの」

鶴望は素直に労わりの気持ちを伝えた。

「そうか、わしが余計なことを考えたのがいけなかったか?」

臥雲は素直に体が疲れていることを、気にしてくれたことに嬉しく思った。

「うふふ・・」

鶴望は男の考えることは単純だと思った。そして自分を忘れないで理性を持っていることに救われた。

臥雲は鶴望の心を読む余裕もなく、自分が女子《おなご》と一緒に風呂に入りたいと思ったことに、恥ずかしい思いを感じた。鶴望は小牧村の庄屋の江崎家の親類縁者なのだ。今は下女として働いているが、そのことを忘れたら大変なことになるのを心得ている。

それから一時《ひととき》ほどして鶴望は夕餉の支度が出来たので臥雲を呼び、細《ささ》やかな夕餉を二人で食べた。

しばらくして夕餉の後の片づけを終え、鶴望は風呂の準備を始める。

夏場の風呂といっても、土間にタライに置いて、お湯を注いで、行水を浴びるのが常である。

そこで臥雲は褌一つになってタライにやってきた。

そこに上半身裸で、赤い腰巻をまとった鶴望が、手拭いを持って臥雲の背中を流す支度にかかる。

臥雲は鶴望の腰巻姿を見て少し興奮してきた。でもそれは口にせず
「今日は大山村の江岩寺迄行ってきたから埃《ほこり》だらけだよ」

臥雲は実際に埃をかぶり汚れている。

「江岩寺は遠いの?」

鶴望は主人の背中を擦《さす》りながら問いかける。

「それ程でもないよ。鶴望は大山には行ったことがあるか?」

臥雲は遠くないと言いながら聞く。

「私は大縣神社には行きましたが、江岩寺には行ったことないわ」

鶴望は桶からたらいに水を注ぎながら、大山寺には行ったことがないという。

「そうか行ったことはないのか」

臥雲が素直に返した。

「今日も暑かったでしょう」

「そう暑かったぞ。だから汗と埃を流しておくれ」

「分かりました」

そう言って鶴望は手拭いを使いながら臥雲の背中を流し始める。

しばらくして臥雲が我が儘を言う。

「鶴望、手拭いで体を洗うのを素手にして」

「ええ、素手で洗うの」

鶴望は急に素手で洗ってと言われて少し驚いた。そこで手拭いを一度絞ってから手桶に入れる。それから素手で柔らかく背中を擦りだす。

「今日は鶴望の手で洗って欲しいのだ。そのほうが、気持ちが伝わって嬉しい」

臥雲は鶴望の手が背中を擦るたびに、心地よい気持ちになってきた。

「臥雲さんは何を考えているの?」

鶴望は臥雲が、下心をもって素手に変えたのではないかと、疑いの気持ちになる。

「鶴望の手の感触が疲れをとってくれるのじゃ。それに気持ち良い」

臥雲は素直な気持ちをいう。

「そうなの。なら素手で洗います」

それで鶴望は背中からお尻を洗う。そして臥雲の前に場所を移して肩から胸を洗う。それを見るとたらいの中で、腰を下ろしている臥雲の目の前に、鶴望のおっぱいがくる。それを見て臥雲は興奮してくる。もう我慢できなくなる。そこで臥雲は鶴望の胸を触る。

「あ、驚いた、何するの」

鶴望が少し驚きの声を出す。

「いや目の前に乳房が来たから我慢できなくなった」

臥雲は、男として無理矢理に鶴望を倒したい気持ちを、一瞬過《よぎ》ったがそれを抑えた。

でも手が先に胸を触っていたのだ。

「触ったらだめです。今日は疲れているから変なことをしないで」

鶴望は主人の健康状態を考えて身体を洗っている。そこに急に胸を触られて驚いたのだ。下心を持った主人は疲れているから、余計なことをさせたくない気持ちが強いのだ。

「そうか、でも褌が膨らんできたぞ」

臥雲は鶴望に膨らんだ褌を見せる。

「駄目です。もう年だからと言っていたでしょう」

「それが鶴望に素手で洗ってもらうと元気になってきたから」

「今日は本堂で通夜していますから、人目があるから駄目です」

「そうか、通夜をしているのだったね。それなら我慢しよう」

ここは玉林寺の庫裏である。月に何日かは通夜に葬式がある。裕福で大きな家に住んでいる方は、家で葬儀をするが寺で葬儀をする人も多い。そこで葬儀の後はお棺を墓場に埋めて葬式が終わる。

鶴望がいった本堂で通夜をしているということは、誰かが本堂で蠟燭当番をしている。通夜で百万遍《ひゃくまんべん》をすることはないが、多くの人が手を合わせに来る。そういう時は手伝いに駆り出されることもある。だから二人で風呂遊びをしている場合ではない。

そんな状況であるから臥雲の下心は萎《な》えていった。


季節は夏から秋に変わろうとして、臥雲が江岩寺から大山寺縁起を視写して一月が過ぎた頃。臥雲は、いまだに大山寺が幻と言われる所以《ゆえん》が分からないことばかりである。

平安後期に焼き討ちにあった大山寺は、最盛期には三千坊になったとも、五千坊になったとも言われている。そんな大きな寺が、何一つ分かっていることがないのである。それを考えれば考えるほど不思議なことになってきた。その反面臥雲は、謎を解きたいという気持ちが、日に日に増している自分の心の変化を感じていた。

臥雲は大山寺縁起を読んで、それを信じる、信じないは別にして、謎と言われている所以《ゆえん》を調べることにした。

そうすることで、分からないことが分かれば、前に進めると考えた。その分からないことを、縁起を読みながら考えた。

①創建者、②創建時代、③全盛時の規模、④延暦寺との関係、⑤中興の人玄海上人について、⑥玄法上人について、⑦大山寺を焼いた僧兵は何派か、⑧その理由は。

これらの謎は一つも解明されていないのである。そのために幻の大山寺、大山寺の謎と地元の人たちから言われていた。

そこで臥雲は三つに区分けした。第一班は大山寺の創建時のこと①②、第二班は最盛期の頃③④⑤⑥、第三班は大山寺が襲撃をうけた時⑦⑧に分けた。

それから臥雲は第一班の大山寺の誰が、何時創建したのかについて考えることにした。それで先ほどから、大山寺縁起と江岩寺縁起に、書かれている内容を見つめている。

大山寺の創建は「大山寺縁起」（正式な書名は無いので仮名）によると、「延暦年間、伝教大師この地に来らせ給いて当山を開創し一字の草案を結び名づけて大山寺と号し」とある。（時代は七八二年から八〇六年の頃）

「江岩寺縁起」（著者不明、江岩寺に関する伝説が集録してある）には、「伝教大師世間の無常を観し、衆生済度《しゅじょうさいど》の御心深く閑静の地を求めんと、此の地に来らせ給い、我大山の霊峯天に微妙なるを感じ、足を留め、松の木陰に苔ついた岩に添い、一の草庵を結び、名付けて大山寺と号し、安居せられしが間もなく何処へか立ち去られ」とある。

臥雲はここに書かれている内容で、江岩寺の和尚が言っていたことを思い出した。

それは延暦寺を開いた最澄が、延暦寺を創建した記録の大師伝と、同じ内容ということである。

それから大山廃寺を掘ると、白鷗から奈良時代の瓦が出てくることも気になった。

それは縁起の延暦年間よりも、凡そ百年以上前になるからである。

その違いがどういうことなのか、それは、大山寺が延暦寺よりも歴史が古いということを示していることになる。

つまり本山よりも末寺の方が、歴史が古いということが許されるだろうか。

それを拘《こだわ》る人からしたら許されないだろう。

それを考えて、延暦寺と同じ年代に創建されたと、縁起は書いたのだろうか。

臥雲はそのことを考えながら一人笑っていた。

それは仏教の世界にも、真実よりも体裁を重んじる傾向がある。人の世も仏の世界も、体裁が大事ということが分かった。

第二章　十六菊花紋軒丸瓦（創建時の謎）

（一）大山廃寺の謎説きが始まる

宝暦九年（一七五九）。八月の声を聞くと寺は最も忙しい旧盆が近づいてくる。玉林寺も初盆を迎えた家に経をあげるために出向き、また主だった檀家にも出かける。だから、この時期の臥雲は、僧侶として手伝いで忙しくなる。

それでも大山寺縁起の視写本を書いてから、今まで以上に大山廃寺の謎を考えるようになった。そして鶴望と一緒になりたいという思いが強くなってきた。明るいうちは二人だけの生活だから、男として燃えるような気持になるときもある。でも鶴望は江崎家の縁者であるために無理は出来ない。そのために常に我慢をしてきた。なぜなら江崎家に目をつけられたら、この地で生活しづらくなり、西行堂の建立に影響すると思われた。

鶴望は通いで下働きをして、玉林寺の近所に独り暮らしをしている。三食を庫裏で共にし、臥雲の世話をしている。だから朝早く庫裏に来て、夕餉を食べて帰る生活を送っている。

その年の盆も過ぎ秋風が吹き始め、道端に彼岸花が咲き始めた秋晴れの日。この頃になるとため池にいる蛙の鳴き声が聞こえなくなり静かになる。そんな季節の移り変わりを楽しみながら、横井也有が下男の石原文樵《ぶんしょう》を連れて、玉林寺の庫裏に臥雲を訪ねて行く。

二人はこの年の春に見舞いに来て以来半年ぶりである。俳諧仲間の風の便りで、臥雲が江岩寺で大山寺縁起を見てきたと聞き、彼に会いたくなった。

也有は前津の知雨亭を出て、名古屋城を西に見て柳原を抜け、黒川に出て木曽街道（上街道）を矢田川に架かる三階橋を過ぎ、庄内川に架かる水分橋を越し犬山に向かう。途中春日寺の隣を通った。ここは西行が伯父の恭栄和尚を訪ねてきた所だ。それから一時程して小牧山に着いた。小牧山は尾張徳川家の狩場になっているから街の人は山には入れない。

目指す玉林寺は小牧山の北西にあり、也有と文樵は小牧山の麓にある小牧御殿の前を通り、間々《まま》観音を側で拝んで村中村に入ってきた。小牧御殿とは尾張徳川家の殿様が小牧山で狩り（狩場）をする際に使用する御殿である。（宝暦の頃はまだここに代官所は出来ていない。後の天明二年（一七八二）に藩政改革の一環で小牧代官所が出来る）

そして二人は玉林寺の庫裏に臥雲を尋ねた。

庫裏の前で、二人が話しながら埃を払っていると、人が来たのを感じて、下女の鶴望が表に出てきた。

「也有さんに文樵さんではありませんか。よく来てくれました」

鶴望は笑顔で二人を迎えた。そして庫裏に入り臥雲に也有が来たことを伝えた。

それで臥雲が玄関まで出てきた。

「臥雲さんの顔色が春先に比べて好くなったなぁ」

也有は懐かしそうな顔をして草履の紐を解き始めた。

「そうなの、何時までも落ち込んでばかりでは居られないからね。

それに西行法師木像流転録も目途が立ったから」

臥雲は言いながら二人を座敷にあげる。

「そうか。それで顔色が好くなったのじゃな」

そこに鶴望がお茶を持って入って来た。

それを三人の前に出してから引き下がろうとした。

「実はここに来るまでは一人暮らしを通していたが、鯉圭さんの配慮で鶴望さんを下女に付けてくれたのじゃ。それが好かったのじゃ。老いた体には女性の優しさが何よりの薬だよ」

臥雲は鶴望を引き留めて感謝の気持ちを述べる。

「鶴望さん、臥雲さんを労わってくれてありがとう」

也有が嬉しそうに鶴望に礼を述べた。

「いえ私は何もしていませんので」

鶴望は引き下がるべきか、この場にいるべきか一瞬悩んだ。でも臥雲が察してそこにいなさいと目で仕草をした。

「わしは今迄独り身を通してきたので家に女子《おなご》がいるだけで精が出るのじゃ」

臥雲は鶴望を見ながら嬉しそうにいった。

「では妻《めと》を娶らなかったのか」

也有が何故妻を娶らずに、独り身を通したのか、臥雲に聞く。

「そう。若い頃は歳旦帳を書くのに神社回りに明け暮れ、次に本宮山の化け物物語を書くために山に籠り。自分の我が儘で妻子は持てなかったのじゃ」

臥雲は若い頃のことを述べた。それは我が儘か、運がなかったのか分からない。

「それでは老いてから春が来たのか？」

也有が鶴望を見て笑いながらいう。

「也有さん春だなんて。老体に縁のない世界だよ」

臥雲は手を振りながら笑いをこぼして返す。でもその眼は鶴望を見ている。

「鶴望さん、そうかい」

「さあ私には分かりません」

鶴望は恥ずかしさもあり下を向いてこたえる。

鶴望は自分の立場をわきまえて、色恋沙汰の話には入らないことにしている。

でも内心夜の生活を見抜かれたのかとヒヤッとした。

そこでその場を下がっていった。

鶴望が下がるのを見て臥雲が少し前に動いた。そこで
「也有さん、これを見て。大山寺縁起の写しだよ。江岩寺に通って、和尚に無理を言って原本を視写させてもらったから」

嬉しそうな表情をして臥雲が大山縁起を也有の前に出した。それは江岩寺で視写したものを、臥雲が自ら紐閉じして製本にしたものである。

「前に言っていた大山廃寺を調べ始めたのだね」

也有はそれを手に取っていった。

「そうじゃ。大山廃寺が平安後期に天台宗の僧兵に焼き討ちに遭ったのじゃ。その資料が何もないから。だから幻の大山寺とか、大山寺の謎と世間の人はいっている」

臥雲は大山寺を里の人が幻とか謎と言っていることを話した。

それから間を置いて
「それで唯一の縁起を見て考え始めたのじゃ。でもここに書かれていることが真実か虚偽かは不明なのじゃ。だって今から百年以上前に書かれたものだから」

臥雲は縁起書を見て感じたことを述べる。

「そうか、では先にここで読ませてもらおう」

也有はそう言ってから読み始める。

「どうぞ、読んで也有さんの意見を聞かせてくれ」

後で臥雲が也有の考えを聞きたいという。

「では読みますから」

そう言って也有は黙って縁起を読み始める。

大山寺縁起によると創建は、「延暦年間、伝教大使この地に来らせ給いて当山を開創し一字の草案を結び名づけて大山寺と号し」とある。（時代は七百八十二年から八〇六年の頃）
「江岩寺縁起」（著者不明、江岩寺に関する伝説が集録してある）には、「伝教大師世間の無常を観し衆生済度の御心深く閑静の地を求めんと此の地に来らせ給い我大山の霊峯天に微妙なるを感じ足を留め松の木陰に苔ついた岩に添い一の草庵を結び、名付けて大山寺と号し安居せられしが間もなく何処へか立ち去られ」とある。

「大山寺縁起」は、ながらく中断していた大山寺を再興したのは、叡山法勝寺の現住であった玄海上人と記す。玄海上人は「再興して天台第一の巨刹とし大山寺を大山峰正福寺と改名、法道盛にして近里数箇坊あり・・三千坊なり」と世に宣伝される巨寺にしたという。

永久年間（一一一三〜一一一七）の頃のことである。

玄海上人は名僧であった。両縁起はともに法道の盛んになったことを記し、大山寺は三千坊になったとも、五千坊になったとも伝えている。

まもなく玄海上人がなくなると、大山寺は玄法上人の時代になる。天性の博識秀才は近国近在あまねく尊敬し、有力者はこぞってその子息を大山寺に送って修行させたという。

当時は、知識人、高位の家庭では、知名の寺院へ子息をあずけ修行をつませることが教養人を生む方便にされ流行しており、この僧を稚児僧と呼んでいた。

このころであろう、西の叡山延暦寺と並び称され、「西の比叡山、東の大山寺」と世にあがめられ、多くの信徒を集めた。

縁起は両書とも「近衛帝の御字勅願の義につき比叡山と卿が法論を生じ比叡山法師一揆を起し押し寄せ、数坊に火を放ちける。大山の僧徒拒《ふせ》き戦うと雖《これ》も上人は本堂に安座し更に指揮し給わず火裏清冷を念じて四方の煙と等しく命を終わらせ給う。両氏（三河から修行に来ていた牛田と近江から修行に来ていた佐々木の二人の稚児僧）は何をか期すべきと直ちに火焔《かえん》に駆け入り時の塵《ちり》とぞなり給う凄《すご》きあり様なり是に数ヵ所の大伽藍一字不残仁平二年三月十五日焼失す」

稚児僧の死と近衛天皇の御病

大山寺炎上のなかで、戦わず、火災の中で仏の御守りを続けた玄法上人とともに、牛田、佐々木の両稚児も、悲しくも美しい最後をとげたが、その頃より都では近衛天皇（一一四二～一一五四）が、奇怪な病にとりつかれてしまう。典薬頭《てんやくのかみ》が医術を尽くして治そうとして少しもよくならず、時を同じくして、内裏に清涼殿にと夜ごと異形の化け物があらわれ、公卿や殿

上人を悩ませた。（略）

そこで阿部某に占わせると、これは貴僧高僧の祟りだ。異形の化け物はその亡魂だという。

そしてこれはとにかく、誰かに申しつけて、弓で射させなさいと申し上げた。

こうして異形の化け物を射落としたが、それでも帝の病気は治らなかった。

そこで、また御詮議。阿部清業に占わせた。阿部清業は、これは「大山の児法師の一念と覚え候、荒ら神に御祀成れ候えば御悩は平癒成れべく」と申し上げた。

都からただちに鷹司宰相友行が勅使として大山に派遣された。時に久寿二年一月十六日（一一五五年）のことであった。鷹司宰相友行は、早速神社を建立。

これが現在の児神社で焼死した稚児僧の多聞童子、善玉童子と御歓請あって禰宜は乙女を以っていさめ給われた。（※2大山廃寺遺跡概況）

也有が読み始めてしばらく静かな時間が流れた。

「大山寺を何時、誰が創建したのか。そして白河法皇の時代に大山寺は最盛期を迎えたことになっている。

そして大山寺を焼き討ちしたのが延暦寺の僧兵と書かれているが。そうではなく園城寺の僧兵という巷の噂がある。

焼き討ちの理由が、近衛帝の御字勅願の義につき比叡山と卿が法論を生じ、比叡山法師一揆を起し押し寄せ、数坊に火を放ちける。と書かれているが・・

この意味をよく考えないと」

也有が独り言のように、自分に言い聞かせながら話す。そして更に
「縁起を見た限りでは、延暦寺の僧兵に寄って焼き討ちされたことになるけど、信用できるのか不安が残るな」

也有が縁起を読んだ感想を述べる。

「そうだね。私はこの縁起に書かれていることは真実ではないと思う。

でも何もない世界から縁起が一筋の光を射したから。それは嬉しいことじゃ」

臥雲は今迄何もなかったから。それが大山寺縁起として書物が出てきたのである。そのことを考えて一筋の光と述べた。

「そうだね。何もなければ戯言と言われて前に進まないからな。

しかし、この縁起を規準にしていろんな考察ができるから。

それを臥雲さんは一筋の光明というのだね。よく分かる」

也有は縁起を手にもって臥雲の気持ちを察した。

「分かってくれて嬉しい。だから也有さんが好きなのじゃ」

臥雲が也有を理解者と改めて思いおだてた。

「文樵も読ませてもらいなさい」

也有は言いながら下男の石原文樵に渡す。

「有難うございます。では私も読ませてもらいます」

文樵も早く読んで二人の会話に加わりたい。それから黙って読み始める。

それを見て臥雲の考えを也有に聞かせた。

「それでわしなりに考えてみたのじゃ。大山寺について、①創建者、②創建時代、③盛時の規模、④延暦寺との関係、⑤中興の人玄海上人について、⑥玄法上人について、⑦大山寺を焼いた僧兵は何派か、⑧その理由は。

わしはそこから絞り込むために三つに区分けした。第一班は大山寺の創建時のこと①②。第二班は最盛期の頃③④⑤⑥。第三班は大山寺が襲撃をうけた⑦⑧に分けました。それをこれから調べていくのじゃ」

臥雲を今迄幻とか謎といって分からないことを曖昧にしてきた。それに気が付き、分からなことを整理したことを也有に話した。

「なるほど分からない世界を絞り込んでいくのだね。攻め方としては好いではないか」

也有は臥雲のいう八つの分からないことを聞き、これからそれを調べるという臥雲のやり方に賛同した。

「有難う」

臥雲は也有が好いと言ってくれたことが嬉しくなった。それでこの進め方でこれから進めて行こうと決めた。

「私はこの焼き討ちの背景には白河法皇が大きく関係しているような気がする。以前、山門と寺門の争いが焼き討ちの原因ではないかと聞いたが・・」

也有は尾張藩の寺社奉行迄務めた人物だ。当然臥雲以上に日本の歴史を熟知している。その也有が、白河法皇が大きく関係しているという。

そして続けて
「それはお寺の本山が末寺を焼き討ちするとは考えにくいのじゃ。この時代は山門と寺門が天台宗の中で争っていたから。だからどちらが大山寺を焼き討ちしても可笑しくない時代だったのじゃ」

縁起には、比叡山の僧兵が焼き討ちしたと書かれているが、寺門派による焼き討ちも十分考えられるといい。なお続けて
「それから山門と寺門の抗争が、朝廷や白河御殿（院所）への強訴《ごうそ》に繋がっていったんじゃ」

也有はここで強訴という言葉を口にした。

強訴とは強硬な態度で相手に訴える行動をいう。特に平安時代中期以降、寺社勢力が仏神の権威と僧兵を連れての武力を背景に、集団で朝廷、時には院政所に対して行った、訴えや要求したことをいう。

「山門と寺門のお互いの抗争が強訴の原因だというのか？」

臥雲はそこまで考えたことはなかったので聞いた。

「それも十分ある話だ」

也有が当時の時代背景を考えたら十分あり得る話だといった。

「也有さん、その頃何度も強訴はあったのか？」

臥雲は強訴について也有に教えを請うた。

「あったぞ。白河天皇時代から上皇に、そして法皇になっても山門と寺門の強訴は続いていた

から」

　也有は、平安時代の後期について、歴史書を思い出しながら臥雲に話した。

「そうか、同じ天台宗の中でも大きな確執があったんだ」

　臥雲は也有の話を聞いて驚きを隠さずに表情に出した。

「ところで文樵さんは、読み終えて何か感じたかね」

　也有は文樵がそわそわしだしたのに気が付き声を掛ける。

　文樵は読みながら二人の会話を聞いていた。二人が話している謎とは別に疑問に思ったことが出てきた。そこで
「最盛期には僧徒が三千坊から五千坊もいたのに。誇大表記しているとしても大きなお寺になり、それが焼かれて何も残っていないのが可笑しいですね」

　文樵は縁起に書かれている寺の大きさを知って驚き。その大きな寺が何も残っていないと知る。そこで更に口を開く。

「創建時の頃は、この片田舎には文字の文化が定着していなかったでしょう。だから証が無いのは分かるけど、平安後期になれば文字は使われていたでしょう。何か残っていても良さそうに思うのだけど・・」

文樵は証のないことに少し疑問を感じた。

「そうだね」

「それが今から百年前に書かれた縁起だから・・」

臥雲も何も残っていないのが残念で悔しい。

「まあ私たちもこれから考えるから」

也有が臥雲の哀しそうな顔を見て助け船を出す。

「お願いじゃ。也有さんの考えを聞いて前に進めたいのじゃ」

臥雲は也有の知識に期待を寄せ、何とか前に進める手立てが欲しい。

その日はここで壁に当たり、この話題はそれで終わった。


それから一カ月が過ぎた中秋の日。臥雲は、也有から白河法皇が重要なカギになるといわれ毎日考えていた。でも平安時代末期の歴史の知識の乏しい臥雲には限界があった。

そこで臥雲は鯉圭に、前津に住む也有の知雨亭に一緒に行こうと持ち掛けた。そして天気の良い日に、二人は木曽街道（上街道）で、名古屋の城下の前津の知雨亭に向かった。

鯉圭は横内村の田舎暮らしなので、華やいだ名古屋の街に行けるのが楽しい。でもなぜ急に出かけるのか詳しい訳は聞いていない。そこで歩きながら臥雲に声を掛ける。

「臥雲さん何か新しいことでもありましたか?」

臥雲は、大山寺が最盛期を迎えた訳に白河法皇が絡んでいると也有がいった。それがどういう訳か聞いていない。それで鯉圭には白河法皇のことが知りたいといってなかった。

そこで鯉圭に向かって
「いや、先だって也有さんが来られた時に大山寺縁起を見せたのじゃ。それで也有さんの考えを聞きたくなったのじゃ」

一月前に也有が玉林寺の庫裏に尋ねてきた時は鯉圭が不在だった。そこで也有に縁起を見せたことを教えた。

「そういうことか」

それを聞いて鯉圭は納得した。

しかし、今の鯉圭の頭は華やいだ名古屋の街のことで一杯である。鯉圭は百姓の女子《おなご》は見飽きているが、武家や商家の女子は見慣れていない。

鯉圭は臥雲より少し年上だが、もう老人の仲間入りをしている。なぜなら家業のことは息子に任せて自らは隠居生活の身である。

「その折に也有さんは白河法皇がツボだとおっしゃったが・・」

臥雲はそこで白河法皇の話が出たことを教えた。

「白河法皇、新しい切り口だね」

鯉圭が面白い言い方をした。

「まあ也有さんが何を考えたか聞きたいのじゃ」

臥雲は也有から最盛期の白河法皇の時代について、話を聞くために前津に向かっている。

二人はまだ日が高くなる前に、名古屋のお城を過ぎて、少し遠回りして大須観音の出店街に入った。

そこにはいろんな女子《おなご》が目に入ってきた。それを楽しそうに鯉圭は見て喜んでいる。

鯉圭の目に映る女子は皆色っぽく見える。着物も鮮やかで横内村で見る女子とどこか違う。

鯉圭は女子とすれ違うだけでウキウキしている。

それから臥雲はそんな鯉圭には構わずに、道を戻し、前津の知雨亭に着いた。

そこで下男の石原文樵を見つけ声を掛けた。文樵は二人を見て少し驚きながら主人のいる座敷に案内した。

知雨亭の狭い庭の端に金木犀《きんもくせい》の橙色の花が咲いている。その心地よい香りを嗅ぎながら臥雲たちは座敷に入って行った。

「也有さん、お邪魔します」

臥雲が挨拶して部屋に入った。

「おお臥雲さん、鯉圭さんもいらっしゃい。よお来てくれたね。

名古屋の城下は賑わっているでしょう」

也有が嬉しそうに二人を向かい入れた。

「今日は鯉圭さんの為に大須の出店街を通ってきた。相変わらず華やいだ街だね」

臥雲はここに来た道筋を教えた。

「鯉圭さん、大須観音界隈には美しい女子《おなご》が多いだろう」

也有は金木犀の香を楽しみながら鯉圭に声を掛けた。

「也有さん、大須の街は綺麗な女子が多いですな。おかげで眼の保養になりました。

わしも、もっと若ければ嬉しいのだが、この年ではね」

鯉圭が嬉しそうに二人を見ながらいう。

「何を言うのだ。まだまだ老け込む歳でもないでしょうに。

そういえば臥雲さんにも綺麗な女子《おなご》がいたね。鶴望さんでしたか」

也有が鶴望を思い出しながらにやにやしながらいった。

「也有さんも冗談が上手いな」

臥雲が少し照れながら返した。

「ところで西行法師木像流転録の挿し絵の話を、絵師の内藤東甫さんに話したら、喜んで書いてくれるそうじゃ」

也有が以前から口にしていた挿し絵のことを伝えた。

「そうか、ありがたいことじゃ。

だが今は、先月也有さんが玉林寺に見えた時に、白河法皇の名前を出されてから。

あれ以来西行法師木像流転録は手が付かないのじゃ。

わしは歴史に詳しくないから、頭の中で白河法皇がぐるぐる回っているのじゃ。

それで今日はその話を聞きたくなって来たのじゃ」

臥雲がここに来た訳を也有に話した。

「そうかそれは残念じゃ。でもそれで書く前に一度その木像を見にお邪魔したいそうだ」

也有は東甫の言葉を伝えた。

「どうぞ、その折は也有さんもご一緒に

話は変わるけど、先日お話しした大山廃寺の話だが、カギとなるのが白河法皇ではと言われたから。それが気になり、喉仏にひかかって、也有さんからその話を聞きたいのじゃ」

臥雲は白河法皇の話を先に聞きたく、素直に思ったまま口にした。

「そうか、その話か。あれから熱田神宮や天台宗のお寺を数軒回って当時の情報を集めたが、まだ分からんのじゃ」

也有は名古屋の街中で関係する箇所を聞いて回ったが、目新しい情報は得られなかったことを話した。

「それは残念じゃ」

臥雲は期待外れになり声を落とした。

それを見て也有は、まだ諦めるには早いと臥雲に仕草で示し

「でも文樵といろいろ相談したが、平安中期には無名だった大山寺が、白河天皇の時代から急に大きな寺になったんじゃ。

それが玄海和尚の時に急に最盛期を迎えたのじゃ」

也有は急に最盛期を迎えたのが不思議だといった。

「ええ大山寺縁起ではそうなっている。

だからその急成長した訳を調べないと・・」

それだけ言って臥雲が言葉を詰まらせる。

「そこに法勝寺の玄海上人が大山寺に来て復興させたと書かれていたから。

そのことは信じていいのではないのか?」

也有が臥雲の心配している大山寺の成長した訳について、自分の意見をいった。

「法勝寺の玄海上人は確かなのか?」

臥雲は也有を見つめて問いかける。

「法勝寺は白河法皇が天皇時代に白河の地に建てた大きなお寺じゃ」

也有は、白河天皇と法勝寺は、確かにあった話だからと臥雲に言い聞かせる。

「そうなのか。それでカギとなる白河法皇が出てくるのか?」

やっと臥雲の頭の中で白河天皇、法勝寺が線に繋がった。

「そういうことだが、もう少し時間をかけて調べたいのじゃ」

也有は臥雲にこれからも調べると言って安心させる。

「そうだね。わしが急かしているようで申し訳ない」

臥雲は也有を急かしていたのを詫びる。

「先日臥雲さんが創建期、最盛期、平安後期の焼き討ちの頃と三段階に分けて調査しようといったね」

也有は三段論法で調査しようと臥雲が提案したことを思い出した。

「そういったが・・」

「だからそれに沿って順番に調査すべきではないのか?」

也有は臥雲に急かさず三段論法で進めるように強い口調で進言した。

「なるほど、わしが間違っていたのか」

臥雲は也有に言われて気が付いた。それは答えを急ぎすぎて、順番を間違えた自分に気が付いたのだ。それで自らが八つの問と、時系列で、三段階に分けて取り組もうと決めたことを忘れていた。

「臥雲さんが気にしている白河法皇から法勝寺、そして玄海上人そして大山寺の最盛期、これは二番目に取り組む問題だよ。それが重要だと分かるけど、いきなりその話をしたら本末転倒になりはしないか」

也有は臥雲の間違いを軌道修正させるために助言する。

「そうだね。也有さんの言う通りだ。

では今後は創建時に何時、誰が大山寺を建てたのか調べる」

臥雲はここに来る時から白河法皇が気になっていた。だから今日はそのことばかり拘っていた。でもそれは謎解きの手順を間違っているといわれた。そしてそれを也有が正しい手順に導いてくれた。それがあって臥雲は少し動揺したが、早く気が付いて好かったと思った。

それから四人は、少し遅れて文樵が昼餉の為に作った、名古屋名物のきしめんを食した。

（二）天孫降臨と大縣神社

宝暦九年（一七五九）十一月。まだ冬本番の伊吹下ろしが吹く前、秋の風が心地《ここち》よい頃である。胡盧坊臥雲と横井也有の二人が大山廃寺について調べ始めて半年ほど過ぎた。

玉林寺から臥雲と也有が、大山廃寺を調べている話が俳諧仲間の間で噂になっていた。そこで鯉圭が、親しい知人に声をかけて、臥雲と也有の大山廃寺伝説の謎を解く会を設けることにした。

その一回目の話の内容は大山寺の創建時代の謎解きの話である。それを也有が小牧に来るのに合わせて、玉林寺の庫裏で語り合う催しを開いた。

この日の参加者は、横井也有、その下男の石原文樵、胡盧坊臥雲、玉林寺布毛和尚、臥雲の門下の丹羽鯉圭、地元の俳諧の世界で尾張の二老人といわれた堀田六林。その六名が玉林寺の庫裏の広間に集まった。

集まった面々は也有たちと飛車窟の仲間なので皆面識を持っている。そこで場が和むのをまって臥雲が大山寺の創建時について話し始める。

今から十数年前、胡盧坊臥雲はバケモノ物語を書くために本宮山に何度も上り、帰りに大縣神社によって縣大宮司の話を聞くのが楽しみだった。

その中で尾張氏と大山寺の創建時代の話も聞いた。今から千年以上昔の話である。

臥雲は帳面を開いて皆の顔を見ながら、当時大縣神社の縣大宮司と交わした話を、思い出しながら話し始めた。

「今が宝暦年号だから、約千七百五十年前の垂仁天皇の頃に、縣大明神は供の者数名と空から降りて、本宮山に籠り山裾に大縣神社を興した。その頃各地で天孫降臨の話はあるが、縣大明神がこの地の守り神になった。

当時はまだ文字のない時代であった。これは神社の伝承として、代々伝えられてきたことだから」

臥雲は大縣神社で得た知識を中心に、これまで調べてきたことを纏めて、皆に話していく。

そしてここで少し間を置き。それから皆の顔を見ながら話し始めた。

「そこで話は変わるが。ここにおいでの皆さんは、山をサンと呼ぶのと、ヤマと呼ぶ違いをご存じか？

例えば富士さん、御岳さん、本宮さん、白さんなど沢山ある。では小牧やま、岩崎やまなど、ヤマと言うのも沢山ある。

そのサンとヤマの違いが分かりますかな。考えてください」

臥雲は話題を変えて皆に質問した。そこで急に臥雲から質問されて皆は驚いた。

その表情を臥雲が見て微笑んでいる。

「本当だ、同じ山の字を書くのに読み方が違うんだ。その違いのことか？」

鯉圭が臥雲を見ながらいった。

「面白い質問じゃのう」

続けて堀田六林が笑いながらいう。

「私は、ヤマだとかサンだと聞かれたのは初めてじゃや。今迄考えたこともなかったわ」

石原文樵が恥ずかしそうに口に出した。

「何気なくサンというのと、ヤマというのだけど、改めてその違いを聞かれても、誰も教えてくれなかったから。うーん困ったわい」

丹羽鯉圭が続いて嘆いた。

「最初にいった人の呼び名で続いているのかなあ」

思いつきで文樵が何気なく言う。

「それはないと思う。人の名を付ける時は、親は生まれる前から、男か女か悩んで決めるからなあ」

玉林寺布毛和尚が文樵のいったことを窘《たしな》めた。

「おいおい、名前の問題ではないぞ。サンかヤマかの違いを考えて欲しい」

皆が言いたいことを言い出したので、也有がこれ以上続けたら、問いかけから道が反れるのを案じて止めた。

「そうだった。すまん」

石原文樵が謝った。

「・・・」

その後皆は静かになった。

「つまり知っている人はいないのか」

臥雲が誰も知らないのかと嘆いた。

「・・・」

でも答えを知らない皆は、黙ったまま静まり返った。

「わしが聞いているところでは、山に神様が鎮座している山をサンと、感謝の気持ちを込めて呼び、神様がいない山を、普通にヤマと呼んでいる」

臥雲が問いかけの答えをいった。

「確かに富士山も本宮山も白山も山頂に神様を祀る神社がある」

也有が寺の名前と神社を口ずさみながら続けた。

「そういう見方をすれば小牧山には神社はないからヤマなのか」

鯉圭が小牧山のことをいう。すると布毛和尚が口を挟んできた。

「ちょっと待って、ヤマと呼んでいる岩崎山《いわさきやま》はどうなの？　岩崎山には熊野神社があるだろう。なぜ岩崎サンではないのか？」

それを聞いて堀田六林が言葉を足す。

「岩崎山には確かに熊野神社はあるが、隣に観音寺というお寺があるからじゃないのか」
それを受けて鯉圭がまた口を開く
「そうか神社は神聖な場所にあって、神様を祀っている。そこに仏さまを成仏させるお寺があると、神聖な場所とは言えなくなるからか?」
鯉圭は自分に言い聞かせるようにいった。
それを聞いて布毛和尚が笑いながら
「面白いことを言うわ」と呟く。
それからまた堀田六林が自分の意見を
「でも満更ではないと思うよ」といった。
それぞれの意見で山の話で場が盛り上がってきた。
そこで也有が皆の言葉を止めて、臥雲に向かって
「山の話はその位にして臥雲さんの話を聞こう」
也有の言葉を受けて臥雲は話し始める。
「山の話は皆さんの意見が的を射ていると思う。
では話を戻して続けよう。天孫降臨で多くの神様が空から降りてきたのじゃ。神様は綺麗な

山を選んで降臨したのじゃ。そこで空から磐舟《いわふね》に乗って降りてきた中から、神様にならずに庶民の中に混じった者もいるから。

そう考えると、人間社会の中に降りてきた者も、多くいると思われる。その中の一人に尾張《おわり》氏《うじ》がいたのじゃ。それで尾張氏は奈良の葛城山を拠点にしていたが、後に多くが連れ添って尾張の国に移り住んだのじゃ」

臥雲は山の話から天孫降臨、そして尾張氏の話をした。

「では尾張様も神様の仲間なのか？」

堀田六林が臥雲に問いかける。

「そうだよ。空から降りてきた天孫族と考えている」

臥雲は、尾張氏は天孫族で神様の仲間だという。

「では神様たちを天孫族と呼ぶのか？」

鯉圭がさらりと聞く。

「そうだ。空から下りてきた人たちは、天孫族といい、前から住んでいた人よりも文明が進んでいるからな」

臥雲は天孫族が前から住んでいた人間よりも文明が進んでいるといった。

「分かるよね。空を飛ぶことのできる人たちだから」

鯉圭は単純な考え方をする。

「それから天孫族は、年月が過ぎて人間社会の中で交わり同化していき。当時の倭の国では、天皇が国を統治していた。それから天皇制が、始まった頃には天孫族の神様が、天皇をしていた時代もあった。

しかし、九州から始まった国造りが、大和に移ってくる頃には、天孫族の神様は天皇を止めて、山に籠るようになった。

尾張氏は四世紀中旬以降に、大和葛城の国から尾張の国に移動してきたのじゃ。一族のうち大阪、京都などに分散した一族もあるが。尾張本家はこの地に移ってきたのじゃ。

小牧山から南に行くと小針地区があるだろう。皆の衆はそこに尾張神社があるのは知っているか？」

臥雲は尾張の国の起源が、その尾張神社からだといいたいのだが、確かな証はない。尾張神社の名前の由来はこの地の尾張村からきているとい説もある。

「知っているわ」

「私は行ったこともあるわ」

堀田六林は小針村の尾張神社にお参りしたことがあるという。

「ここに大勢で移り住んできたのには、よからぬ事情があったと思うが。わしはそこまで詳しく知らんのじゃ」

臥雲は自分の知っていることと、知らないことを素直にいう。

「でもそれでこの地が尾張の国になったんだろう」

鯉圭がその後について聞く。

「尾張氏《おわりうじ》が、海人族《あまぞく》の海部氏《かいふし》や丹羽氏《にわ》など、元々の部族たちの上に立ったと思う。尾張氏は大和朝廷に深いつながりがあった部族だからな。それに人・モノ・金を持っていたから尾張を纏められたのじゃ」

臥雲は鯉圭を見て、尾張の国の生い立ちを話す。

皆は黙って聞いていた。そして也有が言葉を入れる。

「海部氏が上位《うえ》か尾張氏が上位かは定かではないが、臥雲さんの考えた話は好いところをついていると思うぞ」

也有が言うと皆が彼の方に向いた。

「ところで当時は誰も住んでいない田舎の大山に、それも天川山の山中に、何故寺を造ったのか？」鯉圭が臥雲に問うた。

それを受けて臥雲は考えながら答える。

「そうだな、明知村道を東に進み峠を超えれば明知村じゃ。そこから内々街道を北に進めば内々神社がある。皆も名前は聞いたことがあるだろう」

臥雲は皆に篠木庄の北の端《はし》にある内々神社のことを話し出した。

「名前は聞いているが、行った事は無い」六林が素っ気なくいった。

「わしも名前だけは知っているが」鯉圭も行ったことがないという。

「そうか、皆は行ったことがないか。弥勒山《みろくやま》の裾野にあるその地で昔、日本武尊《やまとたけるのみこと》が東国の平定を終えた帰りに、「ああ現哉々々《うつつかな》」と嘆いたことから神社の由来になっている。私が言いたいのは、ここの主祭神は尾張氏の祖「建稲種命《たけいなだねのみこと》」であり、これに「日本武尊」、「宮簀姫命《みやずひめのみこと》」を配しているからじゃ。つまり尾張氏にとって人事な神社だと思う。このことが大山寺の創建に、関係していると思う。この大山に近いのも何か縁がありそうに思うぞ」臥雲が尾張氏との関係を話した。

「では尾張氏と内々神社が関係あり、そこに近い大山に寺を造る動機になったのか？」

鯉圭が臥雲に素直に聞いた。

「わしはそう思う」臥雲が答えた。

「大山のある本堂ヶ峰の裾野には古墳が幾つもあるのじゃ。北新地古墳や大山古墳群などがある。つまり見方を変えればそこは墳墓《ふんぼ》の山なのじゃ。皆も知っているように古墳は昔の豪族の墓だ」也有が更に大山村の話をした。

「豪族と思われる墳墓の話は、わしも聞いたことがある。でも誰の墓なのか分からないのでは？」物知りの堀田六林が口を挟んだ。

「六林さんの言う通りじゃ。私の考えを聞いてくれ。尾張宿祢《おわりのすくね》が尾張の国司でいて、その下に連《むらじ》がおる。大山村は篠木庄だ。皆のいる味岡庄ではない。味岡庄の長《おさ》は都の摂関家のつながりが強かったが、篠木庄の庄屋は尾張氏の連が務めていたのじゃ」

「本当か？」六林がまた口を挟んだ。

「本当だ。内緒の話だが、寺社奉行をしていた昔の伝手で調べたから。はっきりと古書に書かれていないが私はそう思ったのじゃ」

「そういうことか」

「也有さんのいっているのはいつ頃の話か？」布毛和尚が問いかけた。

「墳墓の時代だから五から六世紀ごろの話じゃ。まだ大山寺ができる前の時代だよ」

「では今から千年も前の話ではないか」鯉圭が驚きの声を出した。

「では仏教が我が国に伝わる前の時代ではないか？」布毛和尚がことばを挟んだ。

「そんな昔の話か。でもお墓のある場所にお寺を造るのは何となく分かるような気がするけど」文樵が思いついたことを口にした。

「そういうことだ。大昔から大山村は尾張氏の連のお墓があったと思われるから」

「つまり也有さんは、墳墓の主から大山寺の創建まで尾張氏の連が絡《から》んでいることが言いたいのじゃな」六林が話しをまとめた。

「まあそうだ、寺をどこに作るか検討する際の、一つの案だと私は思う」也有が同調した。

「也有さんまでいうのなら、満更ではないな」布毛和尚がつぶやいた。

そこで臥雲がまた話し出した。

「そして尾張氏は葛城の国にいた時代から、大和朝廷や天皇家に妃を出して、力を付けてきたのじゃ。

それから仏教が布教して、朝鮮出兵をして白村江の戦で敗れたから。そのために朝鮮から渡来人が沢山入ってきたのじゃ」

臥雲は大縣神社の縣大宮司から聞いた話を受け売りで皆に話す。

「そんな昔の話は、私は初めて聞くぞ」

堀田六林が少し驚きながらいう。

「わしもじゃ」

布毛和尚も初めてだという。

「臥雲さんはよう知っとるのう」

「わしは大縣神社の大宮司さんから教わったのじゃ」

「それでよう知っておるのじゃな」

臥雲は皆に褒められて少しいい気分になってきた。

「尾張氏については後でもう少し話すから」

皆は初めて聞く話で新鮮で面白いのだ。

「そうかあとで教えてくれるのだな」

堀田六林が臥雲を見ながらいう。

「そうだ。今は話を進めるぞ。

その頃尾張氏が神社に来て、縣大明神に寺の創建の相談をしたと思った。

先ほどいった朝鮮からの渡来人が、多く入ってきたから。それで尾張氏は、大和朝廷から沢山来ている渡来人の受け入れを頼まれたのじゃ。

そこで大工や瓦を造る陶工など沢山の渡来人を、地元の二宮、本庄、池内、野口、大山、大草の集落で面倒をみさせて、大山寺を創建したと思う」

臥雲は渡来人を受け入れたこの地方のことを想像しながら話した。

「神様と尾張氏の天孫族同士で、寺の創建を進めたというのか？」

堀田六林が創建の核心になることを聞く。

「そうだ。尾張氏が先に言い出して縣大明神の手を借りたのじゃ」

臥雲は悩まずに思っていたことをいい、それで皆は納得する。

「では臥雲さんは、渡来人の力で大山寺が出来たというのか？」

鯉圭が臥雲に問い詰めた。

「そうだと思う」

臥雲は尾張氏が人を集めてきたこと。その人をどう使うのか、材料をどうするのか寺を造るための教えを縣大宮司から仰いだと、思ったことを皆にいった。

「そう言われれば分かるわ。陶工がいれば瓦を焼くのには、陶村《すえむら》の篠岡丘陵で陶器を焼く窯が沢山あったからちょうどいいのか」

堀田六林が篠岡丘陵から瓦を焼く窯の煙を想像していう。

「なるほど辻褄《つじつま》が合っているな」

布毛和尚がさらりといい。

「大山廃寺を掘ると奈良時代の瓦が出てくると聞いたことがある。それを思えば今の臥雲さんの話は納得できそうじゃ」

鯉圭が瓦の話を江岩寺の岩彩和尚から聞いていたのを思い出しながら話す。

「ともかく大山の田舎では、瓦屋根の家がない時代、そこに都の大きなお寺と同じお寺をここに建てたのじゃ。瓦がそれを証明しているから夢物語ではないぞ。瓦を焼いていたのは篠岡丘陵にあったいくつもの窯だと思う。嬉しい話ではないか」

堀田六林が嬉しそうにいう。

大昔の話だからそれを証明する証は大山廃寺の瓦だけである。

「そういうことだ。文字のない時代だから記録が残っていないから。でも瓦という証拠が出てきたら疑う余地はないということか」

遠い昔を想像しながら也有がいう。

堀田六林がそれを受けて

「そういう事になる。不思議な気持ちになってきたぞ」と皆に話した。

「六林さん、わしも同じだわ」

玉林寺の布毛和尚も相槌を打った。

そこで臥雲が続きを
「そして寺が出来てからは、尾張氏と連の援助で、寺は更に大きくなったと聞いている」

臥雲が皆と歩調を合わすように続けた。

それから臥雲は長く話したので喉が渇いた。そこで
「鶴望さん」

臥雲が少し大きな声を出して台所にいる鶴望を呼んだ。

臥雲の声を聞いて直ぐに鶴望が部屋に入ってきた。

「鶴望さん皆にお茶を注いでくれ」

臥雲が頼んだ。すると鶴望は皆の椀を見て茶のないことを知った。

「では直ぐに」

そう言って鶴望は部屋から出ていった。

そのやり取りを聞いて場は自然の流れで中座して休憩になった。

「中座したついでに聞いてくれ」

也有が臥雲を抑えて皆を見ながら声を掛けた。

そこで静かになるのを待って也有が話し始める。

「ここで話が反れるけど皆に相談じゃ。昔の大山廃寺を調べていて悩んでいることがある。それを聞いてくれ。先ほど誰かが篠岡丘陵の話をしたが、そのことだが。

鎌倉時代の書物には大山の地は春部郡の篠木庄大山村とあるのじゃが、篠木庄と味岡庄の境は何処かな・・」

也有が皆の顔を見ながら聞いた。

「也有さん、大草村、大山村に野口村も篠木庄だよ」

布毛和尚が言葉を挿《はさ》んだ。

「そうだよ。本庄村まで味岡庄でそこから先は篠木庄だよ。間の池内と林村は大縣神社の寺領だったと聞いていたが・・」物知りの六林が臥雲に教える。

「そうなのか。どこかで野口大山といっていたのを聞いたから間違えたのかなあ」

也有は、以前臥雲から大山の村人の話を聞いていたからそう思っていた。

「也有さん、味岡庄の中に小牧村と外山村の間に米野村があり大山という地名があるから。大山寺のある大山村は篠木庄になるんだよ」

「そうか、味岡庄には他に大山の地名があるのか。一つの庄に同じ地名が二つあるのは可笑しいからな」

「大山寺（正福寺）が全盛期のころは大山村であったと思うが、信長によって二度目の焼き討ちにあい寺が江岩寺に法灯が引き継がれてから。それで大山村も衰退したからなあ」

堀田六林が皆の顔を見ながらいう。

「全盛期のころは篠木庄大山村であっても、寺が無くなれば僧徒も減ってきたのじゃ」

「それで残された村人は生活圏が近い野口村に近づいたのだろう」

「だから今では野口大山という村人が多いのではないか。両方とも篠木庄だから」

「分かった。ありがとう」

「今の時代と平安時代では、同じではないだろう。違いがあるかもしれないなあ」

「そうだよ。江戸の今は庄屋制度があるけど、平安の頃は郷といっていたはずだが」

「そうか時代と共に変わることがあるから」

「大山は寺で栄枯盛衰を何度も経験した地だから、そのためにお役所が変わるのと同じように呼び名が変わるのも分るぞ」

六林が何気なくいうと

「そうだよ。小牧と書くのが多いが、駒木と書いた頃もあると、聞いたことがある。つまり当て字が変わるのと同じじゃないのか。それを時の権力者が決めるのではないのか」

臥雲が也有をはじめ皆の顔を見ながら同意を求めた。

「わしもそう思う」

鯉圭は也有の顔を見ていった。

昔の記録が残っていないのが原因である。途切れた時代を越して、次に出てきた時には、主管する代官所が変わることはよくあることだ。

「どちらも尾張国の春部郡の中の話だからなあ」

堀田六林が笑いながらいい。

「也有さん、気にしなくってよいぞ」

臥雲も同じことを口にした。

「昔は時代、時代で主《あるじ》が変わるのと同じことだね」

也有は、皆が言ったことを胸の中でまとめた。

それから場は休憩になった。

そこに鶴望が入って来て皆の椀に茶を注いで回った。

（三）尾張氏《おわりうじ》

ここ玉林寺の庫裏では、臥雲の顔見知りを集めて大山廃寺の創建時について、臥雲が調べてきた内容を、大山廃寺伝説の謎を解く会として開かれている。

先ほどまで天孫降臨から天孫族の話、そして人縣神社の縣大明神の話を臥雲がした。そこで喉の渇きを癒すために休憩をとった。

それからしばらくして、臥雲は帳面を見ながら再び話を始める。

「先ほどから話している尾張氏は、「尾張」を氏の名とする氏族じゃよ。尾張氏の遠祖である天香語山命・天牟良雲命《あめのむらくものみこと》・天背男命《あめのせおのみこと》などは、饒速日尊《にぎはやひみこと》の東遷《とうせん》（一八五年頃）に従って筑紫から大和にやって来たと書き物に書いてあったから。

尾張氏の大和での本拠地は、高尾張で奈良の西部で葛城の高台（葛城山の麓）である。日本書紀には、神武天皇記に「高尾張邑《むら》に土蜘蛛がいたので殺害し葛城邑《かつらぎむら》に改めた」とあるのじゃ。

また天香語山命（生年一五五年頃）はやがて東海地方に移り、尾張国の基礎を造りだす。そして第十三代成務天皇の頃（四世紀前半）、大和の尾張氏は、東海地方に移って尾張国を拡げたのじゃ」

臥雲は帳面を見ながら話す。そこに質問が入った。

「尾張氏は大きな勢力だったのだね。では地元の豪族ではないのか？」

それを聞いていて、あれっ（？）と疑問に思った堀田六林が問いかける。

そこで臥雲は堀田老人の顔をみて地元の豪族かどうかを話始める。

「まず尾張氏の起源については、大和から来た葛城移住説と地元発祥説があるから。わしは葛城移住説を信じているけど。

大和葛城から大勢が尾張地方に移ったけど。先ほども少しいったが、その他に大和葛城に残った一部の人々もいる。他に山城国や河内国に移った人々もいる。

それから『日本書紀』巻第二の一書（第六第八）によると天火明命《あまのほあかりのみこと》を祖神とし天忍人命《あめのとめのみこと》から始まるとされているのじゃ。

一方綿津見神を始祖とする系図もあるのじゃ。美濃・飛騨などに居住の後、乎止与命のときに尾張国造となったとあるから。

日本武尊《やまとたけるのみこと》の時代には、熱田の南に拠点を移し、その後裔《こうえい》は熱田神宮大宮司を代々務めていた。

また同族に住吉大社の社家の津守氏、そして籠神社《このじんじゃ》（京都府宮津市）の社家海部氏があることも知らせよう」

臥雲は帳面を見ながら読んでいく。

「その尾張氏が大山寺にどう関係していたのじゃ？」

誰かが話の途中に問いかけてくる。

その時、臥雲は帳面を見ていて、問いかけてきた相手を見なかった。だから相手が誰か分からないまま話し出した。

「その尾張氏はヤマト朝廷に人脈があり、中央の情報や物資が入ってくるから。それで尾張氏は朝鮮から仏教伝来を知り、この地方に大きな寺を建てることを考えたのじゃ。

そのことを尾張氏は大縣神社の縣大明神に相談した。そこで縣大明神は、神様と仏さまが共存する世の中を考えていたから、尾張氏の相談には喜んで協力を約束してくれたのじゃ」

臥雲はこれも帳面に書かれていたことをそのまま述べる。

「では大山寺を創建しようと言い出したのは尾張氏だと言うのか？」

「そうだ。わしはそう思っとる。天皇が住んでいる宮殿の屋根が、板葺きや藁葺きの時代に、この尾張の片田舎に瓦葺きの大山寺を建てるのじゃ。それができるのは尾張氏しかいない。それができるのは権力とお金がなければできないから。そしてそれができるのは尾張氏しかいない。そこを言いたいのじゃ」

臥雲が自分の意見として述べた。

「わしは古代の人の名前が覚えられないわ」

横内村の丹羽鯉圭が呟《つぶや》いた。

「わしも同じじゃ」

「今日の話は難しい話だね」

石原文樵が続いた。

「皆さん、いいかい。古代の尾張地方には古くからの海人族《あまぞく》がいたのじゃ。それは海部氏《かいふし》、丹羽臣、羽栗臣などが知られているが、わしが重要視しているのは大和朝廷との親密度だよ」

臥雲が尾張氏のことを、情熱を込めて話している。

「ちょっと待て。朝廷との親密度とは何じゃ?」

玉林寺の布毛和尚が問い掛ける。

「当時倭《やまと》の国に仏教が伝来して、各地に国分寺などの寺ができたから。そこでこの地方の中心であった稲沢に国分寺があったのじゃ。そこは海部氏が納めていた領域と思う。だから尾張氏の領域に寺が欲しかったのじゃ。

六世紀には、この地の入鹿川から篠岡丘陵に掛けて入鹿屯倉《いるかみやけ》があり、天皇のいる朝廷に焼き物やコメなど物資を運ぶのに尾張氏、その連《むらじ》が手伝っていたと、わしは考えたのじゃ。

尾張氏は朝廷や天皇家に親戚関係があり、それらの縁で国の情報が尾張氏に入っていたのじゃ。そこで各地に造っていた寺をこの地に造ろうという話が出てきたのじゃ。だけど直ぐには出来なかった。

寺が出来るのはもう少し後になるけど、わしは、大山寺創建の話を持ち出したのが尾張氏だと考えたのじゃ。お金があって大和朝廷との縁故があり情報を取れるのが尾張氏だから」

臥雲は縣大宮司からの受け売りで皆に話を聞かせる。

「そういうことか」

堀田六林が納得した旨の言葉を呟《つぶや》く。

「当時は朝廷の屋根が藁葺きの時代だよ。そこに瓦葺きの寺を作るのだから。

それが出来るのは、この地と朝廷に縁があり、相当な財力と労力を確保できる部族だということだよ」

臥雲が尾張氏の力を誇示したような言い回しをする。

「なるほど、当時の瓦は凄いものだったのか?」

堀田六林は言いながら也有の顔を見る。也有は臥雲の言っていることに間違いはないと口に出さずに表情で伝えた。

「そうじゃ」

急に臥雲が大きな声を出した。

「ところで屯倉《みやけ》とは何じゃ」

布毛和尚が臥雲に問いかけた。

「今話に出た屯倉だが、大山寺の創建前、尾張地方にはヤマト朝廷の直轄地で、入鹿屯倉と間敷屯倉《ましきみやけ》が二ヶ所あったのじゃ」

臥雲がまた皆の知らない話を出した。

「屯倉といわれても聞いたことがないわ」

鯉圭が臥雲の話に水を刺した。

「屯倉というのは朝廷の直轄地をいい、朝廷の荘園のようなものだよ。荘園は分かるだろう。入鹿川を中心にした入鹿屯倉からは、米などの穀物と須恵器などの焼き物を朝廷に収めていたのじゃ」

臥雲が鯉圭に優しく話して聞かせる。

六世紀に第二十七代安閑天皇の頃に、丹羽郡から春部郡にまたがる地域に入鹿屯倉を、愛智郡に間敷屯倉を作った。その他にも全国に作った。屯倉は大和王権の支配制度の一つであり、直轄地経営の倉庫などを表した語である。それと直接経営の土地も含めて、屯倉と呼ぶようになった。屯倉は直接経営し課税する地区や、直接経営しないで税だけ納めさせた地区もあった。

入鹿屯倉では、米や陶器などを、奈良の都に運搬する仕事に、尾張氏の連が関与していたと思われる。それは朝廷から頼まれたのか、屯倉から頼まれたのかまでは分からない。

「昔陶村《すえむら》の人たちが、篠岡丘陵で焼き物を焼いていた話は聞いたことがあるぞ」

今度は、布毛和尚が焼き物についていう。

「焼き物の話ならわしも聞いたことがあるわ」

鯉圭も話に加わってくる。

「そうだよ。それで焼いたものをヤマト朝廷に収めていたのじゃ。

その屯倉は朝廷から役人が来て管理していたのだが、現場の役人が少なく困っていた処を尾張氏の連《むらじ》が輸送や管理面などで手助けしていたから。

だから尾張氏は朝廷との関係で、この地方でも大きな力を持っていたと思われるのじゃ」

臥雲は当時のことを想像して話した。それを皆は感心して聞いている。

「それが言いたかったのか」

堀田六林が臥雲に問い掛ける。

「そこで屯倉から時代は少し過ぎて、七世紀に朝鮮半島の白村江（六六三）の戦で日本と百済連合は唐と新羅連合に敗れたんだ。その為に負けた百済から多くの祖国を捨てた渡来人が日本にやってきた。

その話を聞いて大和朝廷からの指示で、尾張氏も大勢の渡来人を受け入れることになったのじゃ。

丁度尾張氏は、兼ねてから大きな寺を作ることを考えていたので、大工や窯業の関係（瓦職人を含む）などをこの地に受け入れたと思われる。

そういった時代背景から大山寺が創建されたとわしは考えたのじゃ」

臥雲は上手いこと想像の話を皆に聞かせた。でもそれが想像の世界でその証となるものは見つかっていない。でも皆は知らない世界のことだから頷《うなず》きながら聞いている。

「白村江といえば朝鮮だろう。そこでの戦いで敗れたので渡来人が沢山日本にやってきたのか？　それは本当なのか」

鯉圭が大きめな声を出して臥雲に問い掛ける。

「そうだよ。当時の記録もあるから。

その頃の縣大明神は、大山寺を創建したら、次に自分が住んでいる大縣神社を拡張するのを考えていたのじゃ」

臥雲が、証があると言うので、渡来人が来たという話を、皆は信用し始める。

「臥雲の考えは理にかなっていると思うけど。

そこで大縣神社の拡張説はどう繋がりがあるのじゃ。そこんところがよく分からん」

堀田六林が疑問に思い、臥雲に問い掛ける。

「そうだ、大縣神社の拡張の記録はあるのか」

布毛和尚が続けて聞く。

「そこまで調べてこなんだ。すまん」

臥雲は皆から突っ込まれて少し恥をかいた。でも皆はそんな風に思っていない。知らないことを述べる臥雲を尊敬している。

「おいおいもういいから。大縣神社のことはこの際どうでもよいわ」

也有が、大縣神社の改修の話はこの際関係ないからと、皆に釘をさして本題に戻した。

「それでは大山廃寺の話に戻るが、そこで見つかった布目瓦が年代を表しているから。ともかく日本最古の尼寺の瓦（豊浦寺）と酷似したのが、大山寺から出ているのじゃ。つまり七世紀頃には大山寺が出来ていたということになるから」

臥雲は大山廃寺から出てきた瓦が年代を示す証になるという。

「その創建時の歴史が、平安後期に再興する時に、重要な要素になったのだろうか？」

そこで堀田六林が臥雲の言葉から自らの考えを挿《はさ》んだ。

「六林さんの考えはさすがじゃ。そのことが創建期から最盛期に繋がる糸になると思うぞ」

也有は瓦から導いた六林の考えをほめた。

「そうなんだよ。延暦寺が八世紀から九世紀に出来たのに対して、大山寺は七世紀頃出来た寺だからな。

延暦寺よりも古くからある寺という歴史が重要なのだ」

臥雲も寺の創建期が重要だと強く説いた。

也有と臥雲の二人が、説いた寺の本山の創立よりも、末寺の方が古いことが、どういう意味を成すのか？

皆は分からないまま、二人の説得する迫力に負けて静かになった。

（四）十六菊花紋軒丸瓦《きっかもんのきまるがわら》

先ほどから玉林寺の庫裏で一回目の大山廃寺の謎解きの会が行われている。

鯉圭が、場の静まり返ったのを気にして、岩彩和尚の話を思い出して臥雲に聞く。

「臥雲さん、以前江岩寺に一緒に出掛けた時に、岩彩和尚から瓦の紋章の話を聞いたけど。今日はその話はしないのか。

確か十六菊花紋の紋章が軒丸瓦に付いていたと話していたが？」

「そうだ、掘り出された瓦の中から十六菊花紋と似た軒丸瓦が出たと言う話を岩彩和尚から聞いたのじゃ。その話は以前大縣神社の縣大宮司からも聞いたことがあるのじゃ。

皆さんは十六菊花紋章が何を意味するか分かるか？」（写真参照　※3大山寺跡から出土した軒丸瓦）

臥雲が皆に質問する。しかし、皆は静まり返っている。

その隙に臥雲はお茶を飲んだ。そしてまた話し始める。

「ではここで瓦の話をしよう。お寺の屋根の瓦に使われている軒丸瓦の紋章は蓮の花から始まったのじゃ。仏教が日本に入って来てから凡そ三十年後に日本で初めての飛鳥寺が出来た。それは六世紀後半の話。その時は朝鮮半島の百済から、陶工がきて、蓮の文様の軒丸瓦で造営した。花弁の数は十枚。その後各地に寺が造営されていき、蓮の文様で偶数、奇数の花弁が八枚から十一枚ほどだったと聞いている」

臥雲は以前住職をし、歳旦帳の関係で、尾張各地のお寺を回ってきたことから得た知識を披露した。

「お寺の軒丸瓦の紋章は蓮の花だと私も聞いている」玉林寺の布毛和尚が口を挟んだ。

「それで大山寺から八枚と十六枚の花弁文様の軒丸瓦が出ているそうじゃ」

「そうか、臥雲さんはよう知ってるなあ」

「その後七世紀になり宮廷の屋根が瓦葺《かわらぶ》きに代わっていき、そこで皇室の紋章である十六菊花紋章（花弁の数十六枚）の軒丸瓦が使われていったと思われる。大山寺から出た瓦が、菊の文様か、蓮の文様かは、詳しくは分からないが、当時は宮廷の瓦屋根への変革期だから、天皇家の紋章を正確に表すことは、多少の差異はあっても仕方ないのでは」

「そうだ、昔のことだから仕方ないわ」布毛和尚がまた口を挟んだ。

「私は蓮の花弁を十六枚で表すのは無理があると思う。そこで八枚前後の花弁を倍にすると花の種類が変わると考えたのじゃ。見比べたら分かると思うが、あくまでもわし（私）の考えとして、十六枚の花弁の花を菊と考えたのじゃ。

蓮の花弁と菊の花弁を思い出してくれ。そこで十六菊花紋の軒丸瓦について考察をしてきたのじゃ」

臥雲は皆の顔を見ながら、瓦へのこだわりを分かりやすく話した。

「十六花弁の紋章を考えたら、十六菊花紋章に辿り着いたのじゃな」

堀田六林が嬉しそうな顔をして、ここで相槌《あいづち》を打った。

「そうじゃ」臥雲がいった。

「では大山寺の瓦は、天皇家の紋章か？」

布毛和尚が臥雲の顔色をうかがいながら驚きの声を出した。

「和尚、分かってくれたか。そう、十六菊花紋章は天皇家の紋章だと思う。それが何を意味するか、皆はどう思う？」

臥雲が皆の顔を見ながら問いかける。

すると皆がそれぞれ自分の意見を言い出す。

「天皇家の紋章の付いた瓦を使うとは、普通では許されないぞ」

「ではその寺が天皇家の墓のある寺なら分かるぞ」

「ちょっと待て、大山寺が天皇家の墓なんて聞いたことないぞ」

「そうだ。想像の話が進みすぎではないか」

「まあそれ位にしてくれ。誰かがいったように大山寺は天皇家の寺ではないぞ。

でも天皇家の紋章を瓦に使っているから」

臥雲は、十六菊花紋の軒丸瓦が意味することの重要性を皆に教える。

そして臥雲は皆の顔をゆっくり見ながら話を続ける。

「天皇家の紋章を使うのが許された高貴な方が、この寺の創建に関係していたという事なのじゃ。それが尾張氏だと思う。

尾張氏は天皇家に血筋が繋がっているから、紋章を使うことが出来たのじゃ。

わしはそう思う」

臥雲が皆に十六菊花紋章について自分の考えたことを聞かせる。

「この当時に天皇家の紋章を使えるのは他にいななかったのか？」

鯉圭が皆の顔色をうかがいながら質問する。

「そうじゃ。大和朝廷の時代は海人族から妃を出したと聞いたことがあるが、海人族はこの大山寺のある篠木庄やここ味岡庄に縁が薄いのだ。だからこの地に尾張神社のある尾張氏だと決めたのじゃ」

「そうだな、分かるわ」

「わしも間違っていないと思うぞ。道理じゃ」

「そうじゃな」

「私も同じじゃ」

「当時の尾張氏はヤマト朝廷や天皇家に深い繋がりを持っていたという証だから」

「十六菊花紋章はそれほど強いものなのか？」

「そうだ。天皇家の紋章だからな」

「そういう事か」

それから臥雲の話に皆は納得したように雑談が始まる。

そこに堀田六林が臥雲に話し掛ける。

「長い話を聞いたが、これでやっと臥雲さんが拘っていた話が分かったぞ」

堀田六林が満足そうに臥雲を見ていう。それを皆が感心して観ている。

「少し疲れたので休憩しよう」

臥雲が場の雰囲気を理解して嬉しそうにいう。

それを聞いて鶴望が直ぐに皆にお茶を注いで回わった。

その後玉林寺の庫裏でしばらく雑談が続いている。そこで也有が皆に尾張氏衰退について話し始める。

「ヤマト朝廷が、奈良にあった頃は尾張氏の最盛期の頃だった。だが皆も知っているように平安時代になって都が奈良から京都に変わるのじゃ。そうすると尾張氏の中に陰りが出てくるのじゃ。

そこで尾張氏と連《むらじ》の援助で寺が出来、栄えた大山寺にも陰りが出てくることになるのじゃ。

皆さんは大山寺を知っていると思うが、山岳寺院だから近在に里人の数は少ないのじゃ。大山村の部落だけでは大きくなった大山寺を支えられないのだ。

栄枯盛衰とか盛者必衰とは上手くいったもんじゃ。山の上に登ったら後は下るだけだからな。登りは大変で時間が掛るが、下りは楽で速い。つまり衰退の時間は想像よりも早く来たのかもしれないぞ」

也有が尾張氏の衰退と、大山寺の衰退が、重なることを皆に聞かせる。

「也有さん、それは平家物語の言葉ではないか」

堀田六林が也有に問い掛ける。

「そうじゃ。武士の時代を開いた平家が頂点まで上るが、それは長くは続かず一気に潰された話は皆も知っているだろ。尾張氏もその道をたどったという事じゃ」

也有は平家の栄枯盛衰が、大山寺にも起きたことを皆に言い聞かせる。

「そういう意味でいったのか。よく分かったわ」

堀田六林が也有にいった。

「それでは大山寺も哀しい運命を辿ったというのか？」

鯉圭が也有に問い掛ける。

「そうじゃ。尾張氏は衰退して熱田神宮の宮司になったと聞いたことがある。もうその頃は大山寺の世話など出来る状態ではないから。そうなれば大山寺は檀家も少なかったから、可哀そうな運命を辿ったのじゃ」

也有は、お金の切れ目が縁の切れ目になったことをいう。

「今から八百年から九百年も前の時代だからなあ。大山は大いなる田舎ぞ。尾張氏や連の援助が絶えたらやっていけなくなるのは分かる」

堀田六林が想像しながら也有の言葉に同調する。

「それで大山寺は平安時代の中頃には、和尚が不在の頃も出たほどに、落ちぶれた寺になったのじゃ」

也有が時の移り変わりの中で仕方ないことといった。

「そうか、分かるぞ。大山寺が最盛期を迎えたのが十二世紀だから。その前の出来事だからなあ」

臥雲が噛みしめて呟いた。

それからしばらく雑談して今日の会合は終わりになった。

それで皆は帰っていった。ただ也有と文樵については、臥雲と鶴望が庫裏の外まで出て見送った。

皆が帰った庫裏は臥雲と鶴望の二人だけになった。庫裏が静かになって臥雲は今日の反省会を独りで始めた。大山廃寺の謎を①創成期、②全盛期、③終末期に分けて考えてきた。その一回目が終わった。

終えた後の皆の表情を見て皆はそれなりに楽しんでくれたと思った。しかし、話の内容についてはこれで良かったのだろうか。奈良時代から平安時代の昔話のために証跡が瓦しかない時代の話だった。だから多角的な面でこの地を見つめて話したつもりである。

催しの最後に皆の感想を聞けばよかったが、今となっては後の祭である。そこで鶴望に声を掛けて呼んだ。

鶴望は台所で洗い物をしていたが、呼ばれて座敷に来たが、土間で立ったままで上がらなかった。

「鶴望さんは今日のこの催しを見て何か感じたかい？」

臥雲はともかく鶴望の目から見た感想を聞きたかった。

「私は内容については聞いていないので分かりません。でも皆さん楽しそうな顔をしていたのが印象的だわ」

鶴望の目から見た今日の催しは、参加者がどれだけ楽しんでくれたか、その表情を見て自分なりの尺度で楽しそうだと思った。

「皆は楽しそうであったか？」

「私はそう思いました。臥雲さんは、皆さんが知らない話を沢山したのでしょう。それで驚きの声を何度か聞きました。だから良かったと思います」

「そうか、初めてのことが多かったのか」

「そう、知らないことを臥雲さんが、教えてくれたのが良かったのではないですか?」

「鶴望さんの目にはそう映ったのじゃな」

「私も『やま』と『さん』の話を、初めて聞いたから面白かったわ。後の話はよく聞いていませんでした」

「そうか、ありがとう」

「それに也有さんも笑っていましたから良かったと思います」

「では次からは鶴望さんも一緒に場に入ってくれ」

「ええ、いいのですか」

「誰も反対しないから。・・もういいよ、ありがとう」

臥雲は鶴望にもう下がっていいよといった。

それで臥雲は眼を閉じた。

一人になった臥雲に静かに時間が流れていった。

第三章　白河法皇の夢（全盛期の謎）

（一）臥雲の恋心

宝暦十年（一七六十）二月。立春が過ぎ、それでも時々玉林寺のある味岡庄に、冷たい伊吹下ろしが吹くなか、日差しに温かさを感じるようになってきた。庭の梅が咲き始め、桜の季節にはまだ早いが、季節は確かに春に向かって進んでいる。

そんなある日のこと。臥雲《がうん》が静養のために玉林寺の庫裏に来て一年が過ぎた。ここでの生活に慣れ、すでに元気になっている。

そこで臥雲は年甲斐もなく、下女の鶴望《つるみ》に恋している。臥雲にも遅かった春が来た。でも好いた人と毎日逢えるから嬉しいのだが、老いてくると段々と我儘になってきた。

それは、鶴望が夕餉を済ますと家に帰っていく。そのため寝るのは一人である。そこで夜も一緒に過ごしたくなってきた。

臥雲は鶴望を下女として見るのではなく、人生の伴侶として一緒に歩きたくなった。そのために人を恋する切なさを知り、胸のときめきを感じ、この年になりそれを抑える気持ちも覚えた。でも人を恋したら、どうすることもなく心が燃えてくる。それは自分の年を忘れて、女子《おなご》に恋する、男として自然なことである。

臥雲は今迄妻《めと》を娶らずに自由気ままな生活を送り、歳旦帳やバケモノ物語を出筆するために各地を出歩いていた。

また仏門に身を置き本光寺の住職を務めていた。そんな関係で女運に恵まれず、独り暮らしを通してきた。

しかし、鶴望と出会い、一緒に過ごす時間が多くなってから、臥雲に忘れていた胸のときめきを感じるようになってきた。鶴望はこの地方で有名な江崎家の遠縁にあたる人である。だからではないが、時々優雅さを感じる時がある。美しい人だと思う時がある。鶴望は一度結婚し、夫に先立たれて、一人の暮らしが十年以上続き、寂しい思いで暮らしている。そんな鶴望とこの一年、夜を除いて生活を共にしてきた。それで鶴望と共に一日中一緒に暮らしたくなった。

今日そこに鯉圭が久しぶりに庫裏にやってきた。そこで臥雲は意を決して、偽りのない鶴望への想いを相談することにした。

「鯉圭さん折り入って相談があるのじゃ」

臥雲は鯉圭を連れて庭に出た。庫裏の中に鶴望がいるから。これからする話を鶴望に聞かせたくない。

「改めてなんじゃ」

鯉圭は少し驚いた顔をして臥雲の後に続いた。

「鯉圭さん、相談というのは鶴望さんのことじゃ」

臥雲は胸を押さえて鯉圭を見て、鶴望への思いを顔に出さないように、少しこわばった顔をしていった。

「鶴望さんのこと？」

「そうじゃ。今彼女は家と庫裏の二重生活を送っている。それをわしと一緒に暮らすことは許されるか？」

「それは下女と一緒に暮らしたいと言うのか、妻として迎えたいと言うのか。臥雲さんの気持ちはどちらじゃ？」

鯉圭は飾らずに素直にどうしたいのかを聞く。

「そこまではまだ決めていないが、一緒に暮らしたい」

臥雲も素直な気持ちをいった。

今の生活は玉林寺の居候だけど。それを二人の生活に変えたい気持ちがある。でも定職を持っていないから妻を娶りたいとまだ言えない。

臥雲は玉林寺に大きな葬式や法事などがあれば布毛和尚の手伝いをしている。和尚から頼まれるとお坊さん姿になって玉林寺の坊主として仕事をしている。それをしているから庫裏を使うことが許されている。

「それは今日までの二人を見ていれば、何かあったのだと思うからな」

鯉圭は少し笑いながら臥雲の顔を見ていう。

「何かあったとは何じゃ」

臥雲は鯉圭をにらみながら、声を上げて聞き返す。

「坊主が、亭主をなくした未亡人に恋をした話はよく聞くぞ。

臥雲さんも鶴望さんに恋したのかな」

「うう・・　そうじゃ」

「臥雲さんも男だからな。我慢できなくなったのか?」

「いやらしい言い方をしないでくれ」

「いやそれは、一つ屋根の下に男と女が居ればやることは一つじゃ」

すけべ心丸出しの顔をして鯉圭は臥雲の顔と睨みながらいう。

そして笑い顔に変わっていった。

「そういう言い方をすれば間違いではないが・・

鶴望さんを下女に付けてくれたのが鯉圭さんだから、こうして相談しているのじゃ。笑わないでくれ。わしは真剣だ」

臥雲は鯉圭が笑ったから少し気分を害した。

「そういう事か。わしが悪かった。それでわしは異存ないが、鶴望さんがまだ旦那の面影と、本家《ほんや》を気にしているか確かめなければ」

鯉圭は謝ってからは真顔に戻っていう。

「そうか旦那の親類筋に確認しなければいけないのか?」

「それもある。確か旦那のお兄さんがいたはずじゃが。それと江崎家にはどうしたらいいのか。まあ時間をかけて考えよう」

鯉圭は同居だけで済めば、血縁者に言うことはないが、結婚となると黙ってはおられない気持ちである。そこで慌てずに考えることにする。

「なんせ鶴望さんは、江崎家の親類縁者の方だから、無理に嫁にできないからな。筋を通す必要があるかないかを含めて相談なんじゃ。

それを鯉圭さんから一度聞いてもらえないか」

「ところでこの話を出してきたのには訳があるのか。

例えば鶴望さんは身ごもっているとか？」

鯉圭は素直な気持ちで大事なことだからと、気になっていたことを聞く。

「鯉圭さん、それはないから大丈夫じゃ」

臥雲は鯉圭に話して胸の仕えが取れた。今は世間を気にして我慢の時が続いているから。その生活から抜け出して、周りを気にしないで済む生活をしたくなった。

「臥雲さんはまず同居して、結婚はその後考えるのだな」

「そうだ。結婚は後のことでいい」

「臥雲さんの宗派は、坊主が妻を娶っていいのか？」

鯉圭は坊主の世界が気になって聞く。

「今のわしは坊主ではないぞ。手伝いはしているが、どこの宗派にも入っていないのじゃ。だからそのことは気にしなくっていい」

臥雲は坊主ではないといい、余分な縛りのないことを鯉圭に伝える。

「それなら余分な心配はいらないのだな」

「そうだ。心配するな」

「ではわしから鶴望さんに一度話をしてみる」

「鯉圭さん、世話を掛けるがお願いじゃ。頼むぞ」

「まあ臥雲さんの頼みだからやるけど、少し時間をくれ」

「それは任せるから。でも皆にはこの話はしないでくれ。決まってからにしたいのじゃ」

「そういう事なら誰にも言わないから、心配するな」

今は日陰になっている、庫裏の小さな庭に野菜が植えられている。それを見ながら二人は男同士の話しをしている。

それからしばらくして話題が変わり庫裏の中に戻っていった。


玉林寺の庫裏で、胡盧坊臥雲と横井也有が、大山廃寺の謎を調べている話が、俳諧仲間の間で噂になっていた。そこで横内村の丹羽鯉圭が、飛車窟門下の親しい知人に、声を掛けて、話を聞く機会を設けた。それを最初に行ったのが、半年前の宝暦九年の秋であった。

前回は大山寺の創建時代の話をした。その後、次はいつあるのかと問い合わせが何度かあった。しかし、二回目となると大山寺の全盛期の頃の話である。この領域は臥雲の苦手とする処である。

二回目に向かって臥雲は全盛期の謎について調べている。その為に臥雲は何度も前津に通い也有と話を詰めていた。時には一人で出かけたが、多くは鯉圭と二人で前津に通った。それは八分類の中で③全盛時の規模、④延暦寺との関係、⑤中興の人玄海上人について、⑥玄法上人についての四項目である。

この領域は也有に言わせると、白河法皇が重要な人物だといった。その意味が臥雲には分からなかった。だから何度も前津の知雨亭に通い、そこで視写した大山寺縁起を見ながら、二人で議論を重ねてきた。でも臥雲にとっては、苦手な領域だから物覚えが悪かった。もちろん紙に書いて覚えようと試みてきた。

特に法勝寺から始まる白河御殿と、宮中の絵図を也有に書いてもらったが、いかんせん臥雲は都に行った経験がなかった。だから絵図からみる延暦寺、園城寺との関係など、覚えるのに苦労をした。

特に臥雲は、紙に書かれた絵図の向こうにある、人間関係まで見えないのである。しかし、これが尾張の国の話になれば、全く変わるのだから仕方のないことだった。

ともかく二人は、大山寺縁起に書かれている、全盛期の頃の記載について語り合った。そこで玄海和尚が法勝寺の出身と分かった。そこから法勝寺について調べた。

白河天皇が日本国と天皇家の為に、白河御殿の前に法勝寺を建てた。法勝寺は法皇が院政を引いていた承暦年間（一〇七七～）に完成し、その後大きな八角九重塔を造った。

也有は大山寺縁起には、大山峰正福寺として全盛期を迎えたのが、永久年間（一一一三～一一一八）とあることが気にかかった。もしそうであれば、三千人以上の僧徒の大きな寺を造るためには、どうしなければいけないのか、その理由が分からずに也有は悩んでいた。

そこで也有は時代表（年表）を見ながら考えた。そこで白河法皇が承徳年間（一〇九七～一〇九九）の頃から、大山寺を再興させるための下準備を進めていた、と也有は思いついた。でも也有がこの時代の話を臥雲にしても、会話が進まないのである。なぜなら、臥雲に白河法皇時代の都の出来事を知らないからである。

臥雲は「そうか」、「そうなんだ」と頷《うなず》くだけであった。

そして臥雲から二回目の大山寺全盛期の話をする催しは、也有から皆に話をして欲しいと頼まれた。それを聞いて也有は笑いながら

「臥雲さんの頼みなら仕方ないか」

といって引き受けてくれた。臥雲は返事を聞いて胸をなでおろした。

（二）天下三不如意《さんふにょい》

それから半月ほど過ぎた三月下旬のある日。二回目となる大山廃寺伝説の謎を解く会が、玉林寺の庫裏で開かれた。今回は大山寺の全盛期を迎えた頃の話である。

その日も横井也有が小牧に来るのに合わせて行われた。参加者は、横井也有、その下男の石原文樵、胡盧坊臥雲、玉林寺布毛和尚、臥雲の門下の丹羽鯉圭、地元の俳諧の世界で尾張の二老人といわれた堀田六林。そして鶴望を入れて七名が玉林寺の庫裏の広間に集まった。

この部屋は、八畳の広さに畳が敷かれ、皆は座布団に座っている。今回は法事に使う長い座卓が左右に二卓置かれている。そこに臥雲と也有が上間の席に座っている。

そこで今日は、也有が中心になり、大山寺の全盛期の頃の話をする。話の内容は、也有がこまめに今迄調べてきたことを、皆に聞いてもらうのが狙いである。

皆が、集まり場が和んできたのを機に、今回は臥雲に変わって、也有が皆に向かって話し始める。

「今日は大山寺の全盛期の話を始めるに当たり、切り口が分からずに苦労した。そこで大山寺縁起に書かれていることを参考に考えた。縁起には叡山法勝寺の玄海上人が寺を再興したとあったのを思い出した。そこで法勝寺を調べたのじゃ。

法勝寺は白河法皇の御殿の前に法皇が建てた大きなお寺じゃ。そこの玄海上人が大山寺に来て、再興し大きくしたと考えたのじゃ。そこで法勝寺から白河法皇に考えが進み、法勝寺の玄海上人に繋がる線が見えてきたのじゃ」

也有は話の初めを皆に説明した。

「也有さん、ところで法勝寺という名は他でも聞いたことがあるが、白河御殿の前の法勝寺にどうして行きついたのじゃ」

堀田六林が白河の法勝寺に行きついた訳を也有に問い掛ける。

「確かに京の都に『ほうしょうじ』という寺は他にもあるが、一度廃寺になった大山寺を再興させる人・モノ・金を捻出できるのは白河の法勝寺しか考えられないのだ」

「つまり人・モノ・金を出せる人物が、そこにいるのを前提で話をしているのか？」

「六林さんは好いところに目を付けられたな。短い間に大山寺を延暦寺より大きくさせるのが出来るのは誰ぞ。そこを考えたのじゃ」

也有は六林に向かって、初めのきっかけを説明する。

「そういう切り口で法勝寺を考えたのか。よう分かったわ」

六林は也有に頭を下げながらいった。

「それでは白河法皇の話から始めよう。白河法皇と言えば誰でも知っているのが天下三不如意じゃ。白河法皇が『賀茂川の水、双六の賽、山法師、是ぞわが心にかなわぬもの』と嘆《なげ》いたという逸話がある。白河法皇は自分の意のままにならないものが、賀茂の水・双六の賽の目・山法師の三つあったということである。そのことはどういうことか。つまりこれら三つ以外は、何でも自分の思うように出来たという意味じゃ。分かり易いだろう」

也有はいきなり白河法皇の天下三不如意の話から始める。

「それは何処かで聞いたことがあるぞ」

堀田六林が上手い口調で也有に話を合わせる。

それから也有が、皆を抑える仕草をして、再び話し始める。

「つまり白河法皇の専制権力の強大さを示す例えじゃ。かの有名な徳川家康でさえ、天下三不如意は口に出さなかったからな」

参加者の中にただ独り艶やかな女性の鶴望がいる。それにこの場にいる者の中で一番若い。

若いといっても四十路半ばである。鶴望は臥雲の下女としてここにいるが、この地の庄屋の江崎家の遠縁の者である。

その鶴望を時々見ながら横井也有は、懐から冊子を出して話している。

「ではその白河法皇の嘆きについて聞いてくれ。まずは最初の賀茂の水について私の考えからじゃ。賀茂の水が自分の思うようにならないというのは、賀茂川の治水のことじゃ。白河法皇は度々氾濫する賀茂川の治水に、手を焼いたというからな。

彼は、延久四年（一〇七二）二十歳で第七十二代天皇になってから、応徳三年（一〇八七）まで勤め、三十四歳から上皇になって院政をはじめ、四十三歳から法皇になったのじゃ。そして七十七歳で崩御するまで、五十七年間政治の世界を独りで仕切って来たのじゃ。

この時代で七十七歳まで生きられたのは凄いことだから。その内の五十七年間も日本の国の殿様だったんだから、驚きしかないわ。

その白河さんの天皇時代は、大雨が少なく、平安時代の中でも賀茂川の洪水が少なかった時期じゃよ。その頃は運が好かったんじゃ。

ところが院政を始めた頃から、大雨が続き、洪水が増えてきたのじゃ。大きな台風も来たと思う。そこで一度賀茂川が決壊すると都の中に水は流れ入り、庶民の生活は大変だぞ。

当然被害が大きくなり死者も出ただろう。それから衛生面でも悪くなり疫病などの発生も絶えなかっただろう」

也有は帳面を目で追いながら賀茂川の治水について話していく。皆はなるほどと聞き入っている。そこに相打ちをする老人の声が入った。

「分かる、分かる。大きな川が氾濫したら今の時代でも大変だぞ。昔はもっと大変だったんだろうな。想像できるぞ」

堀田六林が頷きながら口を挟んだ。

也有は微笑みながら堀田六林の話を聞いている。

そして終わるのを待ってまた話し始めた。

「当時も今も川が決壊すると、まずそこを治水工事で治すけど、また次の大雨で別の個所が氾濫するから。その繰り返しに白河法皇は頭を悩ませていたのじゃ。

法皇の意図する治水が出来ず、賀茂川の氾濫が繰り返されていたから。

川の氾濫と治水工事は鼬《いたち》ごっこの繰り返しぞ。だから川の近くに神社が多くあるのじゃ。

昔も今も竜神さまというか川の神様を鎮める為に、神社を建てて祈ることしかできなかったんだろうな。

なんせ自然が相手だから、相手が悪い。法皇は自然を相手に、どうすることもできなかったのじゃ」

也有は白河法皇を悩ませた、賀茂川の洪水の怖さを皆に知らせた。

「この地方にも大きな木曽川が流れている。過去に氾濫した場所には神社が建てられているから。それは京の都も同じだろう」

玉林寺布毛和尚が、近くに木曽川という大河があるのを、思い出していった。

その川沿いに幾つもの神社が祀られている。つまりこの地方も川の氾濫に泣かされてきた過去があることを示している。

「也有さん、京の都には大きな川が幾つもあるのか？」

鯉圭が続けて也有に聞く。

「小さな川は何本もあるが、大きな川は賀茂川だけだ」

也有に変わって堀田六林が言葉を足した。彼は若い時に一度、京に出たことがあるので知っていた。

「京の街は四方を山に囲まれているから川は沢山あるぞ。当時は、都の西側は低地が多く、小さな川でも氾濫を繰り返していたのじゃ。だから西側は開発が遅れていたそうな。

それから京都の川と言えば賀茂川だけど。白河法皇の時代は大雨が何度もあり、度々賀茂川が氾濫した記録が残っているそうだ。

川の氾濫が起きるたびに朝廷ではその対策に追われて大変なんじゃ。当然白河法皇の院政所（御殿）にも相談が来たのだろう。

なんせ政《まつりごと》のお金を抑えていたのが白河法皇だから。法皇のさじ加減で何とでもなった時代だからな」

国の権力者として院政を引いた白河法皇である。人・モノ・金のすべてが白河法皇のさじ加減で動いていた時代である。

そのことを最もらしく也有がいうと皆は静かに聞きいった。

也有は、現役時代は尾張藩の要職を務めていたから、昔のことや今のことも政については誰も口を挟まない。

「天下三不如意の二つ目は、双六の賽の目じゃ。白河法皇は賽の目が自由にならないという。当たり前のことだ。如何様《いかさま》でもしない限り賽の目はどうすることもできないわ。出したい数字が、出るかどうかは確率の問題であるから。

これも賀茂の水と同じで、自然が相手だからどうにもならんのじゃ。ただ当時は娯楽が少なく、庶民の間に双六を使った半丁博打などが流行っていた。

賽《さい》の目の何が出るかは確率である。権力者や金持ちでも意のままの数字（賽の目）を出すことはできない。つまり運である。だから法皇もどうすることもできないのじゃ」

也有の言葉に誰も口を挟みません。そこで也有はお茶を一口啜って、皆の顔を見ながらまた話し始める。

「三つ目は山法師である。これが大山寺の復興に大きく寄与したと思うのじゃ。大事なことだぞ」

也有は山法師を強調していった。

そして少し間を置いて、余韻を楽しみながら話し始める。

「平安後期になると、大社寺の強訴《ごうそ》が激増してきた。強訴とは、強硬な態度で相手に訴えかける行動を言うのじゃ。この時代は寺社勢力が、仏神の権威と武力を背景に、集団で朝廷などに対して行う訴えや要求をすることをいう。

特に武装した僧侶たちを僧兵《そうへい》といい、しばし理不尽な要求を掲げて、京の都になだれ込んできた。それが時には千人の僧兵を連れてきたこともあるのじゃ」

「強訴？」

也有の話に聞き入っていると、玉林寺の布毛和尚が言葉を挿んだ。

「そうじゃ、強訴だ。その行先は主に朝廷が多かった。僧侶たちによる宗教的な威圧によって、しばしば朝廷の 政《まつりごと》 が中断したのじゃ。そのために朝廷は寺側に 理《ことわり》 もなく要求に屈することが度々《たびたび》あった。

強訴を主にした社寺は、記録に残っているのが延暦寺、興福寺、園城寺である。その中で延暦寺のことを山法師といっていたのじゃ」

「そのことは知っとるぞ」

その時堀田六林が両手の仕草で布毛和尚を遮る。

それを見て臥雲は、またここで話が横道にそれるのを嫌がった。

「和尚、先が聞きたいから」

そして六林は也有に目配りをした。

「ところで強訴の話をしたから言うけれど、先ほどいった国分寺や大きな寺は、官寺といって、国が金銭的な支援をしてきたのじゃ。お金と上層部の人事権も国が持っていたのじゃ。だから強訴の内容は、それらに関することが多いのじゃ」

也有が官寺の話をしたら皆がざわつきだした。

皆は聞きなれない言葉を聞いて少し疑問を感じた。

そこで丹羽鯉圭が也有に声を掛けた。

「ちょっと待ってくれ、強訴は、官寺という大きな寺がしていたという事か。どこの寺でもしたのではないのか？」

鯉圭が強訴と官寺について、よく分からないので説明を求めた。

「鯉圭さん、好いところに目を付けたな。私の調べた範囲では、大きな寺で官寺になっている寺が、僧兵を持って、摂関家や朝廷に強訴している。それが時には白河院政所まで強訴に出かけているのじゃ。

小さな寺が僧兵を持っていたとは聞いていないから。宜しいか」

也有は鯉圭に向かって説明した。それを聞いて鯉圭は
「分かった」

鯉圭は納得した顔でそういった。

それを見て布毛和尚が質問する。

「では強訴をするには、そういった官寺ならではの仕組みに問題があったのじゃな」

布毛和尚は仏門に身を置いているだけに質問の内容が鋭い。

「そうじゃ。当時の律令制度によって、国分寺や延暦寺など官寺になると、国の監督を受けるから。そのために寺のお金や人事権が国に管理されるのじゃ。

そこで官寺は、荘園を持つことが許されていたのじゃ。その荘園で得たお金で僧兵を囲う資金源にしていたと思う。そういった決め事が、時に変わると、賛成と反対の両派が、僧兵を連れて強訴に出ていたのじゃ。

寺の政《まつりごと》が変わると、悪い影響が出そうな寺が、反対といって強訴する。そこで朝廷や白河御殿に僧兵を連れて訴えるのじゃ。山門派の延暦寺の意見が通ると、今度は寺門派の園城寺が反対と強訴する。困った集団なんじゃ」

也有は少し内容を簡単にして話した。だから皆の反応が気になった。

一人二人と話の最中からざわつきだしたが、話の内容が難しくなり、質問の仕方が分からなかった。

それを見て也有は話を先に進めることにした。

「延暦寺は比叡山の上にあるのは聞いたことがあるだろう。それで山門（派）ともいい、山の裾野にある園城寺（三井寺）のことを寺門（派）ともいうからな。

延暦寺と園城寺は、昔から仲が悪かったのじゃ。その話は強訴の後にするから。

当時朝廷で、山門にかかわる施策が、政の世界で取りだたされると、寺門派が反対の強訴をする。その反対の場合もある。

まるで強訴は政に対する横やりなのじゃ。だから天皇や摂関家の人達だけでなく、法皇も何度も地団駄を踏んで悔しがったわ。

それから強訴に出向くのは、朝廷だけで済まなくなり、白河法皇の御殿（院政所）にも強訴をするようになってきて、それから法皇は頭を痛めていた。

そこで法皇は白河御殿の北側（延暦寺のある方向）の部屋に、山法師対策として武士を常駐させたから。それが北面の武士と呼ばれるようになったのじゃ」

也有は白河法皇が山法師を嫌っていたから北面の武士を置いたことを話した。

「北面の武士なら聞いたことがあるぞ」

嬉しそうに堀田六林がいった。

也有はその顔を微笑みながら見て、さらに話を始める。

「強訴する側の当時の大寺院内部には、宗派によって呼び名が変わるが、凡《おおよ》その呼び名で、学侶《がくりょ》・学生《がくしょう》などと呼ばれた、学問と修行を目的とした上層集団と、童子・中間法師・奴婢《ぬひ》といった、寺内の雑役に奉仕する、下層の同衆と呼ばれる集団がおった。

僧兵は、同衆と呼ばれる下層の者たちが集団を成していた。そこに集団を束ねる為に学侶・学生も一部加わっていたと思われる。

まずはここまでのことはお分かりか？」

也有が間をとって皆に聞いた。

そこで室内がざわついたので也有が声を出した。

「鶴望さん、お茶のお代わり」

部屋の隅で静かに皆の話を聞いている鶴望を見ていった。

「はい、只今お持ちします」

「私も欲しい」

間を繋ぐように皆が鶴望に向かって声を出す。

「では皆さんのお茶を用意します」

鶴望は言いながら席を立ち用意にかかる。

「ところで強訴とはどんな訴えをしたのじゃ」

堀田六林が聞いてきた。

「先ほどもいったように強訴は、寺社がらみのことに限られていたのじゃ。寺社の祭りごとから寺の人事にかかわることだ。

昔は国の施策で仏教の布教を進めてきた背景があるから、主だった寺の人事は朝廷が主導していたのじゃ。

布毛和尚が気にしていた官寺の仕組や、決め事を変化させると、必ずといってよいほど反対の強訴が起きていたのじゃ」

也有が仏教を利用して国を統治してきた歴史について優しく説明した。

「では延暦寺も園城寺も寺の上層部は朝廷が主導して決めていたのか？」

布毛和尚が更に也有に問いかける。

「そうだよ。天皇家や朝廷、摂関家の家を継ぐのは長男で二男、三男になると延暦寺や園城寺に出家して門跡にいくのだよ。そうなると時が経てば、その人たちをそれなりの地位にしなければ落ち着かないのではないか。

そのために朝廷は大きなお寺の人事権を持っていたと思われるのじゃ。

そういう歴史があるから大変なのだ」

也有は気の毒そうな声を出して地位のある家庭の問題について教える。

「では皆同じ穴のムジナではないのか」

鯉圭が急に会話に入ってきていう。

「鯉圭さん、それは言い過ぎだぞ。でもその心は間違っていないと思う。強訴というのは、朝廷に要求がいれられれば直ぐに撤退したんだ。朝廷を打倒するための集団行為ではないから。また反国家的な性格は持っていないのじゃ。

それは延暦寺、興福寺、園城寺といった、頻繁に強訴をおこなう寺院が、基本的に官寺であったからじゃ。

それだからお寺に関することで反対意見を言う、それが強訴になったんじゃ。だから世の中の政までは口を出さないのだ。このことをよく覚えておいてくれ」

也有は皆に強訴について話し終えた。

そこに鶴望が土瓶と椀を持って入ってきた。

「お茶が入りました」

鶴望の一声で場が中座し休憩になった。

（三）大山寺中興の祖玄海上人

ここは江戸時代の玉林寺の庫裏。二回目の大山廃寺の謎解きの会が開かれている。

皆が鶴望の入れたお茶を飲み始めた。そこで場が和み、ひと時の雑談があちこちで起きたが、静かになるのを見て也有が再び話し始める。

「琵琶湖の畔《ほとり》の大津の街には、山の上に延暦寺があり、湖畔《こはん》には園城寺があるのじゃ。その二つのお寺は同じ天台宗だよ。でも山門と寺門に分かれてから抗争が絶えないのじゃ。

最澄が天台宗（延暦寺）を起こして代々継がれていくのだが、悪いことも引き継がれているから心配じゃ。

比叡山で第三世天台座主円仁派と第五世天台座主の円珍派が争い，正暦四年（九九三）円珍派は山を下りて分離し園城寺に移った。延暦寺に留まったものを山門、園城寺に拠ったものを寺門というのは先に説明したけど，以来両派は数百年間にわたり対立し抗争しておるのじゃ。

天台宗の中の両者の違いを簡単に言うと、密教の教えと法華経の教えの扱いから確執が起きたのじゃ。

・まず密教の教えについて大雑把に言うと。

真理そのものの現れであるとされる大日如来が説いた秘密の教えだよ。

・次に法華経の教えについて。

仏教経典の一つ法華経はお釈迦様が出家された後、菩提樹の下で多くの弟子たちの前で説かれた教えのことで、人は誰でも平等に成仏できるという教えじゃ。

その密教の教えを優先させるか、法華経の教えを優先するかで、山門と寺門の確執が生まれて抗争が度々起きているのじゃ。

円仁は法華経の教えと密教の教えは同等であると考えていた。しかし、円珍は密教の教えの方が大事であると考えていた。

わしら天台宗でない人間が、その違いをとやかく言うのは筋違いだから言わないが、そんなに大騒ぎする違いがないような気がするのだけど」

也有は密教と法華経の扱いで山門と寺門の確執が始まったことを話した。

それを聞いた皆の中から鯉圭が口を挟んだ。

「そうだよ。よそ様の悪いところは目立つからな」

「それが今でも続いているそうだ」

布毛和尚も鯉圭に続いた。

「本当か。まだ抗争が続いているのか?」

也有の下男の石原文樵が久しぶりに口を開いた。

「恥ずかしくないのかなあ」

布毛和尚がそこに突っ込みをいれた。

「白河法皇の時代は、延久四年（一〇七二）に天皇になり大治四年（一一二九）に崩御するまでの間に、山門と寺門の抗争は記録に残っているだけでも二十九回起きているのじゃ。その中にはお互いの寺に火を付けて、大騒ぎになったことも何度もあるのだから」（※4山門対寺門の確執の記録参照）

也有は手元の帳面を見て詳しく説明した。

「何度も喧嘩してお互いの寺に火を付けるまでしたのか?」

堀田六林が仏門同士で何故争うのだと、それが火までつけるのかと嘆いた。

「それを何度もしていたら、大山寺に火を付けることも容易《たやす》かっただろうな」

臥雲も久しぶりにここで口を開いた。

「同じ天台宗の中でそこまでするのか。怖い話だな」

布毛和尚は、言いながら玉林寺が天台宗ではないのを好かったと、胸をなでおろした。

「天台宗の中で山門か寺門の中に入ったら、そのことが見えなくなるのかなあ」

堀田六林が小さな声で呟いた。

「そんなことを誰も考えていないわい」

文樵も皆の会話に加わってきた。

「ともかく山門と寺門は仲が悪かったのじゃ。だから朝廷でどちらかの主張が通れば、片方が反対の強訴をしたのじゃ」

也有が皆を見ながら諭《さと》すようにいった。そして少し間を取った。

それから帳面を開いて続けて話し出した。

「強訴をする僧兵の姿は、裹頭《かとう》と呼ばれる袈裟《けさ》を用いた覆面姿で長刀などをもち、鎧に法衣を着て下駄をはいた姿がよく見られる格好じゃ。

強訴は、本来は訴訟であるが、正式な訴訟手続をふまず、朝廷に無理強いで要求を認めさせようとする性格をもっており、万一の場合、朝廷が派遣する武士との合戦になる可能性もある。だから武装が必要なのじゃ。

実際に武力衝突しこともある。しかし、そこには武装勢力だけでなく、寺の意志を代表する三綱や所司などの高位の役職者も参加するのが常だから。

また白河法皇の時代には、延暦寺ならば日吉社の神輿、興福寺なら春日大社の神木といった、宗教的な象徴が入京するようになってきた。

それは政《まつりごと》に対する横やりなのだ。そのために武力を持って我が儘を通そうとする山法師たちが、白河法皇は意のままにならずに悔しがったのじゃ」

也有は白河法皇が山法師を意のままにならず、手こずらせるので、酷く怒っていたことを話した。

その表れが天下三不如意として語り継がれている。

そのことを也有は皆に言い聞かせた。それを聞いて皆はうなずいていた。

承徳二年（一〇九八）九月の白河御殿。白河法皇は鍾愛《しょうあい》していた贈太皇太后（賢子）、その娘の郁芳門院（媞子内親王）の二人合わせての月命日の法要の日。それは贈太皇太后の命日は十月二十四日で、郁芳門院の命日が八月二十七日である。そのために二人の合同の月命日の法要をこの月は二十七日に行った。

朝から晴天に恵まれて仏事はつつがなく終わった。それから経を上げに来た法勝寺の緑厳和尚の帰りがけに、法皇が和尚を呼び止めた。

しばらくして緑厳和尚と白河法皇は、人払いをして二人だけになり、雲が増えてきた空の下、陽ざしの途切れた縁側に出て座った。

二人は広い庭の白い塀越しに、法勝寺の九重の塔を眺めている。そして誰もいないのを確かめて法皇が口を開いた。

「山法師にはつくづく困ったもんじゃ。何とかならんか」

上皇から法皇になって仏門に身を置く白河法皇は、法勝寺の緑厳和尚に山法師のことで相談を持ち掛けた。

「法皇様何かありましたか？」

緑厳和尚は法皇のご機嫌を伺いながら、困りごとを聞いた。

「いや以前媞子内親王の喪に服している時にも、山法師はここに強訴に来たのじゃ。それを思い出してな。困ったもんだ」

白河法皇は強訴に来たことを思い出し、山法師を親の仇《かたき》のように憎くなっていた。

「そんなことがあったんか」

和尚は、山法師が非常な集団と聞いていたが、法皇が喪に服している最中にも、強訴に来たと聞いて深い悲しみを覚えた。

「本当じゃ」

法皇は少し胸が高ぶり、ムキになってきた。そして続けていった。

「御仏に使えるものとしては最低じゃ」

仏門の老人二人が縁側に腰を下ろして、午後の陽を浴びている。その二人の背中が、仲良く並んでいるさまは平和な姿である。それとは相反して、法皇は気を荒だたせていた。それが言葉に出ている。

「・・・」

和尚は言葉を出さずに考えている。

「本当に困ったもんじゃ」

法皇は山法師が本当に憎い。その山法師を黙らせる手段を探している。

そこで続けて
「前から強訴はうっとおしく思っていたが、度を超えているから我慢出来ん」

法皇は和尚に向かって何とかしなければと思い、それを和尚に伝えた。

「そうですか、法皇様も大変ですな」

和尚が慰めの言葉を出した。

「強訴の度に何十、何百人の僧兵を連れてくるとは、奴らは暇なのか」

法皇は和尚だから着飾らずに素直にいった。

それが山法師への憎しみの深さを感じさせる。

「延暦寺も政に横やりを指す度合いが過ぎますな」

和尚は言葉少なに呟いた。

「そうなんじゃ、法華経を携える者が半分、武装した僧兵が半分おるんじゃ」

法皇は、山法師がわしに法華経を聞かすつもりかと怒りを込めていった。

「強訴するのに法華経を携える意味はないだろうに」

和尚も法皇に相槌をうった。

「和尚だから言うのだが、そんな理不尽な奴らを静かにする方法はないものか？」

法皇は胸に閊《つか》えていたことを話して少し落ち着きを取り戻した。

「そうですね、先ほどの話では強訴も随分前から行われているようで。延暦寺、興福寺、園城寺の三寺が幅を利かせている限り仕方ないのか？」

和尚も言いながら策を考え始めるが、直ぐによい案は出てこない。

「その三寺とは言わぬ。山法師だけでよいから、静かにさせたい」

和尚は山法師だけでも静かにさせたい気持ちが強く、それを口にした。

「分かりますが、容易いことではないですぞ」

和尚も法皇の気持ちは理解するが、まだよい策が出てこない。

「分かっておるわ。だからこうして内密に相談している」

法皇も和尚だからこそ話していることを悟らせた。

「では私も考えてみるから、時をください」

「まあ当てにしないで待っているぞ」

法皇は和尚の肩に軽く手を置いていった。

和尚は大変な宿題を貰った。これからそれを考えねばと思った。

それから二人の話題は変わり、しばらくして和尚は帰っていった。

法皇は、和尚が帰ってからも、独りでそのことを思案していた。

強訴をする三寺は、三つ巴の時もあるかと思えば、延暦寺と興福寺が手を結ぶこともある。

同じ利益だと分かると、同じ穴の狢《むじな》のように顔色を変える。

また延暦寺をよくすれば、園城寺が強訴をする。その逆もあり、内容によってはこの白河御殿まで強訴に来るから困ったものである。

でも法皇を一番困らせているのは延暦寺の山法師である。だから山法師だけでも静かにさせたいと思っている。


そして数カ月後のこと。

今日も月命日の供養が終わり、法皇と和尚が二人だけになった。

二人は縁側に腰を下ろして法勝寺を見ながらお茶を啜っている。

「和尚、山に変わる大きな寺を作ればどうなるか」

白河法皇が、山に対抗するために、新たに大きな寺を造ったらどうなるかと話した。

「山門でも寺門でもない、新たな寺を作りたいというのですか？」

和尚は、法皇に山を鎮めるための見せしめとして、寺を造ったらと考えたのか聞いた。

「そうじゃ」

「法皇様、そう慌てることもないだろう。そこにある法勝寺が出来てまだ間がないぞ」

和尚が法皇を見ながら急がないでと諭した。

「では何か考えているのか」

法皇が和尚の方に向きを変えて問いかける。

「延暦寺や園城寺、またはその末寺に、皇族・貴族の子弟が出家して、入室させているから、そのどちらかを強くさせることはできないし・・」

和尚が門跡寺院などのことを思い出して、話が難しいことを述べた。

「すでに門跡として子孫を育てているから」

法皇はなるほどと納得して頷いた。そして続けて
「だからそれ以外に大きな寺が出来たらどうなる」

法皇は和尚を急かすように話した。

「つまり延暦寺より大きな寺を造れば、山法師の動きが変わるというのか？」

和尚はふと思ったことをそのままいった。

「和尚はどう思う」

法皇は和尚の意見が聞きたいと催促する。

「難しいですな。今の私にはどうなるかまで分かりません。法皇様の思うようになりますか？」

和尚は法皇の望むようになるかどうかまで分からない。

「・・」

それからも二人は、静かに答えが出ないまま考えていた。

その日は静かなまま時間だけが過ぎていった。

そして夕刻近くになって場所はまだ縁側のままである。でもそこには、お茶とお菓子が運ばれている。

延暦寺を静かにさせる為に、それよりも大きなお寺を造ればどうなるのか。そこで緑厳和尚は目の前にある法勝寺ではいけないのかと思った。

それで法皇に声を掛けた。

「法皇様が目指す大きなお寺はこの法勝寺ではいけないのですか？」

和尚は目の前の法勝寺を指さしながらいった。

「和尚、法勝寺は何故造ったのか。

この御仏を政争の道具にしてはいかん。

そうじゃろ。法勝寺は私の安らぎの源ぞ」

法皇が和尚に向かって強い言葉でいった。そこには法勝寺を建てた願いがあるからだ。それは敵とか味方とか、政争の道具などではなく、日本の国を、天皇家の未来永劫続けるために愁いを払うための寺である。

「法皇様、私が愚かでした」

和尚は法皇に向かって頭を下げた。そして自分が浅はかであったと後悔した。

それから二人はまた静かになった。

その日はその話題で終わった。

法皇は一人になっても落ち着かない。そこで庭から法勝寺に向かって叫んだ。

「新しい寺は、延暦寺より大きくして、山法師を静かにさせるのが狙いぞ。政に横やりを指す山法師は好かん！」

白河法皇は大きな声で、そう叫んだら、少し気が収まってきた。


数日後、緑厳和尚は、法勝寺の講堂に極秘裏に主だったものを集めて、法皇の悩み事を伝え、解決策を考えるように相談した。

そして数日後、玄海上人から一つの相談が上がってきた。それは若い頃旅に出て知った廃寺を思い出したのである。

それは尾張国春部郡篠木庄大山村に、白鳳か奈良時代に尾張氏によって創建された、大山寺がある。それが平安時代になり尾張氏の衰退とともに寺も衰退して廃寺で無人寺になっている。その歴史ある寺を法皇の財力で復興したらという相談である。

和尚はそれを聞いて面白いと思った。延暦寺よりも歴史がある寺を、復興させたらという面白い案である。

その話を聞いて数日考えた結果、白河御殿に出向き、法皇に玄海の話をした。それを聞いて法皇は喜んだ。でもその場では復興の話までは行かなかった。

大山廃寺の話を聞いてから法皇は一人思案していた。平城京時代の尾張氏の話は聞いたことがある。だから満更戯言ではない。そして時が経つにつれ、むしろこれならばと思うようになってきた。でもそこで慌てずに、更にじっくり考えることにした。

一カ月後、白河法皇は法勝寺に出かけて和尚と玄海に会った。そこで先に提案があった件を相談した。そこで大山寺が今どうなっているのかを調べること。そして寺の再興が可能かどうかを見極めてほしいと頼んだ。

その結果、まず玄海が尾張国大山村に出かけて寺を下見してくることにした。そして大山寺を再建するための人・もの・金の算段（見積もり）を取るのである。

もちろん内密な話である。そのために最低限の必要な人の人選をした。それから玄海は法勝寺を建てた時の宮大工の棟梁など数人を供にして旅に出た。

その一行は近江から東山道に入り、鵜沼宿を南に進み、木曽街道から味岡村に入り、明知村道を東に進み大山村の集落にやってきた。

そこで玄海は若い時に一度来たのを思い出して天川山に入って行った。

大山寺は天川山の中腹に建っていたが、今では誰も住んでいないので荒れ寺になっていた。しかし、廃寺を歩き回って創建時は大きな寺だと直ぐに分かった。

でもさすがに山の斜面を切り開いて出来た寺である。だから本堂、経堂、僧房など伽藍の大きさは限界があると思ったが、斜面を上手く利用して寺が建っていた。

一通り調べて、一行は児川《ちごがわ》沿いに山を下り、大山の集落で里人の声を聞く予定である。そこで街道を通りかかった里の人に声をかけて大山寺のことを聞いた。

玄海は、里人が不安な表情をしているのを見抜き、都から来た僧侶だと言って安心させた。

それから無人の大山寺について尋ねた。

「今では大山寺は廃寺になっているのか？」

玄海は先ほどまでいた天川山の中腹を見ながら里人に尋ねた。

「そうだよ。誰も面倒を見ていない」

里人は誰もいない廃寺になっていることを玄海に教えた。

「廃寺になってどの位経つのじゃ」

玄海は廃寺を再建するために、必要なことを聞いていく。でも里人には再建のことは伏せている。

「わしの親父の若い頃は、寺男が居たらしいが、わしの頃には誰も居なかったなあ」

里人は思い出しながら話すが、もう長いこと年月が過ぎているので、内容はあいまいなまま答えた。

「ではもう何十年も経つのか？」

玄海はそれを少しでも分かればと思い里人に促した。

「そうじゃよ。何故聞く」

里人ははっきりと知らないから応えられない。

そこで反対に里人から玄海に問いかけてきた。

「いや歴史のある大山寺を閉じているのが惜しいのじゃ」

玄海は廃寺を見て素直な気持ちをいった。

「そうか、噂話だが、大昔から篠木庄の庄屋さんが面倒を見ていたそうだ。しかし、羽振りのよかった尾張氏の衰退とともに庄屋の連《むらじ》さんも面倒を見なくなったのでは。今では名前すら聞かなくなった」

　里人から尾張氏の名前が出てきた。

　それをきいて玄海は少し驚き

「では庄屋さんに聞けば分かるのか？

　今は誰が寺の持ち主か知らないか？」

　里人の顔を見ながら問いかけた。しかし、里人は困った顔をして

「わしには分からないだよ」

　里人は分からないと首を振りながら話した。

「そうか、ありがとう」

　玄海はそれでは仕方ないと思い、この里人に聞くのはこれで終わり、礼をいって放した。そこでこの件は都に帰ってから調べることにした。

　天川山麓から流れてきた児川が、大山川に合流する手前に村道があり、そこから少し下ると大山川が流れている。玄海達のいる処から見える大山川は、大きな川ではなく、小川が大きく

なった程度の川であった。

玄海はあたりを見回して宮大工の棟梁と話をした。そこでこの集落を中心にして大山寺の復興を謀《はか》ろうと考え始めた。

暫く考えて玄海は棟梁にそのことを話した。

「玄海さま、それではこの廃寺を復興させたいというか」

棟梁が大きめの声で玄海にもう決めたのかと聞いた。

「そうだ。でも私の一存で決めることではないぞ」

玄海が呟いた。それを決めるのは白河法皇である。この場は再興することができるかどうか、そうした場合はどのくらいお金がかかるかを調べに来たのである。

棟梁は分かっていたが、話の流れの中で玄海に問うたのだった。

(四) 白河法皇の夢

時は戻って、ここは玉林寺の庫裏である。皆の前で也有が大山寺の最盛期を迎えるころの話をしている。

「私はそう考えたんじゃ。大山寺は大和朝廷の時代に、尾張氏の口利きで創建したのじゃ。当時の尾張氏は朝廷にも大きな影響力を持っていたんじゃが。

都が奈良から京都に移ってしばらくは、威勢が好かったんだが、平安中期にはその威勢も弱くなってきたのじゃ。それで平安後期には忘れられた存在にまで落ち込んだのじゃ。

大山寺は尾張氏とその連の援助で寺が成り立っていたんだ。その金蔵《かねぐら》が無くなったらもうお仕舞いじゃ」

也有は、大山寺は尾張氏で持っていたこと。それが衰退したから、寺も衰退したことを説明した。

「也有さんの話は分かるけど、信じがたいわ」

也有を見ながら堀田六林が嘆いた。

「栄枯必衰といって、栄えた者は何時か滅びるのじゃ」

布毛和尚が平家物語の一説を模して優しくいった。

「それから玄海上人は廃寺を見て復活させようとしたのか」

布毛和尚がその先を気にして聞いた。

「そこでは下見の旅だから結論は出さないし、まだ白河法皇に報告をしてないからな」

也有がそう焦らないで抑えて、抑えてと仕草をする。

そして皆の顔を見て話の続きを話し出す
「玄海が廃寺を見て決めたのではないぞ。決めたのは白河法皇だ。法皇は大和朝廷時代から創建された寺の歴史が欲しかったのじゃ」

也有が皆の知りたがっていたことを話した。すると堀田六林が間に入ってきた。

「寺の歴史が欲しいとは？」

それを聞いて也有が応える。

「延暦寺は最澄が九世紀に創建した寺だよ。

それよりも歴史のある寺というのが大事なのだ。

いいかい皆の衆。山法師対策に大きな寺を建てるのが狙いだから。

そこで山法師が一目置く寺なら尚好いではないか。

白河法皇はまさにそれを狙っていたのではないか？」

也有は自ら考えた大山寺の歴史の重要性について力を込めて説明した。

「なるほど、寺の歴史が重要という意味が分かったわ」

堀田六林はうなずきながら納得した。

「そう考えると大山寺の廃寺は好都合だったのじゃな」

続けて布毛和尚が也有に聞いた。

「そうじゃ」

「では玄海上人の企てが成功したという事か」

臥雲がそれらの問を纏めるような聞き方をした。

「そうじゃ。それで寺が再建出来たら、朝廷や武士の子孫の修行の場として、大山寺は児僧を増やしていったと思う。

なんせ摂関家や宮仕えの者は、白河法皇の声掛かりとなれば、断る訳にいかないからなあ。当時は賄賂で出世していた時代だから。分かるだろう、法皇様には逆らえないから。それに地方の豪族の子弟も、読み書きを覚えるために修行僧としてきたと思う」

也有は皆に諭すように話した。

「そうだな。いつの世も賄賂と泣く子には勝てないからなあ」

堀田六林が皆に聞こえるように大きな声でいった。

「わっはは・・」

文樵が笑い

「うふふ・・」

そばで聞いていた鶴望も一緒に笑った。

笑いの中に也有もいた。そして場が静かになるのを待って也有が話し始める。

「時は康和三年（一一〇一）の秋も迫ってきた頃。大山寺（正福寺）の本尊の十一面観音像の開眼法要の儀式が行われた。その時から寺の名前が大山峰正福寺になり、寺の運営は、白河法皇の命により玄海和尚が務めた。

そして年を追うごとに修行僧や稚児が集まってきた。そして天永年間（一一一〇～）から永久・元永・保安・天治・大治年間（～一一三一）の頃が、正福寺（大山寺）の全盛期を迎えたのじゃ。それは白河法皇の全盛期の時代と重なるのじゃ。

その頃三千坊から五千坊の大きな寺になったと、縁起に書かれている。だけどそれは誇大表記じゃよ。

一度大山に出かけて廃寺に立つと分かるけど、精々二百坊から三百坊位と思われる。

玄海和尚による復興のおかげで、大山寺は大山峰正福寺と名前を変えてから大きな寺になったのじゃ。

寺が大きくなった背景には、先ほど話した朝廷に勤める役人の子弟の養育機関として、白河法皇の指示で人が送られてきたのと、地方の豪族の子弟が集まって来たからだと思う」

也有は自分が考えた全盛期の寺の様子を一気に話した。

そこで喉が渇いたのでお茶を口にした。

「也有さん、大山寺縁起は全盛期三千坊から五千坊いたと書かれていたんだろう。それが二百坊から三百坊に減らしたのは何故か?」

鯉圭が単純に疑問を感じて質問した。

大山寺は、再興後正福寺となったが、ここにいる皆は、正福寺のことを大山寺の呼称で通した。またそれには里人たちも大山寺で通しているからでもある。

白河御殿では大山寺を正福寺と呼ぶが、寺の名前が二つあるのは園城寺を三井寺というのと同じである。

「鯉圭さんも大山廃寺に行ったことがあるだろう。

ここからは臥雲さんの考えじゃ。大山廃寺に立って周りを見たら、大きな堂宇というか宿坊は出来ないからね。当時を想像したら、小さな堂宇が幾つもあったと思うの。それで考えたら二百から三百坊という数字を出したんだ。

白山から天川山に続く本堂ヶ峰は、険しくはないが建物を建てる場所は多くないから。そこを分かってほしい」

也有が臥雲と相談した内容から大山峰のことを考えて説明した。

それから口にはしなかったが、人が一人寝るのに一畳として、縁起に掛かれていた三千坊いたなら三千畳の広さが必要になる。しかし、白山から天川山に至る本堂ヶ峰にはその広さの平らな土地はない。斜面を削り平らな土地にするにしても無理がある。

そこで大山寺一帯で、せいぜい小さな堂宇または宿坊を建てても、二百から三百坊が精一杯だといった。

「そういうことなら分かったわ」

鯉圭は地形の説明を受けて素直に納得して引き下がった。


永久二年七月（一一一四年）。大山寺（正福寺）のある天川山に雷が、鳴り響き尾張国春部郡一帯に梅雨明けを知らせた。玄海はそれを見越して、事前に法勝寺に挨拶に出向きたいと、書状を出して返事を貰い旅の日程を組んでいた。

玄海は正福寺の和尚になってから年に一度は、法勝寺と白河法皇に挨拶に出かけていた。今回は鳥羽天皇に拝謁《はいえつ》したいと、事前に白河法皇に相談していた。それが、法皇から許しが出たのである。

そこで数人の供の僧侶を連れて京に向かった。この旅の目的は、法勝寺の和尚と白河法皇と鳥羽天皇への拝謁である。

鳥羽天皇の拝謁が許されたからといって、いきなり平安京に出向くことはできない。まずは法勝寺、次に白河法皇の挨拶と許しを確認してからである。そこで法勝寺に出向き緑厳和尚に挨拶する。その後、白河御殿（院所）に正福寺が順調に大きくなってきたことの報告を行う予定である。

玄海一行の旅の始まりは味岡村に出て木曽街道（上街道）を鵜沼宿まで進み、そこで東山道に出て、近江の国を通り、京都に入り、白河にある法勝寺に向かう道筋である。雨の心配もあるので工程は五日から七日の段取りにした。

玄海は東海道を選ばずに、東山道を選んだのは、近江の国に入り琵琶湖沿いに歩き、延暦寺と園城寺の地元民の声を聞く、その機会があればと考えていた。

この時代は、正福寺と言えば法勝寺・白河法皇という関係を、どこの寺も知っていた。それにこの旅は、白河法皇に拝謁しに行く旅といえば、断る寺はない。だから旅の宿を頼んだら快く引き受けてくれる。玄海は旅に出るたびに、正福寺の名声が大きくなってきたのを、肌で感じていた。もちろん旅に同行した供の者も同じ思いをした。

近江の国は天台宗の寺がたくさんあった。その中で山門派の寺に、お世話になって旅を続けた。そこで街道の途中で世話になった寺で、世情や天台宗の中の話を聞いた。

お世話になった寺の住職の話では、本山の使いと言って山法師が、度々来るようになったという。また院政を引いている白河法皇についても聞いた。そこで白河御殿に強訴対策で、北面の武士を置いたこと、僧兵についても話を聞いた。

そして玄海一行は、大津から追分を過ぎて、山科で京の街に入ると、法勝寺の八角九重塔が遠くに見えてくる。玄海は何度見ても驚き、法勝寺の大きさを感じとった。

数日後、白河御殿で玄海和尚は、法勝寺の緑厳和尚と白河法皇に拝謁《はいえつ》した。その日法皇は機嫌がよかった。そこで正福寺の近況報告を行った。また今回初めて鳥羽天皇への拝謁の許しを得た。

それから緑厳和尚と玄海和尚は、鳥羽天皇に拝謁をした。国分寺などの大寺院の和尚なら、天皇に拝謁を許される場合がある。しかし、そうでない寺の和尚が、天皇に拝謁が、許されることは正福寺が大寺院になった証といえる。

当然この話は延暦寺にも届いているはずで、延暦寺の主だった者たちは不愉快な気分になったことであろう。だからといってどうすることもできない。

また江戸時代の玉林寺の庫裏に話は戻る。

「わしも教えて欲しいことがある。白河法皇は大山寺が全盛期を迎えたら山法師は静かになったのか？」

玉林寺布毛和尚が大山寺再興の願いが叶ったのかを聞いた。

「和尚好い質問だ。強訴は減ってきたから静かになってきたのかなあ。それだけで答えにはならないが。その証となるものがないので分からんのじゃ。

ただ言えることがある。大山寺が再建して大きくなってきた頃、時を同じくして武士の台頭で平家がのしあがってきたのじゃ。

平家は北面の武士をしていたこともあり、山法師には強く当たって、それなりの結果を出したから。それで白河法皇は平家を重んじていくのじゃ。それで山法師は静かになったとも言われているから」

也有は山法師と平家の話を簡単に話した。

「ではそれなりに白河法皇の夢は叶ったと言うことか？」

布毛和尚が也有の言葉を受けて更に聞いた。

「和尚は、大山寺は白河法皇の夢だったというのか。面白いことを言うのう」

也有は布毛和尚を持ち上げる。

「皆もそう思わんか」

布毛和尚は皆の顔を見ながら問いかける。

「思うぞ」

鯉圭が大きな声で賛同する。

「そうだ」

その場にいた誰かが口にした。

それを聞いて也有が再び話し始める。

「天下三不如意の賀茂川の水と、賽の目は自然界の出来事だけど、山法師だけは人の問題だから。その対策に人・モノ・金をつぎ込んで、大山寺を大きくしたのじゃ。

そう考えると、山法師に苦しめられていたことが、いかに大きな問題であったか分かるだろ。それが対処出来たんだから、もう夢が叶ったと思うのではないか」

也有は、大山寺が山法師対策に、それなりの効果があったといった。

それが法皇の夢が叶ったことでもある。でもそれと時を同じくして、平家の台頭があったことは、敢えてここでは詳細を言わなかった。

「なるほど分かるわ」

臥雲も納得した旨の相槌を打った。

「白河法皇は日本の政治の世界で最も長く輝いた殿様だぞ。

大山寺が、その白河法皇の夢だったのか。そう思うと嬉しくなってくるわ」

文樵が皆の顔を見ていった。

それからしばらく皆はそれぞれの思いを言い合って雑談になった。

そこで鶴望は急須を持って皆の椀にお茶を注いで回る。

それを也有は見ていた。そして静かになったのを待って再び話し始める。

「しかし、大山寺の全盛期は長く続かないのだ。歴史は繰り返すというように。白河法皇が崩御して、鳥羽上皇が院政を引き継いだら、今迄白河御殿から法勝寺を経由してあった人・モノ・金の支援が細くなってきたのじゃ。

その頃から玄海は高齢の為に病になり玄法和尚に後を託して亡くなった。

それから久安年間（一一四五〜一一五一）になると、支援が途絶えたのじゃよ。それは尾張氏の衰退と同じ運命を歩むことになったのじゃ」

也有が正福寺の最盛期の終わりを静かに話した。

「金の切れ目が縁の切れ目なのか。尾張氏から白河法皇になり、それぞれ栄枯必衰で終焉を迎え、無情な世の中になったもんだ」

堀田六林が静かに呟いた。

「・・・」

皆が黙りしばらく静か時間が過ぎた。

「歴史は繰り返すのじゃ」

「そうだな」

皆も静かにうなずいた。

「玄海和尚から引き継いだ玄法和尚はそれからどうしたのか？」

そこに布毛和尚が也有に問いかけた。

「その話は次にするから。ただ山の頂に登れば、次は谷に向かって下りて行くだけだからな」

也有は栄枯必衰の理《ことわり》が、正福寺（大山寺）にもいえることを教えた。

「では寂しい話になるのだな」

その言葉が誰ともなしに聞こえてきた。

也有の仮説はそれなりに筋が通り、皆は納得した。しかし、この時代を示す書き物が出てこない。つまり証がない。

(五) 記録がない

ここで大山寺縁起に玄法和尚のことが、書かれているので皆に紹介しよう。

玄法和尚が、仏門の世界に身を置く出家前の名前は平判官近忠といい、美作国(岡山県)の住人で武道の達人であった。そこから人の世の無常を悟り、仏の道を志して、諸国行脚をし、尾張国篠木庄大山村にたどりつき、大山峰正福寺の玄海和尚に会い、弟子になることを願い出た。玄海和尚は快く引き受け、平判官近忠の髪を剃り、法衣を与えた。平判官近忠は、よろこんで、仏の修行に励み、勉強した。

平判官近忠は、天台の法もすぐに覚え、修行を極めた。そこで玄海和尚は玄法上人という名前を与えた。

玄海和尚が亡くなると、大山峰正福寺は、玄法和尚に引き継がれた。玄法和尚は、博識秀才であったので、有力者はこぞって、その子息を正福寺に修行に出した。

正福寺に修行に出された子供たちの中でも、特に優秀であったのが三河の牛田と近江の佐々木の二人の児童であった。この二人は、一を聞いて百を察するような子供たちで、記憶力も理解力も優れ、いつでも本を読み、どのような状況であっても勉強を怠らず、常に自分を磨いている優秀な子供たちであった。（※2大山廃寺遺跡概況）

縁起に書かれていることが、誇大表記を含め、正しいかどうかは疑問であるが、おおよその筋書きは的を射ていると思われる。

也有は、証は無いから玄海和尚が亡くなったのがいつか分からない。そこで也有は推測した。玄海和尚から玄法和尚に引き継がれたのは保安年間（一一二〇～一一二四）から天治年間（一一二四～一一二六）の頃と思われる。大山峰正福寺はその頃はまだ全盛期であった。

玄海和尚の努力で、寺は再興され、西の延暦寺に負けず劣らずの大きな寺になった。その陰の功労者は白河法皇である。朝廷の主だった者の子息や豪族の子息の修行の場として、正福寺を使うように、法皇の呼びかけがあったことが、大きな力であったと思われる。その力をうまく使い、正福寺を大きくした功績は、玄海和尚の苦労の賜物《たまもの》である。

その後を玄法和尚が引継ぎ益々寺を大きくした。それは大山寺縁起に書かれている玄法和尚の人柄だったと思われる。

しかし、全盛期の時代は、白河法皇が後ろ盾にいたからである。その白河法皇が大治四年（一一二九）の夏に崩御する。代わって鳥羽上皇が院政を引く。そこで正福寺は、人・モノ・金の後ろ盾がなくなると山頂から谷底に転げ落ちていく。

そのころの天皇は崇徳天皇（在位：保安四年一一二三～永治元年一一四二）である。そして近衛天皇（永治元年一一四二～久寿二年一一五五）に代わっていく。

也有は縁起に書かれていた玄法和尚のことと、そこに書かれていないが、天皇の移り変わりを皆に聞かせた。

それから堀田六林が也有に声を掛けた。

「也有さん、大山寺が、貧乏寺になったのは分かった。それで近衛天皇のことじゃ。大山寺縁起には、近衛天皇に勅願の儀の席で、比叡山と卿が法論を生じたためといったが、この頃の近衛天皇は、目の病気で人と会っただろうか。まして延暦寺と卿が法論を行い、そこで喧嘩になって延暦寺が、正福寺を焼き討ちしたと書いてあったのだろう。

卿と延暦寺の喧嘩でなぜ正福寺を襲うことになるのか。その席に正福寺がいたのか？

そこのところをもう少し也有さんの意見が聞きたいのじゃ」

堀田六林は焼き討ちに遭った原因を詳しく知りたくなり、更に也有に問いかける。

「久安年間（一一四五～一一五一）の終わりごろと思うが、正福寺は天皇の前に出られるほど羽振りが好かったのか。也有さんの考えでは白河法皇から鳥羽法皇に変わって衰退していたのと違う気がするけど」（鳥羽上皇は永治一（一一四一）より出家し法皇になる）

堀田六林は、也有の考えと、大山寺縁起に書かれていたことに、食い違いがあるのではと思い、問い掛ける。

「六林さんの意見は最もじゃ。近衛天皇の時代は、正福寺が天皇に拝謁《はいえつ》できるほど、裕福な寺であったかどうかという事じゃな」

也有が六林老人を見ながら話しのツボをいった。

「そうじゃ。也有さんのこれまでの話では貧乏寺になっていたのではないか」

堀田六林が也有の考えに疑問を感じて問いかけている。

「六林さんの疑問は大山寺縁起に書かれていたこと、つまり縁起の記述は、正しいとした考察がされていないと言う事か」

「そうじゃ。書かれていることを考えてみたのか」

「つまり卿（帝）と延暦寺の法論の席に正福寺がいたのか。いなかったのか。この頃の正福寺が天皇の前に出られる程の寺であっただろうか?

わしは白河法皇の時代には何度か出かけていると思うが、鳥羽法皇の時代はどうだろうか。そこには時代の違いが起きていると思うのじゃ」

也有は皆を見て鳥羽法皇の時代になり大山寺が変わったといった。

「それは分かる」

堀田六林も同意する。

「この頃の正福寺は玄法和尚の時代じゃ。その頃は延暦寺を怒らせるほど大きな力を持っていただろうか。まして天皇の前で、延暦寺と論争を交わし、喧嘩するほど力のある寺だっただろうか。

もしそうであったなら正福寺のことが、宮中か延暦寺など、どこかに記録で残っているだろうが。その記録が無いのじゃ」

也有はここでも記録がないことをいう。

「そういうことか」

堀田六林が言葉短く呟いた。

「その記録がない。そこから考えられることは・・

つまり大山寺縁起は誇大表記していると思ったのじゃ」

也有は皆の顔の表情が納得しているか見て回る。その結果それぞれの顔は納得しているように微笑んでいた。

それで気を良くして也有は更に話を続ける。

「都の中にも正福寺のことがどこにも書かれていないのじゃ。わしはそれが残念じゃ」

也有は堀田六林に優しく語りかける。

「そういうことか。正福寺が大きな寺になっていれば、どこかに記録が書かれていると言うのだな。それが朝廷も、延暦寺にも、園城寺にもその記録がないと言うのだな」

堀田六林が也有に確認の意味を込めて問いかける。

「そういうことじゃ。だから縁起の中で重要な大山寺が、焼き討ちになった原因の部分が、信用できないという判断をしたのじゃ。

それと鳥羽法皇の時代も、どこにも記録がないと言うことは、ある意味世の中から抹消されたのかもしれない。

蛇足かもしれないが、鎌倉時代には、大山寺のことが鎌倉の寺の帳面に書かれているが、この時代（平安時代）の記載はされていない」

也有は皆が頷《うなず》いている様子を見て安心した。

そして記録がないことについて持論を述べたのである。

「それだから何処にも記録が残っていないのか？」

そこで六林が更に問いかけてくる。

「そう思う。それから六林さんのいった近衛天皇の目の病気につては、今日はまだ皆に言える状態ではないから次回にさせてもらうから」

「分かった」

「それぞれの寺では何があったか帳面に付けているのが普通じゃ。それがどこにも書かれていないと言うことは、そうではなかったと也有さんが考えたのは正しいと思う。

わしの寺でもこまめに帳面に付けているからなあ」

玉林寺の布毛和尚が、也有の考えの正しさを堀田六林にいった。

「それはそうじゃ。わしも本光寺の住職をしていた頃は帳面付けをしていたからのう」

臥雲が、也有の考えと、布毛和尚の帳面付けのことに同調した旨をいった。

「では縁起に書かれている内容が、信用できないという事になるけど、いいのか」

そこで堀田六林が布毛和尚に向いて問いかける。

「縁起は悪く書くよりも、よく書いた方が後の人が見て喜ぶだろう。貧乏で世捨て人のことを書くか、成功した立身英雄の人の話を書くか、どちらが聞きたいか？」

「それは成功して英雄になった人の話だろう」

「そうだろ。大山寺縁起も概論はいいと思うが、筋や各論は上手い話にしてあると思うぞ。そう思わないか」

「そういう理詰めでくるならそうじゃと言わざるを得ないが証がないこと・・何もないよりも一筋の光でもあった方がよいのか。どちらじゃ也有さん」

堀田六林は大山寺縁起のことでどういう扱いがいいのか也有に問い掛ける。

「六林さんの言う事も分かる。布毛和尚の考えも分かる。ともかく大山寺縁起しか書き物として残っていないから、二人の言い分を理解して読むことにしているのじゃ」

也有は二人に差しさわりのないように気を使いながらいった。

「上手いことをいうな」

堀田六林が返した。

「縁起に書かれている序文の寺の創建時のことが、延暦寺縁起に書かれていることと同じだと思ったから。信用は出来ないけど、大山寺縁起はないよりはましだからな」

也有は皆の質問責めに少し疲れてきた。

そこで也有の話を聞いていた皆が間をとるために雑談に入った。

そこに臥雲が声を掛けた。

「也有さんは白河法皇のことをどこで調べたのじゃ」

臥雲の弱い領域の歴史について、也有が見事にカバーしてくれた。

「それは内緒だけど、臥雲さんには知らせよう。尾張藩の寺社奉行の書物庫に通って調べたのじゃ。わしは以前寺社奉行をしていたから、顔で入れるから」

也有は臥雲にしか聞こえないように小さい声で話した。

「そういう事か。寺社奉行所なら寺や神社の資料は揃っているんだね。うらやましいのう。私の我が儘に付き合わせてすまん」

臥雲は寺社奉行所の書庫を思い浮かべながら也有にお礼をいった。

「なにを申す。わしも楽しいから。臥雲さんの歴史への切り口が羨ましかったのじゃ。だからこれは自分のためにしたんだよ」

也有は知らないことを調べるのが好きである。それは本を書くためでも、友の頼み事でもない、知らないことを調べた後の満足感を味あうのが嬉しいのだ。

「それならいいが、ありがたいことじゃ」

臥雲はこれで話を区切って反省会をしようと思った。

そこで也有の話が一通り済み、この場に雑談が始まったのを見て臥雲が声を上げる。

「今回は也有さんが話してくれたことで、もう少し聞きたいとか、俺はこう考えるとか、今日の反省でもよいから何かあれば言ってくれ」

「それはつまり反省会という事か」

鯉圭が臥雲に投げかけてくる。

「そういう事じゃ。皆さん、最後に何かないかね」

臥雲はゆっくり皆の顔を見ながらいう。

そこで六林が、也有さん一つ教えて欲しいことがあると声を上げる。

「朝廷から人や金を出す官寺という、有名な大きなお寺や国分寺などがあったと聞いた。しかし、白河法皇が正福寺として大山寺を再興した時に、なぜ官寺として扱わなかった。それは何故じゃ。

そうすれば貧乏寺に落ちぶれることもなかっただろうに」

六林は貧乏寺に落ちぶれた正福寺を、官寺として再興すべきではなかったかと聞く。

「六林さんは面白いところに気が付いたな。確かに官寺として朝廷で認められれば金の援助はあったと思う。そして記録に残ったと思う。

そこでこの地方には尾張国分寺が稲沢の地にあった。そこが焼けた為に愛智郡の定額寺願興寺に移ったのじゃ。尾張地方に一つ、三河地方に一つ国分寺がある。その為尾張地方で新たな国分寺は作れなかったのじゃ。

白河法皇の時代はお金に困っていなかったが、院政所から新たなお寺を造るための金を出すと目立って横やりが入る危惧があった。それよりも法勝寺経由でお金を出すなら誰にも分からないので都合がよいと考えたと思う。

当時の白河法皇には朝廷の主《おも》だった者から、それに各地の荘園からも賄賂と同じような貢ぎ物としてお金が院政所に入ってきたと思う。その金を法勝寺経由で使えばよいと法皇は考えたのではないか」

也有は事前の調査をしてないことであったが、顔色を変えずに答える。

「そういうことか。国分寺は地方に一つだけなのだな」

「でも六林さんはよく気が付いたね。感心したぞ」

布毛和尚が六林を持ち上げた。それを聞いて六林は嬉しそうにほほ笑んだ。

正福寺は官寺ではない。官寺なら飢饉《ききん》などによって寺の収入が左右されることもないが、正福寺は収入源の大元である白河法皇が老人なのが心配ごとであった。

正福寺（大山寺）が全盛期を迎えられたのは白河法皇が人・物・金の支援があったからである。その白河法皇も人である。そしてその法皇が大治三年（一一二九年）に崩御する。

白河法皇が崩御して院政を引き継いだのは鳥羽上皇である。すると正福寺は、鳥羽上皇が院政を始めてから法勝寺経由で支援金が減額され始め、この先無くなるのではないかと心配していた。

そして崇徳天皇の長承《ちょうしょう》時代（一一三二〜一一三五）に長承の飢饉になった。全国で作物が取れずに民の生活から朝廷の生活まで苦境になっていった。長承の飢饉については鴨長明の方丈記の中で書かれている。そのために税が取れなくなり困ったのは、朝廷だけではなく官寺である大寺院も同じく困ったことになった。

延暦寺や園城寺などは僧兵を囲っていた。その僧兵の多さが飢饉で荘園から税収入が無くなると困るようになる。そのことは山法師たちにとっては死活問題であり、延暦寺は全国の荘園からの税で僧兵を養っているから影響が大きい。

そこで本山は同じ宗派の末寺に、上納金の上乗せを要求するようになってきた。当然全国の末寺も飢饉の関係で、お布施が集まらなくなり苦しんでいる。貯えのある寺は耐えられるが、貯えのない寺は苦境に陥る。

そういった時代背景があり、正福寺も延暦寺からの上納金の上乗せ要求に苦しみ始める。当然玄法和尚も悩んでいた。この頃はまだ白河法皇時代の貯えがあったであろうが、それも段々と減っていった。寺の財政が苦しくなり始めると、修行僧の数も少しずつではあるが減っていった。

そこで玄法和尚は寺の主だったものと相談して、寺の維持存続のために田畑の作物作りを提案した。それは寺での生活している者の食べ物を確保する手段を考え始めた。大山寺から里に下りて、村人と相談して大山川の河原付近の荒れ地を耕し、畑を作り自給自活できる試みを始めた。野良（農業）仕事には当然若い修行僧や稚児僧などがその仕事に回された。玄法和尚にしたら檀家の少ない山岳寺院が生きていくために出来ることをするしかない。

そして延暦寺は末寺への上納金の上乗せと取り立てが厳しくなっていく。そうなれば当然のように大山寺は財政難になっていった。

玉林寺の庫裏で第二回目の大山廃寺伝説の謎を解く会がまだ続いている。

「私も一つ聞きたいが好いか？」

鯉圭が場の雰囲気を見て也有に問い掛けた。

「どうぞ」

「三千人以上とも言われた大きなお寺が今の話の様に簡単に貧乏寺に陥るのか。それだけの僧徒が居れば仕送りとか托鉢などで食いつなげることはできないのか？」

鯉圭は寺の経営の知識がないけど素直に聞いた。

「鯉圭さんの問いかけは分かった。

正福寺が貧乏寺になっていくのには時間が掛っているぞ。白河法皇が崩御されたのが太治四年（一一二九）。大山寺が焼き討ちに遭ったのが仁平二年（一一五二）だから約二十数年経ってからだ。

それは院政が白河法皇から鳥羽上皇に変わったために、法勝寺からの仕送りが断たれたせいだと思う。つまり鳥羽上皇は、天皇時代から白河法皇に虐《しいた》げられ、苦渋を飲まされていたことから掌返しをしたのじゃ。だから法勝寺経由の仕送りを止めたのじゃ。

分かるかな。皆の衆、そうは思わないかい。

わしの考えはそういう事だ。分かってくれるか？」

也有は鯉圭に時間の経過と、鳥羽上皇が天皇時代に、思うような政治が出来なかったことへの恨み辛みを考えて話した。

「うむ、分かるような気がする」

臥雲が皆の顔を見ながらつぶやいた。

「前に也有さんが言っただろう。山に登るのは時間が掛るが。山を下るのは早いと聞いていただろう」

六林が鯉圭に話した。

「そうか、可笑しいと思ったのはわし一人だったか。なら仕方ないわ。山を下りるのは確かに早いからな」

鯉圭は自分に言い聞かせた。

そのやり取りを聞きながら、鶴望は急須を持って、皆にお茶を注いで回った。

「正福寺が全盛期には大きなお寺になったのは、廃寺跡から想像はつくが、その裏に時の帝王の白河法皇が、動いていたとは、今日初めて聞いたぞ。それも真《まこと》しやかに話す也有さんを見て嬉しいぞ」

　玉林寺布毛和尚が嬉しそうに也有を見ていう。

「大山廃寺跡から更に天川山に登っていくと五重塔の跡がある。そこに五重塔があった頃は、塔の上にあがれば尾張平野が一望できたと思う。それこそ延暦寺から京の都を見下ろすのと同じぞ。皆の衆は分かるだろうが、高いところから低いところを見下ろす、その時の優越感は気持ちいいものだろう」

　也有は気持ちよさそうに話している。皆はその姿を見ながら、一緒になって嬉しそうに聞いている。

　それから和やかな会話から雑談に変わって今日の催しも終わりになった。

　第二回目の大山寺の謎の全盛期の話も無事に終わり、皆が帰っていった。

　臥雲は襖を開けて小牧山を眺めながら、この後のことを考え始めた。

　いよいよ平安後期に大山寺が焼き討ちに遭う最後の領域になる。それでも臥雲は一番心配していた全盛期の催しが終わり安心した。

　後はその流れに沿って焼き討ちに遭うまでを調べるだけである。しかし、何もない処から、最後の情景を生むためには、各方面の知らないことを調べなければならない。

その時、小牧山に雁の群れが綺麗な〝く〟の字を描いて飛んでいく。臥雲はそれを見て不思議と込み上げてくるものがあった。焦らずに自然体で昔のことを調べるのだ、それを楽しみながらやろうと一人思いに更けた。


宝暦十年（一七六十）四月。日が長くなりかけてきたある日、夕餉が済んで鶴望が帰り仕度をしているときに臥雲が呼び止めた。そして自分の思いを鶴望に伝えた。でも鯉圭に相談したことは伏せている。

「鶴望さん、わしはお前さんの通いの生活から一緒に生活したいのじゃ」

臥雲は鶴望の顔を見て瞳を輝かしていった。臥雲は、いい年をして恥ずかしいけど胸のときめきが収まらない。それで我慢できずに鶴望に打ち上げた。

「鶴望さんを好きになって、この年で恥ずかしいけど一緒に暮らしたい」

「臥雲さん、それは嬉しいけど。この年で一緒になるなんて考えていないわ。

今のままじゃダメなの？」

鶴望は夫と死別して四十路を超え、嬉しさを堪えて今の生活でも幸せだと思っている。だから臥雲の申し出に直ぐに喜んで、はいと言えなかった。

「ではわしのことを好いていないのか？」

「そういう意味ではないけど、今の生活で満足だから」

「鶴望はわしのことをどう思っているのじゃ」

「臥雲さんは男であり、ご主人様です」

鶴望は返事に窮して困りながらいった。でもそれは嘘ではない。

「わしのことを主人だから、今迄こうして生活してきたのか。

それとも好きな気持ちはないのか」

臥雲は我慢できずに、でも抑えて素直な気持ちで声を上げて聞いた。

「それは・・　好きだけど・・」

「けど何なの」

臥雲は、鶴望が声を止めたことが気になり問い詰めた。

「私も臥雲さんもいい年だから」

鶴望は低い声で呟いた。

「ではわしが老いているからか？」

反対に臥雲は興奮気味に高い声を出した。

「違います。私が老いているから」

「お互いに年のことは言わないことじゃ。老いたわしが、老いてきたお前を好きだと言っている。それでいいのではないか」

「臥雲さん・・」

「鶴望さん、夫婦になる前にここで一緒に暮らそう。それでもし子供でも出来たら嫁にするから」

「臥雲さん・・」

鶴望は嬉しい気持ちと、まさか臥雲から打ち明けられると思ってもいなかった。

「今日はこれで帰らせて、今のことはしばらく考える時間をください」

「そうしておくれ。これからのことをよく考えてな」

それから鶴望はいつものように、帰り仕度をして庫裏を出ていった。


翌日。その日に限って、鶴望がいつもの時間に庫裏にやって来ない。そのために臥雲は朝餉も食べられず鶴望に何かあったのか心配した。

その頃鶴望は死んだ亭主の位牌を前に座っていた。鶴望の家には仏壇はない。位牌に戒名の書かれた札と花が飾ってあるだけ。昨夜臥雲から一緒に暮らしたいと言われてどうすべきか悩んでいる。心の中では臥雲についていきたいけど、この位牌があるから、それで朝から座っている。

「・・・」静かな時間が流れている。

心が決まらないまま庫裏に行けば、臥雲に無理やり求められたら拒むことが出来ない。その為に心を決める必要があると判断して座っている。鶴望は独りで悩んでいる。

鶴望の中でもやもやが、まだ吹っ切れない。夫の兄者のこともあり、嬉しい面と、親戚付き合いを終える伝手《つて》がわからない。今は、それが分からず悩んでいる。

昼近くになり鶴望は庫裏に出かけて、臥雲にもうしばらく考える時間が欲しいと申し出た。臥雲は鶴望のやつれた顔を見て慌てなくってよいと慰めた。

そして鶴望は臥雲から一緒に暮らしたいと打ち上げられて、一月近く日数が過ぎた。そこで鶴望の気持ちは臥雲と共に暮らすことで固まりかけている。でもまだ最後の決心が出来ていない。

その頃鯉圭は臥雲から相談を受け考えてきたが、どうも気乗りがせずに放っておいた。臥雲がまた何かいってくるまで待とうと思っていた。

そして半年ほど過ぎて、気が変わり鶴望の考えが聞きたくなった。

そんなある日鯉圭が庫裡にきて鶴望を外に呼び出した。二人は玉林寺の本堂に出かけた。

「鶴望さん、臥雲さんのことをどう思うかね」

鯉圭はすぐさま本題に入って鶴望にいう。

「・・・」

鶴望はどう答えてよいか考えながら鯉圭の顔を見ている。

二人は本堂の扉が開けられ、板間の階段に並んで腰を下ろしている。

そして鯉圭が鶴望の顔を見て

「実は臥雲さんから相談を受けて、お前さんと一緒に暮らしたいと言ってきたのじゃ」

鯉圭は臥雲の気持ちを伝える。

「その話は私も言われました」

鶴望も鯉圭の顔を見ながら返す。

「それでどう返事をしたのだ」

「まだしていません」

「まだしていない。ではお前さんはどうしたいのじゃ」

鯉圭は、鶴望がどうしたいのか伺う仕草をする。

「それは・・。せっかくの縁だから一緒に暮らそうかと思うけど、親戚がどういうか気がかりで」

「それで返事がしてないのか」

「そう」

鶴望の気持ちは決まりかけているが、まだ親戚に相談をしていない。

自分の身内からは、夫の葬儀の後に、これからは生きたいように生きればいいと言われている。しかし、夫側からは兄がどういうか心配で何もできずにいる。

「わしが親類縁者に話をしようか。お前さんはどう思う。心配な縁者は誰だ」

鯉圭は、鶴望がそれで困っていると思い助け船を出した。

「それは、主人のお兄さん。時々私に気を使ってくれるから」

「そうか。それでどこに住んでいるのじゃ」

「味岡村の小松寺の隣にある神社の近く」

「そうか。わしが一度伺って話をしてみよう。臥雲さんは、最初から夫婦になろうと言っていないから。まずは一緒に暮らそう。もし子供が出来たら、その時に夫婦になるか相談しようと言っているのじゃ」

「そうなんですか。私にはそこまで言ってくれませんでした」

「まあ鶴望さんに一緒になる気持ちが、あることが分かったから、わしは嬉しいよ」

「私が返事をしないばかりに、鯉圭さんに迷惑かけてすいません」

それから兄の名前と住処を聞き、しばらく世間話をして別れた。

鯉圭は死別した主人の兄に一度会うべきと思った。しかし、鶴望の話では、まだ縁が続いているという。

子供のいない鶴望のことを考え、死別して十年以上過ぎているなら、そのままでは鶴望が可哀そうだと思った。

でも鯉圭はそこから一歩踏み出せずに日数だけが過ぎていった。

第四章　山門か寺門か燃える大山寺（平安後期の謎）

（一）西行法師と玄法和尚

宝暦十年（一七六十）五月。山の樹々の緑の中に藤色の花があちこちに見られる。ここは平地にこんもりと盛り上がった小牧山。尾張徳川家の保護によって動植物が豊富な山である。その山のあちらこちらに藤色の花が咲いている。その山藤の花は、今が盛りとばかりに咲き誇っている。その旬の容姿を玉林寺の庫裏からも見て取れる。

胡盧坊臥雲はその山を眺めている。大山廃寺の謎を解く会の二回目の会合を開き、無事に終わって一月ほど過ぎた。初回が大山寺の創建期、二回目が全盛期と回を重ねてきた。そこで今は、過去の反省を踏まえ最後の会に向かって頭を切り替えている。

次は平安後期の焼き討ちに遭うまでの出来事。前回全盛期に玄海和尚が盛り立て玄法和尚に引き継いで終わった。その時期は白河法皇が崩御し、鳥羽法皇の時代になっている。

そこから臥雲は大山寺が焼き討ちに遭うまでを考えている。そこで大山寺の謎解きの段取りを思い出した。これからは、⑥玄法上人について、⑦大山寺を焼いた僧兵は何派か、⑧その理由は、これらについて調べる。

臥雲は今迄西行法師木像流転録を書くために西行法師のことを調べてきた。西行が春日寺に来たのが、久安二年頃（一一四六）頃。そして大山寺縁起によれば、焼き討ちに遭ったのが、仁平二年（一一五二）三月十五日とある。

臥雲はそこで何か気が付いた。その何かは具体的に分からないが、西行がこの地に来たときのこと。時は、白河法皇から鳥羽上皇に変わって、十年以上過ぎていた。それで大山寺のことと、西行のことが、この地で重なる部分があるのではないかと考えた。すると大山廃寺の謎解きに光がさしてきた。

五月下旬。臥雲と鯉圭は名古屋の前津の也有の知雨亭に来ていた。臥雲は大山廃寺伝説の謎を調べている。そこで今は、平安後期の大山寺が焼き討ちに遭った頃のことを調べている。久安年間（一一四五―一一五一）に西行が、春日寺に来たのは以前から知っていた。そして約五年後の仁平二年（一一五二）に大山寺が焼き討ちに遭うことになる。そこで今日は平安後期の時代の変革期の動向について、也有から教えを請いに来た。

也有は臥雲の頼みを喜んで聞いてくれた。しばらくして知雨亭の一室で勉強会が始まった。二人の姿は、座敷で向かい合って師匠が弟子に教える姿に似ている。

臥雲は、大山峰正福寺が玄海和尚から玄法和尚に変わり。同じ頃に、白河法皇から鳥羽上皇に変わって、院政が続いていた。

そして鳥羽上皇は白河法皇のやり方を、掌を返したように変えていった。その為に正福寺の財政面の支援が先細りしていった。

これについては大山寺縁起には書かれていない。ただ鳥羽上皇は天皇時代に白河法皇から、若いうちに上皇に引退させられた暗い過去がある。だから鳥羽上皇は、天皇時代に白河法皇が院政を引いていたために、思うような政治が出来なかった。その為に個人的な恨みを持っていたと思われる。そこで自分が院政を引いたら、白河法皇のやり方を続けたとは考えられない。つまり自分のやりたいように掌返しをしたと考えるべきである。臥雲はそうであったと考えている。

平安後期には僧侶による強訴があり、朝廷や天皇に法皇迄が、それぞれを呪詛して政敵を倒そうとしていた時代。それらの当時の世の中を以前也有から教えを受けた。

その時代の変換期の中で、大山峰正福寺は全盛期から一気に貧乏寺に堕ちていった。そして山門か寺門の僧兵に焼き討ちに遭うことになると考えている。

臥雲は当時の世の中の流れが分かり、焼き討ちの原因がその辺にあるように思った。そこから臥雲の頭の中に、正福寺（大山寺）が、赤く燃えている様子が思い描かれていた。

今は五月である、昼間の明るい時間は日に日に長くなっている。でも八ツ半（午後三時）頃になり臥雲と鯉圭はお礼を言って知雨亭を後にした。

帰りがけに也有が、西行法師木像流転録の挿し絵の件で、近いうちに絵師の内藤東甫を連れて、常普請（小牧宿）の本光寺に出向くといった。それを臥雲は快く受けた。

その日暗くなる前に玉林寺の庫裏に戻った臥雲は、大山廃寺の謎を解く糸口が見えてきたことを鶴望に話した。

「臥雲さんが謎と言っていた、誰が、何故大山寺が、焼き討ちに遭ったのかが分かったの？」

鶴望は夕餉の後のお茶を啜りながら聞いた。臥雲が、鶴望と二人だけで、その話をするときは、正福寺とはいわず大山寺という。

「そうだよ。平安後期の表に出せない裏の世界で、摂関家と天皇、法皇の三つ巴の醜い争いがあったのじゃ。

それが、呪詛《じゅそ》と言って、お互いの政敵を倒すために、呪い合っていたのじゃ。そんな世界で白河法皇が崩御し、鳥羽上皇が院政を始めたのじゃ。そこで白河法皇の時代に大山寺は全盛期を迎えたが、鳥羽上皇に変わったら財政面の援助が無くなり、貧乏寺になったのじゃ。また白河時代に虐げられていた山法師が、鳥羽上皇（庸治一年より上皇から法皇）の時代になると状況が反転してきたのじゃ」

臥雲は勢いで話した。しかし、その話は鶴望には難しすぎた。でも分からないのに微笑んで臥雲の気持ちを汲んでいた。そして
「臥雲さん、私には世情の話は分かりません。その続きはまた皆さんを集めてしたら」

「そうか、お前には難しすぎたか。では今日は埃を沢山浴びてきたから、一緒に風呂に入り埃を落としてもらおうか」

臥雲は嬉しそうな顔をして茶飲み碗を置いた。

「一緒に風呂に入るのがそんなに嬉しいの」

鶴望は片付ける為に立ち上がりながら、嬉しそうな顔をしている主人に聞いた。

「そうだよ。それが楽しみだから」

臥雲はこの後の楽しみを思って、鶴望に微笑みながらいった。

「うふふ・・」

その日の夕餉の跡に臥雲はたらい風呂に入った。そこで鶴望に体を洗ってもらった。しかし、今日もその先はなかった。臥雲は鶴望の身体を洗いたかったが、今夜も寺の本堂で通夜が行われているのを知らされたからである。

それから数日後、臥雲は鶴望を連れて本光寺に出かけた。今日は、也有と絵師の内藤東甫が、西行の仏像を見に来る日である。臥雲が西行法師木像流転録を書いているのを、也有が聞いて、以前からその本に挿し絵を入れたらと申し出があった。そこで也有が東甫を連れて木像に逢いにくる。

臥雲は本光寺の前の住職で、数年前に身体を悪くし若い土橋和尚に住職を譲っている。その為に西行法師の木像は土橋住職が守っている。

也有たちは昼前に本光寺にやって来た。この日の為に鶴望が握り飯を用意したので、寺の本堂の脇で、一息ついたついでに昼餉を食べることにした。

食べ終わった頃合いを見て、土橋住職が風呂敷のような布に包んだ木像を持って、皆の前に置いた。

それを皆が注目する。

「少し痛んでいますね」

東甫が見た感想を素直に述べた。

「この仏像は、西行が伯父の恭栄和尚の供養の為に、春日寺の裏手に草庵を建てて、自ら彫ったもの。その後大雨で川が溢《あふ》れて沼に沈んでいた時期があるから。その時に傷んだと思うのだが・・」

臥雲がここに来た経緯を簡単に説明した。

「では西行が彫ったという証はあるのか？」

也有が少し疑いの目でいった。

「見ての通り西行の名前があるわけでもないが、わしは西行の作と信じている」

「私等は臥雲さんを信じているから」

「うふふ・・」

それを見ていた鶴望が笑った。

そして鶴望が呟いた
「じっと見ていると味が出てくるわ」

鶴望は西行法師の木造を見て素直な気持ちで感じたことをいった。

「鶴望さんも仏像が分かるのかね」

「いえ、感じたままをいったの」

「東甫さん、西行作と聞いてどうか？　これで絵が描けそうか」

也有が声を掛けた。

「ええ、ここに来る前から也有さんに話を聞いていましたから。でも私はまだない西行堂を書こうと思います」

東甫が皆の顔を見ていった。

「そうか、この仏像を安置するお堂を作るために、苦労してきたのでしたね。それを忘れていたわ。まさか東甫さんに教えられるとは恥ずかしい」

也有が頭をかいて笑いながらいった。

「そうだね、小牧山に本光寺に西行堂、それに西行作の仏像があれば絵が描けると言うのだね。ありがたいことじゃ」

臥雲が嬉しそうな顔をして東甫にいった。

「まあ何時書けるかは当てにしないで待っていて」

「もちろんじゃ。できたら見に行くから声を掛けてくだされ」

それからしばらく西行談議をし、小牧山を見がてら、本光寺を後にした。その後也有達と別れた。その日はそれで臥雲は鶴望と二人で玉林寺の庫裏に戻った。

宝暦十年（一七六十）九月。秋晴れの日。玉林寺の庫裏で也有の都合を確認して、鯉圭がいつもの顔ぶれを集めてきた。今日は、臥雲と也有の大山廃寺の謎解きの三回目となり、最終回となった。大山峰正福寺（大山寺）は平安後期に焼き討ちに遭った。その頃の話を臥雲が皆に聞かせる。

今日も前回と同じ顔触れが庫裏に揃った。そこで鶴望が皆にお茶を配っている。その鶴望を見ながら雑談が始まっている。臥雲はそこで静かになるのを待って話し始めた。

「今日は、まず西行法師が春日寺に来た頃の、大山峰正福寺の話から始めるが、少し長くなるが質問は後にしてくれ。まずは聞いてくれ」

臥雲が帳面を出して見ながら話し始めた。それを皆が見て臥雲に集中した。

ヤマト朝廷の時代。大山寺は、この地方の豪族の尾張氏と連《むらじ》が寺を創建した。その後も資金援助を受けていたのは、創建者でもある尾張氏とその連である。

大山寺は創建から尾張氏とその連と共にあり、平安時代になると尾張氏の衰退で廃寺になった。その後平安時代の後期になり、白河法皇の時代、玄海和尚が法皇の意を受けて寺の再興を進めてきた。白河法皇の後ろ盾があり、人・モノ・金が注ぎ込まれて、多くの修行僧を囲い、寺は発展し最盛期を迎えた。

しかし、白河法皇が崩御されて、鳥羽上皇が院政をするようになってから、法勝寺経由の金銭的な支援が段々と細くなって、数年後にはそれが途絶えた。

大山寺は再興してから大山峰正福寺と改名していた。玄海和尚の代は法勝寺からの仕送りがあり裕福であったが、この頃は玄法和尚に引き継いで十年近くになり、寺は財政難になった。大山寺は、法勝寺の関係で天台宗の延暦寺の末寺になっていた。そのために延暦寺からは毎年上納金を収めるように催促が来る。

分かっているが、財政難だからその金さえ工面できなくなっていた。そんな状態だから玄法和尚は大山寺の運営に頭を悩ませていた。でもそのことは誰にも話せなかった。和尚は備前美作の生まれで武士になり、その後出家した。若い時に京の都に出たことがある。

その後各地を見て回る旅に出た。そして尾張の国に入り大山寺に世話になった。そこで玄海和尚に認められて頭角を現してきた。その後玄海和尚から寺を引き継いできた。

寺の財政が苦しいのを、本山の延暦寺にはすでに何度も連絡をしてきたから、分かっているはずである。だからといって上納金の減額は許されない。玄法和尚は延暦寺の催促が余りに酷いので、何かあるのか不審に思うようになった。

そこで若い時に一度行ったことのある京の都をもう一度見たくなった。それは何となくだが、世の中が変わろうとしているのを肌で感じてきたのである。そこで京の都を見て世の中の変化をこの目で確かめたくなった。

その時代は天台宗の寺を探して、一夜の宿を頼むのだが、それが叶わないと大変である。まだ旅籠も整備されていない。だから寝るところを探して、夜露に耐えて、寝るのを覚悟しなければならない。

この頃の旅は大変である。それでも玄法和尚は都を知らない小僧（稚児）を連れて都を見せてやろうと思った。

その思いで二人の小僧を旅に同行させることにした。その二人とは、小僧の牛田と佐々木で、年若の佐々木は近江の国の蒲生の里から修行に来ている。だから旅の経験はあるが、三河から修行に来た年上の牛田は、何日も泊まる旅の経験はない。そこで今回特別に、玄法和尚が旅に連れて行くことにした。

二人の小僧は旅支度を始めるために、裏庭で藁を打っている。玄法和尚が寺男の柿花爺に二人に藁仕事を指示した。それで草鞋を編むための作業を始める。旅に出てれば沢山の草鞋が必要になる。その他に縄やむしろを編むのにも使う。またその後に雨具の蓑《みの》も作る予定があるので、藁打ち仕事はまだまだ続く。

「トントン・・」

「佐々木は京の都に行ったことがあるの？」

牛田は年下の佐々木に京の都のことを聞いた。

「トントン・・」

「行った事は無いよ、私は幼少からここで修行しているから。だから比叡山も京も行ったことはない」

佐々木は何処も行ったことがないとそっけなく返事をした。

「それなら私と同じだ」

牛田も同じでどこも知らない。

それから二人は藁打ち台に藁を束ねて載せる。それを槌で打って柔らかくする。

牛田は藁を打ちながら佐々木にいった。

「私たちは和尚さんの邪魔にならないようにしないとね」

そして佐々木はしゃべりながら打った藁をむしろの上に積んでいく。

「そうだね」

佐々木もしゃべりながら牛田と同じ作業をしている。

「佐々木、これから旅にでたら今のように畳の上では寝られないからな」

牛田が佐々木に寝床が決まらないから、どこでも寝られるように心がけることを教えた。

「ではどこで寝るの？」

佐々木は不安な顔をして寝床のことを聞いた。

「それは寺や神社の軒下になるか、洞穴になるか、その日にならないと分からないよ」

牛田はどこになるか分からないから、どこでも寝られるようにしようといった。

「そうか、それは大変だ」

佐々木は知らないから怖さがない。ところが困りごとが沢山あることを、牛田から聞いて不安な気持ちが出てきた。

「だから今の内から体を鍛えよう」

牛田は不安そうな佐々木の顔を見て鍛えることが大事だという。

「はい鍛えるぞ」

佐々木は藁を打つ手を休めて、牛田に負けないように大きな声でいった。

「それで雨が続くのが一番困るから」

牛田は困りごとの中で雨が続くのが大変だと知らせる。

「どうして？」

佐々木はまた槌を振る手を止めて牛田に聞いた。

「それは川の水が増水して、川が渡れなくなるからだよ」

牛田は旅の経験ないにもかかわらず雨の怖さを知っている。

「そうか川が渡れなくなるのか。それでどうするの？」

佐々木は怖さを知らないから軽い気持ちで牛田に教えを乞うた。

「川の水が低くなるのを待つ」

牛田はそっけなくいった。

「そうか、水が引くのを待つのだね」

佐々木はまだ幼いから知らないのだが、素直な気持ちで応えた。

「そう。待っている間は旅の予定が立たないから」

牛田はそれからのことも心配しないといけないと教えた。

「ところで佐々木は近江の国の出なの？」

牛田が急に話題を変えて生国を聞いてきた。

「そうだよ。近江国蒲生の郷。比叡山に京都、奈良などに近いけど。行ったことはない。

牛田さんは、日本の絵図（地図）が分かるのか？」

佐々木が近江という地名をいったから牛田に絵図のことを聞いた。

「わしの出は三河。絵図は和尚から教わったことがある」

牛田は玄法和尚から教わったことをいった。

「それで知っているのか」

「京の都に行くには蒲生の郷はその途中だね」

二人とも多少は絵図の心得があるので話が出来た。

「それでは行きか、帰りに寄ろう」

牛田が佐々木の為により寄り道を提案した。

「駄目だよ。道順は和尚さんが決めるから」

佐々木は牛田が決めることではないと強い語句でいった。

「では私から和尚にお願いしてみる」

それでも牛田は引き下がらずに和尚に頼むと言い出した。

「牛田さん、和尚に迷惑になるから言わないで」

「佐々木は家に寄りたいのだろう？」

「それは出来ることなら両親の顔を見たいよ」

佐々木は素直な気持ちになり、親に会いたいといった。

「では和尚に頼んでみるから。楽しい旅にしよう」

牛田が、佐々木の為に寄ろうという気持ちが、佐々木の気持ちより勝った。

二人が旅の話をした日、牛田は夕刻に寺男の柿花爺に頼んで、和尚に話をする機会を作ってもらった。

それから牛田は和尚のいる講堂に行き。そこで和尚に京の旅の途中に、佐々木の家のある蒲生に寄ることを申し出る。

「和尚さんと京に行くときに佐々木の家に寄りますか？」

玄法和尚は、牛田が急に訳の分からないことをいうから戸惑った。

そして牛田に返す。

「なぜそれを聞く？」

そこで牛田は絵図を思い出しながら和尚に

「佐々木は近江国の蒲生の郷の出と聞きました。だから京に行く通り道ではないかと思い、寄れたらいいなあと思いました」

蒲生の佐々木家に寄り道したいと願い出た。

それを聞いて和尚は佐々木が蒲生の生まれだと思い出した。

「そうか、佐々木は蒲生の郷の出だったね。それなら少し遠回りになるが寄るのも一案だな。ところで佐々木はどうしたいと言っているのだ」

それを受けて牛田が応える。

「佐々木は出来たら寄って、両親に会いたいそうです」

それを聞いて和尚はどうしようか一瞬思案してから答える。

「そうか、では寄ることにするか」

牛田は願いが叶い嬉しくなり礼をいう。

「和尚さんお願いします」

「では佐々木家に文を出しておこう」

「お願いします。佐々木も喜びます」

「ではそうしよう」

牛田は和尚の言葉を直ぐに佐々木に伝えた。
それを聞いて佐々木は京への旅が少し楽しくなってきた。

佐藤義清（後の西行）は、若い時に京の都で鳥羽上皇の北面の武士として仕えていた。北面の武士とは、院御所の北側の部屋の下に近衛として詰め、法皇の身辺を警衛、あるいは御幸に供奉した武士のこと。十一世紀末に白河法皇が院の直属軍として、延暦寺の強訴対策に創設したのが始まりである。

この頃の彼の友達に平清盛がいる。でも佐藤義清は、保延六年（一一四〇）二十三歳の時に、この職を捨て出家した。

彼は出家して西行と名を変えた。その後吉野山に草庵を建ててしばらく過ごしている。そして吉野で桜を見て多くの歌を詠んでいる。

でも久安元年（一一四五年）陸奥の旅に出た。その旅は奥州藤原家を訪ねることであった。そこで奥州の冬の厳しさを知り、二度目の冬が来る前に京に戻った。

その旅の帰りの途中に、春日井原（尾張国春部郡味岡庄南外山）の春日寺に、伯父の恭栄和尚に会いに寄った。

西行が春日寺に着いた時には、恭栄和尚は既に他界した後だった。その為に西行は仏像（木像）を彫って供養しようと思いついた。

春日寺の隣に小川が流れている。周りは何もなく葦原が広がっている。

「この小川の隣に草庵を立てて、しばらく逗留しよう」

西行は一人ごとをつぶやいた。

そこで春日寺の寺男の春日爺に草庵を立てるから手伝いを頼んだ。

「西行さん、こんな葦原の何もない所に建てなくって、もっと集落の近くに建てたらどうなのですか？」

春日爺は人里から離れた、辺鄙《へんぴ》な場所でなくってもよいのではと西行に進言した。でもそれを聞かず、それから二人は小川の近くに平らな場所を探してうろついた。

「春日爺、何もない処が好いのじゃ」

西行はその辺鄙な場所が好いといった。

「そうか、お前さんも変わった人やな」

春日爺は少し驚きながらつぶやいた。

小川の周りは見渡す限りの葦原に、風が通り過ぎていく。

「この葦原に吹く風を供にして仏像を彫りたいから」

西行は木像彫りのための草庵を造る場所を探しながらいう。

「西行さんは仏像を彫るのか？」

春日爺は仏像を彫るという西行が増々不思議な人だと思った。

「仏像は心で彫るのじゃ。

私の心が何を考えているのか、出来た仏像が語ってくれる」

西行は邪念を捨てて恭栄和尚の供養をしたい。そのために木像を彫る。

「そうか、私には分からないな」

春日爺は住む世界が違う人だと思った。

それから丁度良さそうな場所を探し、西行は春日爺の手助けを受けて、草庵を建てた。そしてどこからか、春日爺が持ってきた木の柱に、むしろの壁で簡単な草案が出来た。

西行は草案が出来たら、次に春日爺に木像のための材木の手配を頼んだ。西行は材木が届くまでの間、春日寺で木像作りの道具を探した。

その後しばらく経って準備ができ、西行は仏像を彫って過ごした。

年が変わり、天気の良い日に西行は、春日爺を共に仏像を彫る傍ら小牧山に出掛けた。

そして風のない穏やかな日に大縣神社にも参拝した。それから数日後、仏像が出来て春日寺に納めることが出来た。

西行はその草庵での生活の中で地元の人達との交流をした。そこで西行の知識を、都の生活を、奥州の旅の様子を、村人たちに語った。

村人たちは西行の豊富な経験と知識に感銘を受けた。それに若いのに彼の人柄が好く村人の相談にも乗ってくれた。そして彼は歌を詠むのである。文字も書けない里人たちに歌を詠んで聞かせた。

その噂を聞いて北里村や味岡村、大草村から歌を詠む人が春日寺に尋ねてくるようになった。時には遠い篠木庄からも西行を訪ねてきた。そしてその人達との交流も始まった。

ある日、春日寺の近くに外山の集落がある。その名主の権兵衛さんの家で歌会をしたいからと申し出を受け西行と春日爺は出かけた。

西行はその席で、武士を捨て仏門に入り、しばらく吉野で過ごした時に詠んだ句をいくつか披露した。また西行がこの地に滞在していた時に詠んだ句も聞かせた。その句は春日爺と外山村に出かけた時に詠んだものを披露した。

小せりつむ沢の氷のひまたえて　春めきそむるさくら井の里

参加者は西行の歌を聞いて喜んだ。そこで権兵衛さんも歌を詠みたいので指導してほしいと頼んだ。

しかし、歌や句は教えて出来るものではない。五七五の並びの言葉を作るのは感性だからである。でもやればできることを教え、普段から句に親しむよう話した。

またある時、北里村の庄屋さんに呼ばれたときのこと。ここでも西行は、この地のことを一句詠んだ。

ひくま山ふもとに近き里の名を　いくしほかけてこきというらん

歌会は静かに進み。そこでは参加者が歌を詠んで皆から好評を受ける。集まった者は田舎の人だからなかなか歌が読めない。歌会は貧しい農家の者には縁のない世界である。

でも人は少し裕福になると風流と文化を愛するようになる。尾張地方は土に恵まれ、川も多く水に恵まれて農業には適していた。

都にも尾張氏のつながりで多くの人が出て行き、そして都の文化を持って帰ってきた。だから平安末期にもなると歌を詠む人も多くなってきた。

西行の中では、歌会仲間や地元の人たちの交流で、京に帰るのを引き留められて、時間が過ぎて行った。

そして味岡村の庄屋さんの歌会に呼ばれて詠んだ句もある。


あれわたる草野の庵にもる月を　袖にうつしてながめつるかな

その後、西行法師は春日爺の勧めで大山峰正福寺にも参拝に出かけた。その際西行から声を掛けられた寺男の柿花爺は、寺に来客が来たことを玄法和尚に知らせた。

そこで玄法和尚は西行と面識を持ち、世の中の情報を広く聞きたくなった。それで和尚が都に旅立つ前であったので、情報交換の意味もあり、夕餉をともにすることにした。

玄法和尚は、西行が歌会をしていることを里人から聞いていた。

「これは西行さん、あなたのことは里人の噂になり、ここにも聞こえてきたから」

玄法和尚は、仏教の経典は読むが歌は詠まない。でも俳諧を好み、歌を詠む心は分かるつもりである。その和尚が若い西行を持ち上げる。

「そうか、私は噂の人か？」

西行は和尚の言葉を素直に返した。

その仕草は箸を置き、口を手で覆って目は瞬《まばた》きしながらいった。

「ワッハハハ・・面白い人ですな」

和尚はそれを見て声を出して笑った。

「私はこの地の春日寺に伯父の恭栄和尚の墓参りに寄って。それがいつの間にかもう半年近く逗留してしまった」

「そうか、ここに来て半年近くになるのか、もっと早くにここに来て話がしたかったわ」

和尚は西行を見ながら一瞬悲しそうな顔をした。それを西行は見て
「玄法和尚は、何か私に話があったのか？」

西行は心の動揺を見逃さずに、何か言いたそうな和尚に聞いた。

「いや若い西行さんから京の都の話を聞きたかったのじゃ。私は若い時に一度都を見ているがもう何十年も経ったから。だから都が変わったのか知りたいのじゃ」

和尚は大山の田舎の地にも、世の中が変わろうとしている気配を感じていたから。それを聞

きたかった。

「そうか。時代の移り変わりを感じたのか。そうであれば都も変わったぞ。怖い処になってきた」

西行は武士が出て、僧兵が強訴していた都を思い出していった。

「怖い処？　何が怖いのか」

和尚は気になって怖いところといった西行に何故と聞いた。

「昔は天皇家と摂関家によって世の中が動いていた。しかし、今では武士が強くなり、神社仏閣が僧兵を持って、天皇や上皇に強訴する時代に替わってきたから。僧侶が兵になって強訴する時代になっているのじゃ」

西行は北面の武士をしていたのでその頃のことを話した。

「そうなのか。僧兵に強訴か。聞きなれない言葉じゃな」

和尚は怖いところから強訴が原因なのかと思った。この地は都ではないので強訴は起きないので驚きを持って聞いた。

「平家と源氏が武士として強くなって。そこに延暦寺など神社仏閣が僧兵を雇い、力を持つようになってきたから。その力で朝廷や天皇に強訴しているのじゃ」

西行が更に詳しく教えた。

「延暦寺に僧兵がいるのか？」

和尚は延暦寺の名前が出て驚き、更にその先が聞きたくなった。

「そうじゃ。沢山の僧兵がいて、天皇や鳥羽法皇に強訴している。その僧兵の姿は、僧侶と武士を足したような格好じゃ。彼らは武器を持って戦う。だから怖いのじゃ」

西行は僧兵について和尚に詳しく教えた。

「そういう世の中に変わってきたのか？」

和尚はしばらく天井を見て嘆いた。

「そうじゃ。武士が強くなり僧侶も強くなって。その強さというのは、力というか勢力でモノをいう世の中に変わってきたから」

西行は北面の武士をしていたから実感を込めていった。だから和尚はその迫力にひきつけられている。

それから和尚は西行から都のこと、延暦寺と三井寺のこと、奥州藤原家のことなどを嬉しそうに聞いていた。

玄法和尚も武士になり、その後出家している。だから西行も同じ道を歩んでいるので気が合った。

そして西行は春日寺に滞在している間に、各地で歌会に出て小牧で読んだ三句の作品を聞かせた。

それを玄法和尚はニコニコしながら聞いていた。それぞれの句を聞いて情景が思い浮かんだ。それで西行の人間としての懐の深さを知った。

この大山峰正福寺にいると世間のことは何も聞こえてこない。

そこで玄法和尚は西行の話を聞き、これから京の都に行くから一緒に行こうと誘った。

西行は伯父への法要も済み都に帰る処であったから、玄法和尚の誘いを断らなかった。そこで和尚は、旅慣れた同行者が出来て喜んだ。

次の日、二人の小僧に西行法師と都に一緒に旅することを伝えた。

(二) 祇園社乱闘事件

久安三年（一一四七）七月。西行が正福寺（大山寺）を訪れて数日後。西行は寺男の春日爺に、都に帰ることを伝えて草庵を後にした。そして途中玄法和尚たちと合流して、四人で都に向かった。

　四人の寝床は通り道の天台宗の寺の庫裏にお世話になった。そこでは正福寺の名前を出したら、同門の和尚の中で、歓迎まではされないが融通してもらえた。だから二人の小僧の心配していた野宿することはなかった。

　西行と玄法和尚に二人の小僧は、琵琶湖を渡り延暦寺にお参りして京の都に入り、そこでしばらく逗留する予定である。その間は、西行が三人の道案内をすることになっている。二人の小僧は初めての京の街である。

　山科から都に入り東山沿いの神社仏閣を見て、大原、鞍馬、北山、西山と外側から京を見て数日が過ぎた。それから洛中を見て歩き都の華やいだ雰囲気に若い小僧は興奮していた。

　ある日四人は華やいだ祇園社（八坂神社）にやってきた。しかし、そこで思わぬ乱闘騒ぎに出くわした。

　七月二十四日は、祇園社では天皇の祭礼の日。その翌日は、官と武家が神社に祈願をする日になっている。

　それで平家の清盛公が、一族繁栄を念じて、「田楽《でんがく》」を奉納することにした。田楽とは、平安時代になり、百姓が田植えなどの農耕儀礼に、笛や鼓を鳴らして舞い踊ったものから始まった。

その後田畑の神様に五穀豊穣を願って、歌って舞った農耕芸能から始まり、遊芸化され、貴族が遊興のため催しものになっていった。その日、田楽団を守っていた清盛の配下たちが、弓矢を背負い武具を着けて、そのまま田楽団守護して、祇園社へ入って行こうとしたところ、祇園社の若い神人（じにん・下級神職）に呼び止められた。

「またれい、なんじゃその恰好は。そんな今にも戦をしそうな恰好をした人を、神社に入れるわけにはいかん」

若い神人が平家一行の祇園社への入場を拒んだ。

「我らは戦などしないわ」

平家集団の先頭の者が、田楽の奉納で戦はしないと叫んだ。

「では何故そんな物騒な恰好をしている」

神社の神人は平家の戦姿をしている訳を問いただした。

「この格好では神社にお参りできないのか？」

平家の先頭の者は、お参りに武装ではいけないのかと叫んだ。

「そうだ、ここは神聖な場所だからな」

神人は、神社は神聖な場所だから駄目だといった。そこで双方の血の気の多いものが言い争いを始めた。

それから血気盛んな若者から大声を出し、両者が熱くなり、引くに引けなくなって争い、次第に大きくなっていった。それを静めようと、清盛の郎党が、威嚇するつもりで空に向けて放った弓矢が、祇園社の神人に当たった。

それが引き金となって、双方の争いが激しくなっていった。

それから祇園社側の偉い人に矢が当たり負傷し、神人は刀傷を負い、宝物殿の軒にも矢が突き刺さった。

「神殿や神人に向かって矢をいるとは何てことだ！」

と祇園社側は大怒りである。

それで周りは騒然とした。

その後は清盛側が田楽団を連れて引き下がった。そこで乱闘は治まったが、それで事は終わらなかった。

この様子を祇園社から少し離れて、都人と一緒に、西行と玄法和尚と二人の小僧は事件の現場を見ていた。

そして神社側と平家側の喧嘩の様子をしばらく見ていた玄法和尚たちは驚いていた。

「くわばら、くわばら・・」

小僧の牛田が念仏のように唱えた。

「都も怖い処になったのだな」

玄法和尚が祇園社と平家一門の喧嘩を見て西行に話した。

「平家が田楽を祇園社に奉納に来たのだが、その武具を付けた物騒な姿なので神社が入るのを止めたのだが。それで平家の若い衆が頭にきて、威嚇するために弓を射たのが喧嘩の発端だよ。これでは平家の方が、分が悪そうだが」

西行は神社と平家を見て、武具を付けたまま、神社に入ろうとする平家側が、行き過ぎだといった。

「それにしても大勢で喧嘩するとは、どうなっているのだ?」

玄法和尚は、双方が超えてはいけない、一線をもたないように見受けられた。つまり我慢することを知らない、無鉄砲な集団に見えた。

「内緒だが祇園社の後ろには、山門の延暦寺がいるのだ」

西行が、祇園社が奈良の興福寺の息のかかった神社から、白河法皇の時代に、延暦寺の配下に鞍替えした経緯がある。それで今の祇園社の後ろに、延暦寺が控えていることを玄法和尚に教えた。

「それがあるから祇園社も強気なのか」

玄法和尚はあきれた関係を知り、この先が怖くなってきた。

「それは和尚、平家の見栄と祇園社の見栄のぶつかり合い、そのために引くに引けないから仕方ないのかもしれない」

西行は和尚に見栄のぶつかり合いだと説明した。

「では弱腰になると付け込まれるのか？」

「そうだ、しばらく前から武家の力が強くなって。それと合わせて神社仏閣の力も増してきたから。その両者がここでぶつかってしまった」

西行が冷めた目で見た感想をいった。

「そうか、今までと変わり、時代が変わろうとしているのか」

和尚も手短に感想を述べた。

「そうでしょう。僧兵の力と武家の力が、どんどん強くなってきたから」

「西行さん教えて。神社や寺に僧兵を置くということは・・

神社や寺が戦いをするということなのか？」

そこに稚児僧の牛田が西行に聞いた。

「そうだね、強い僧兵を持って沢山の僧兵を連れて朝廷や院政所に強訴するから。俺たちの言うことを聞かないと襲うぞ。そう言って力を見せつけて訴えるのじゃ」

西行は、神社仏閣が僧兵の数や力を誇示することで、我が儘を通そうとしたことを、牛田に教えた。

「では強訴するために僧兵を持つのか？」

牛田は西行に更に聞いてきた。

「そうだよ。それからその僧兵が、全国の寺に俺たちの門下に入れと言って、領地を広げて行くのじゃ」

「それでは寺ではなく、戦をする武士と同じではないのか？」

小僧の佐々木が興奮しながら聞いた。

「佐々木どん、そういうことだよ。広い世の中を見るために都に来たのだろう。だからこれが今起きていることなのじゃ」

西行は小僧に都で起きていることをよく見るようにいった。

「寺が寺を襲って寺領を広げるのか？」

牛田が聞いてきた。

「そうじゃ。弱い寺は強い寺の門かに下るのじゃ」

「物騒な世の中になったなあ」

その日四人は都が物騒な処だと改めて思い知った。

翌日、祇園社の親寺である延暦寺の僧侶たちが、鳥羽法皇の御所に行って、この祇園社乱闘事件を訴えた。

その後、朝廷に平清盛と忠盛を呼ばれた。

「矢を射た郎党を引っ張ってこい」

と言われて翌朝、早速郎党七人を検非違使（今の警察機構）に差し出した。

しかし、延暦寺側がそれで収まるわけもなく、後日延暦寺、日吉社、祇園社の神人たちが神輿を担いで、忠盛清盛父子の流罪の要求をした。そして朝廷の周りを神輿が大声で騒ぎ練り歩いた。

当時は、神輿は、かなりの威嚇力を持っていた。

「訴えは精査して判断し、しかるべき裁きをするから帰山するように」

鳥羽法皇はそう回答して、とりあえず騒ぎを収めた。

しかし、その後何の連絡もなく日数が過ぎていった。そこで再び祇園社寺側が抗議の声を上げた。再び朝廷に祇園社たちが寄せてくるという声を聞き、鳥羽法皇、自らが清盛側の罪を決めて下した。それは清盛には結局贖銅《けっきょくしょくどう》三十斤の罰金刑が下された。

その判定に延暦寺は納得しなかったが、騒ぎはこれで収まった。

（三）藤原覚忠《かくちゅう》と安部泰親《やすちか》の出会い

祇園社事件が収まって数日後の京の都。真夏の夕立が上がり、東山に虹が架かっている。曇天空の午後、朱雀大路にいつもより多くのカラスが、ざわつきながら鳴いている。そこに園城寺の高僧で後の第五十世天台宗座主になる藤原覚忠の乗った牛車が通り掛った。

覚忠は宮中からの帰り、朱雀院を過ぎ朱雀大路を下っていると、牛車が轍《わだち》にはまり動けなくなった。

「さあ、さあ頑張れ」

牛飼童が牛に声を掛ける。

「おい、何があったのだ」

覚忠が、何があったのか問いかける。

「すいません。牛車が水溜りで見えなかった轍にハマりました。

もう少しお待ちください」

「轍にハマったのか、それでは仕方ないなぁ」

牛飼童と牛車の両側についている車輪が、懸命に牛を急き立てて轍から出ようとする。しかし、牛車は、前後に少し動くが轍から出られない。

「それ、頑張れ」

「フーフー・・」

「せいの・・」

牛飼童が掛け声を掛けるが牛と呼吸が合っていない。

「それ、どうした。さあ、前に進め、轍から出るのだ」

「ヒッヒ・・」

牛も疲れてきた。

「そーれ、頑張れ、頑張れ、もっと強く・・・」

牛飼童の声はするが牛車は動かない。

「うう、駄目だ。これ以上傾いては倒れる心配がある」

牛飼童は傾いてきた車を心配して一度止めた。それから深呼吸して改めて力を入れる。

「ご主人様もう少し我慢してください」

「分かったから頑張れ」

「もう一度やるぞ。そーれ」

牛飼童は牛頼みだから大きな声を出している。

「どうした、頑張れ！」

牛飼童は諦めずに頑張っているが、轍からは出られない。

その時轍にはまった車の近くを武士が乗った馬が駆けていった。その際に水たまりの泥水が周りに飛散した。

「バッシャ、バシャ・・」

その泥水が周りにいた見物客に掛かった。

「うわー、びしょ濡れだ」

尾張から都見物に来ていた小僧の佐々木が叫んだ。

「非常識な奴はどこの誰だ」

もう一人の小僧の牛田も遠ざかっていく馬を見て叫んだ。

「おいおいここは都だぞ。牛や馬には気を付けるのだ」

玄法和尚は二人の小僧に注意した。

西行と玄法和尚に二人の小僧が、都の旅の途中に見物に来ていて、丁度朱雀大路のその場に居合わせた。

それでも牛車は轍から出られない。いつの間にか牛舎の周りには、大勢の人が集まって牛飼童と牛車の悪戦苦闘ぶりを見ている。

それは広い朱雀大路の傍《かたわ》らで牛車が立ち止まり、掛け声だけで牛車は轍から出られない。それを人溜まりの皆は、他人事として冷ややかな目線を送っている。

「おい、どうした。早く出さないか」

覚忠が車の中から声を出した。

「すいません」

そこに偶然陰陽師の安倍泰親が通りかかった。泰親は誰の牛車か分からないが、人ごみの前に出て牛車をよく見た。そして車輪の沈み具合の深さを見て、これは一筋縄ではいかないと悟った。

そこで泰親は誰か分からない車中の主に向かい話しかけた。

「主殿《あるじどの》、私は陰陽師の阿倍泰親と申す。只今から陰陽術をかけて、牛車を轍から出して進ぜましょう」

「それは忝《かたじけな》い、ではお頼み申す」

「ナマサマンダ・ボダナン・カロン・・・」

そういったかと思うと、何やら妖術をかける仕草と、意味の分からない声を出している。それで牛が静かになってきた。

「えーい」

「ヒーヒー・・」

泰親の掛け声で牛車は急に轍から出て前に進んだ。

「ありがとうございます」

牛飼童は驚きと嬉しさが混同して陰陽師に礼を言った。

「パチパチパチ・・」

それを見ていた周りの見物人が拍手をして褒めた。

「ありがとう」

牛車に乗っていた覚忠は、簾を挙げて、床から身を乗り出して泰親に礼をいった。

「貴方様は覚忠殿ではないか？」

「そうだが、貴殿は阿倍泰親殿か」

「そうだ、懐かしい」

「もう何年振りだろうか」

「そうだね、ともかく元気そうで何よりじゃ。ここには人が大勢集まっているから、後日ゆっくりと話そう」

「そうしよう。今日はありがとう」

泰親は、父（阿倍泰長）に連れられて、覚忠がまだ出家前のころ関白・太政大臣の父藤原忠通の家で、数回会ったことがある。

今その頃の幼年の面影を残している覚忠の顔を見て懐かしく思った。ともかくこの場はそれで別れた。

その様子を離れた所から見ていた正福寺の小僧の牛田が驚きの声を出した。

「この場で妖術が見られるとは驚いた。和尚さんあれはどんな術なのですか？」

小僧の牛田が和尚に聞く。

「さあ私も初めて見たから驚いているのじゃ」

玄法和尚も初めての体験で知らないといった。

「牛田どん、先ほどの妖術は陰陽術というのだよ。あの人は都では有名な妖術師だからね。たしか陰陽師の安倍泰親と申したように聞こえたが」

西行は同行の三人に陰陽師について話した。

「私も初めて見たが、都にはいろんな人がいるのだね」

小僧の佐々木も驚きの表情でいった。

「そうだよ。朝廷の中には、占い師や祈祷師が沢山入っているから。例えば星を見て占う者もいるのだよ」

西行は歩きながら小僧たちに都の話を教えた。


陰陽師家の安倍泰長は、摂関家の藤原忠通から宮中の政《まつりごと》で世話になっている。そのために息子の覚忠にも親しくする必要があった。

その翌年の四月初め。鳥羽法皇の美福門院の待合所で覚忠は泰親に再び会うことになった。

二人は法皇様に季節の挨拶にやって来た。そこに泰親から声を掛けられた。

「覚忠さん、鳥羽法皇様の話が済んだら庭で話をしょうか」

「そうだね、先回のお礼もしたいからそうしょう」

それからしばらくして二人は庭に出た。

そこには日陰を作るための大きな傘が差してあり、畳が数枚置かれている。

今は、桜の満開の時期は過ぎたが、まだまだ花見も楽しめる。

「今日は法皇様のご機嫌はいかがでしたか?」

「今日は季節の挨拶に来たけど。法皇様は、天気が良いのに着ぶくれして、暑くなり蚊帳の中で唸っていたわ。でも機嫌は好かったですぞ」

鳥羽法皇は客人対応で、外に出ずに、カヤを掛けた部屋の中で話を聞いている。

「そうか。この時期は仕方ないね」

「そうだね、暑い日もあれば雨の日もあるから」

「ところで覚忠様は、顔色が良くないですね」

泰親は覚忠の陰りのある顔を見て、気にかかったので声をかけたのだ。

「そうか、顔色が良くないか?」

「何か悩み事を抱えている様に見えるが」

「泰親さんには分かるのか」

「それは分かります。私は陰陽師だから」

「そうか。悩み事が顔に出ているか。まだまだ私も修行が足りないな」

覚忠は心技一体になれない容姿に、自分の修業が不足していると嘆いた。

「覚忠様、それは修業とは関係ないですぞ。

人として喜怒哀楽が出るのは常だから」

「泰親さん、そう言ってもらえると救われる。

実は、同じ宗派の中でもめ事が絶えないのが悲しいのじゃ」

覚忠は、天台宗の中にある宗派の山門と寺門の確執で、いざこざが絶えないのが、気がかりになり、その悩み事が顔に出ていた。

「そうか、組織の上に登れば、各宗派をまとめるのに、気苦労が絶えないということか」

「そうじゃ。特に山門と寺門のいざこざが絶えないから」

「よく話してくれた。それで覚忠様の顔色が悪いのだね」

「私もこれからも修業を重ねるから」

「それでは、いざこざか、もめごとか、それらの対処を探すために一度占いましょうか」

「そうか、でもどうすることもできないぞ」

「まあ、占ったら園城寺に伺いますよ」

「そうか、ではお願いしょうか」

「他ならぬ覚忠さまのことだからね」

「泰親殿、このことは内密に」

「承知した」

それで二人の話は終わった。

それから数日後、阿倍泰親は祈祷所にこもり園城寺の覚忠を占った。するとどうしたことだろうか、覚忠は大きな嵐の中に入っていくようである。天台宗の中でこれから更に荒波の中で苦しむことになる。

そこで泰親は山門と寺門の抗争について調べた。すると四年前に延暦寺僧徒が、園城寺を焼く事件が起きていた。そしてその一年前に園城寺僧徒が、延暦寺を焼く事件が起きていた。それらのことで山門と寺門の抗争が続いていることが分かった。

覚忠が心配していたことは、このことだったのだ。同じ天台宗の中で山門派と寺門派は、教義においてわずかな教えの違いを問題にして荒立てている。

それは何を現わしているのか泰親はさらに占った。今の日本は大きく変わる節目に入っている。法皇が、天皇が、摂関家が、武士が、そして神社仏閣が・・・。

同じ宗派の中で山門と寺門がもめているのだが、それは大きなうねりの中の一つの出来事でしかない。これを鎮めることは容易ではないと思った。

泰親は、覚忠が近江の園城寺の増智和尚に師事してきたのを知り、延暦寺の我が儘に絶えかねていた。そこで覚忠は寺門（園城寺）派だと知った。

しかし、占った結果、これからまだまだ両派の争いは絶えない。今は日本という世の中が新しい時代（古代から中世）に変わろうとしている時である。

その変化を泰親は占いで感じ取った。だから変化する大きな波に飲み込まれるのか、波に乗るのか選択の重要な時期なのだと知った。

夜になり泰親は、昼間の占いを信じるかどうか、星を見て占いをした。すると星がざわついている。それでこれは何かあると思った。やはり大きな嵐が来ると思った。

そして覚忠がどこまで知って悩んでいたのか、泰親には分からない。ただこれから襲ってくる、大きな嵐に飲み込まれないようにするには、どうしたらよいのか考えた。

でもその対処方法が見つからない。

その為にしばらく夜空の星の動きを見ることにした。


京の都の話で少し戻り、朱雀大路で見た牛車事件から数日後、玄法和尚たちは西行と別れて大山寺に戻ることにした。

そこで佐々木の実家の近江の国の蒲生の郷に向かって道を進めた。

三人は京都の山科から近江の国に入り園城寺を見て
「あの山の上にあるのが延暦寺だよ」

和尚が二人の小僧に教えた。

「そうか比叡山延暦寺というから、あの山が比叡山になるのか」

佐々木が改めて比叡山を見上げていった。

「そうだよ」

和尚が同じように山を見上げている。

「ではこの山のふもとに園城寺《おんじょうじ》（三井寺）があるのだね」

佐々木が裾野を見渡して園城寺を探した。

「園城寺はまだ見えないよ」

和尚が辺りを見渡している佐々木にいった。

「それで延暦寺と園城寺は仲が悪いのか。こんな近くにあって、いがみ合っているのか」

佐々木は、山門と寺門が喧嘩ばかりしていることを聞いていたから口にした。

「でも園城寺は瀬田の大橋の近くだね。その橋は要所でしょう?」

牛田が絵図を思い出しながら要所といった。

「そうだよ、橋がないと向こう岸に越えるのに苦労するから延暦寺を山門といい、園城寺を寺門といってお互い、いがみ合っているんだ。そこで瀬田の大橋は園城寺に近いから、園城寺が縄張りにしているのか?」

佐々木が思いついたままに和尚に聞いた。

「多分佐々木の申す通りじゃよ。山の上と山の下で、喧嘩しているから、要所を抑えることは、重要なのだ」

玄法和尚は地学的な戦術を考えれば、そうなると思い二人にいった。

「分かります」

「でも延暦寺から見たら園城寺は邪魔だね」

佐々木はあまりに近いところにあるから邪魔だろうと思っていった。

「そうだね、この地に立つとそれが分かる」

和尚も佐々木の考えに同調した。

「しかし、地の利は園城寺側のほうがいいね」

牛田は裾野にある園城寺の方が動きやすいと考えていった。

「ではそろそろ瀬田の大橋に行こう」

和尚は先を急ごうと歩き出した。

それを見て二人の小僧も後に続いた。

「これから佐々木の家がある蒲生に向かうのですか?」

「そうだ蒲生の郷を目指すぞ」

「和尚さんありがとう」

それから三人は、佐々木の生家のある蒲生の郷を目指して道を進めた。

（四）呪詛《じゅそ》の時代

ここは江戸時代の玉林寺の庫裏。三回目の大山廃寺の謎解きの会場。臥雲はここまで玄法和尚と西行法師の出会いについて一気に話した。そこで一息ついてお茶を啜り終えて皆の顔を見た。西行法師のことは、臥雲が長く研究してきたことを皆知っている。だから意を唱える者はいない。ただ堀田六林が臥雲に聞いてきた。

「臥雲さん、祇園社の後ろに山法師がいたのは確かか？」

「そうだ。この時代に奈良の興福寺の末寺から、訳があって、延暦寺の末寺に鞍替えしていたのじゃ。だから祇園社も強気に出られたのじゃ」

臥雲が祇園社の歴史について述べた。

堀田六林はついでに也有に向かって声を掛けた。

「也有さん、臥雲さんが細かく話をしてくれたが、年代は合っているのか」

「六林さんが心配するのも無理はないが、私も事前に臥雲さんから相談があって見ているから大丈夫だよ。ただ証があるかと聞かれると困る個所もあるけどな」

「うふふ・・」突然、鶴望が笑った。

「それにしてもよう調べたな。感心したわ」

六林は鶴望を見ながらいった。そこで皆も笑った鶴望をみた。

「すいません。続けてください」

鶴望が周りの者に笑ったことを謝った。

「皆も知っているように個々の証は無いのだ。だけれども個々の点と点を結んで、物語を作ったのじゃ。だから全くの夢ごとではないぞ」

臥雲が皆の顔を見ながら話した。皆は臥雲を信じている顔をしている。話した臥雲は、点と点を結んで、線にして物語を紡いできた、そこに物書きの喜びを感じていた。

そこで少し間をおいて
「也有さん、祇園社事件のついでに当時の都の話を聞かせてくれないか?

以前白河法皇の時代の話を聞いたから、今度は鳥羽法皇の時代、祇園社事件から大山寺が焼き討ちにあう頃の都の話が聞きたくなったわ」

臥雲は、也有が得意とする都の話を聞きたいと頼んだ。

「当時の都の話か？　皆も聞きたいなら話そうか」

「也有さん、聞きたいぞ。話してくれ」

六林が皆の顔を見ながら頼んだ。

「そうか、では先ほど出た泰親と覚忠を絡ませて話そう」

也有は何かあったらと思い、持ち歩いていた冊子を出して、見ながら話を始めた。


久安四年（一一四八）秋。京の都。五条通りを数頭の馬に乗った群盗（集団をなした盗賊）が東から西に駆けていく。馬の群れから少し遅れて、槍や薙刀を担いだ者たちと、何も持たない者たちの集団が、後に続いて走っていった。

「ハ、ハー、バタバタ・・」

砂埃を上げて集団が駆けていく。

「邪魔だ、どけどけ」

「うおー・・」

それを道端に寝込んでいる世捨て人が、何事かと頭を上げて見つめている。

「群盗が、またどこかの屋敷を襲ってきたのか」

「困ったもんだ。役所の検非偉使は何もできないのか」

世捨て人がいう検非偉使とは悪いことをした者（悪人）を取り締る組織である。

「検非偉使は頭数が少ないから当てにならない」

その隣人が世情を知ってか知らずか、投げやりの気持ちでいった。

「そうだなぁ。群盗が我が物顔で荒らしまわっているからなぁ」

「顔を合わさないようにしていないと怖い目に遭うぞ」

「そうだ、とばっちりを受けてからでは遅いからな」

「困ったもんだぜ」

「でも今日は、火の気が出た様子はないが・・」

「そういえば煙が出ていない」

「でも馬に乗った頭らしき者の顔を見たか?」

「まるで鬼の顔に見えたぞ」

「怖いな。俺は彼等に関わりたくない」

「そうだな、くわばら、くわばら・・」

群盗は武器を持って、大きな屋敷を襲い、金品を奪い取っていく。そこでその家に雇われている武士と、争いになり家に火を付ける。だから襲われた家の者は大変なことになった。

そこで都の治安を悪くするから、検非偉使が取り締るのだが、その規模が小さいから、全てを見ることが出来ない。

「話は変わるが、隣にいた病人は、居なくなったが、どうかしたのか？」

「もうこの世の人ではないよ」

「役人が来てどこかに運んで行ったのでは？」

「そうか成仏してほしいなあ」

「わし等も天然痘がうつされないようにしないと」

「でもどうすることも出来ないし」

「ところで鴨川の岸辺に水を求めて人の行列が出来ているのを知っているか？」

「ああ見たことあるぞ」

「水をくれ、水をくれと倒れながら叫ぶ声が忘れられない」

「可哀そうなことだ。まるで生き地獄だ」

流行り病が、天然痘かどうかは定かではないが、病にかかった人が水を欲して鴨川の岸辺に集まっていた。そこで倒れる者も多くいた。

その鴨川沿いに暗くなると幽霊が出る噂が広がっていた。そして噂から実際に見た人が何人も出てきた。

「その鴨川に夜になると、何処からともなくお化けが飛んでいるそうだ」

「それは怨霊が、死者がいないか探しているのだと・・」

「そうなのか」

「恨みを持って死んでいく者の魂が怨霊になるのではないか」

「それでは今の世の中怨霊だらけになるぞ」

「そうだな、では誰の恨みによる怨霊だろうか」

「それは分からない」

「ともかく怖い世の中だ」

この頃都では流行り病の天然痘が猛威を振るっていた。その為に多くの都人が死んでいった。あまりに多くの死人が出るので、役人が六波羅に死人を運ぶ姿が各地で見られた。

朝廷は流行り病の対策は何もできなかった。清潔な生活をして、水や食べ物に気を使う程度でしか、人々はすることがない。

そこで路上生活者など、世捨て人が、死人となれば、道端に捨てられていた。その霊が、鴨川の上空を彷徨っていると言う噂が広がっていった。

「話は変わるが、比叡山の生臭坊主たちの悪さの話を知っとるか」

「ああ知ってるぞ。坊主のくせに武具を身に着け、街中を我が物顔で、若い女子を探し回っているそうだ」

「それに肉や魚を食べるし、もう坊主ではない」

「やりたい放題ではないか」

「坊主のくせに何ということだ」

「彼らは坊主であって、坊主でないからなあ」

「そうだなあ、比叡山の名前を借りた兵士だから」

「坊主まで戦の為に兵士になる世の中なのか」

延暦寺の僧兵のことを、世捨て人が、言いたい放題に話している。彼らは武器を持った僧侶のことを、僧兵と呼ぶことをまだ知らない。

「坊主は悪いことをするのではなく、民の為に祈るのではないのか？」

「それはないぞ。今では比叡山の偉い坊さんが、天皇や法皇様に頼みごとをするときに、彼らを沢山連れていくそうだ」

「何のためにそうするのだ」

「それは強訴と言って脅すためだよ。俺たちの言うことを聞かないとタダでは済まないぞ。それに外にいる武器を持った僧侶が黙ってないぞ」

「そういって自分たちの要求を呑ませたのかい」

「そうさ、言うことを聞かなければ、すぐにでも喧嘩ができるぞと脅したのだろう」

「嫌《いや》な奴らだね」

寺にかかわる政を朝廷で審議する際に、延暦寺の門徒は山法師を連れて、我らの意に沿うようにしないと、怖い思いをするぞと脅すのである。

政に横やりをだすことを強訴という。その時代は世捨て人の中にも話題になっていた。

「奴らは、お寺の境内で怖い者を集めて、喧嘩の練習をしているそうだ。

そうして兵を強くするんだ」

「そんなことをしているのは延暦寺だけか?」

「いや園城寺にもいるそうだ」

「でも園城寺の僧侶の悪口はあまり聞かないなあ」

「園城寺は山向こうだから俺たちが知らないだけだ」

「そうなのか。強い者が得をするのか。やってられないなあ」

今の都には正義はなく、強い者がいい思いをする、そんな世の中になっていた。

「ところでその僧兵はどこを塒《ねぐら》にしているのだ。まさか都度、比叡山から降りてくのか?」

「比叡山の僧兵の数が増えたから都度山から下りてくるようなことはしない」

「そうだね、街中でよく見るから近くにいるのか？」

「よく知らないが、一条寺から修学院の辺りではないか」

「そうか、その近くに比叡山の登山道があるからなあ」

「ではその辺りの天台宗のお寺にいるのか、まあその辺には近寄らないようにしよう」

山法師は強訴をするたびに、叡山から何百人も下りてくることはしない。比叡山への登山道のある一条寺か、修学院あたりに、僧兵の塒《ねぐら》があるはずである。


ある日。園城寺の高僧覚忠は、宮中に出て早く用事が済んだので、帰りに友人の陰陽師の安倍泰親の土御門の館に寄った。

その日玄関先で覚忠が、急に来たのに泰親は笑って迎えてくれた。

「覚忠様、何かありましたか」

「特にないが、最近山門の僧兵の数が増えたように思えるが・・」

「そうだね。どの道を歩いても僧兵の顔を見るようになったから。それで僧兵の評判が悪いのだ」

「そうか、都人を困らせているのか？」

「そうじゃ。若い女を見つけると手当たり次第に連れ込んで悪さをすると聞いているぞ」

「それは駄目だ。僧兵といえども坊主だから、規律を守らなければ」

「そんなことを言うのは覚忠さんだけだよ。民は僧兵を見ると隠れるようになったから。自分の身を守るのが先だから」

「そんなに酷いのか？」

「すべての僧兵がそうとは言わないが、中には悪さをするのがいるらしい」

「それを比叡山は見て見ぬふりをしているのか？」

「そうじゃ。嘆かわしのう」

泰親はありのままを覚忠に話した。覚忠は寺の外のことを知らなさすぎる。

「では天台座主の行玄様はそのことを知っているのか？」

「覚忠様、上にいると下の事は見えないものです」

「嘆かわしいのう」

覚忠は穢《けが》れを知らない仏につかえる身である。

「ところで覚忠様がいる園城寺にも僧兵は居るのでしょう？」

「それは大勢いる。でも園城寺は女子供に手を出すようなことはさせません」

「そうですか。では大津の民には嫌われていないのですね」

「そうだと思うけど。僧兵を持たないと山門からの攻めに対抗できないから。今まで山門と寺門が喧嘩騒動を何度もしているから。

でも最初に手を出すのは山門側が圧倒的に多いのじゃ」

覚忠は山門と寺門の確執が止まらないことを憂いている。

「そうか、山門側は数が多いから先に手を出すのも多いのか」

泰親は疑いを持たない覚忠の言葉を信用している。

「その証は、園城寺が何度も焼き討ちに遭って、燃えているから。しかし、山門が焼けた話は数少ないですぞ」

「そう言われればそうですな」

「園城寺は何度も山門の攻めで、自ら僧兵を持たなければ生き延びられないと知ったから。つまり何もしなければ、山門の支配下に置かれて、寂れていくのが心配なのだ」

「私もそう思います」

強いものが弱いものを食う。それが仏門の世界にもいえるようになった。

「比叡山の山頂に行く途中に、滋賀の街と琵琶湖を見下ろす眺めの良い所があります。山の上に立つと、裾野にある園城寺が邪魔な存在に見える」

「なるほど。私もそこに行ったことがあるから分かる。

山門派はその高ぶりに驕《おご》れているのでしょうか？」

「そうかもしれません」

人は高いところから、低いところを見下ろすと優越感を味わう。それを延暦寺の門徒も感じているはずである。

「政の世界に寺が入っていった。それを初めにしたのが延暦寺と興福寺だから。

仏門の世界だけに留まっていればいいのを、そこからはみ出したのが悪い」

「でも覚忠様、延暦寺が栄えたのは天皇の子息や摂関家の子息を受け入れて後に天台座主にまでしたのは政治の力からでしょう」

「そうだね。そこから天台宗は、政治に関係ないとはいえなくなっているから」

「私のように仏門とは関係ない人間から見れば、延暦寺も園城寺も皇族の子孫を受け入れているから、ある意味仕方ないのでは」

「泰親さん、私もその摂関家の子息なのじゃ」

「あ、そうでした。失礼しました。

今世の中が大きく動いている。白河法皇が院政を引いてから、北面の武士を置き、比叡山延暦寺の僧兵対策に当たらせ、そこで平家が台頭してきた。今まで群盗と呼ばれて都の中を暴れ回っていた強者が武士に昇格していく。

それを見ていた神社仏閣が僧兵を持つようになった。これは政治の世界が廃れてきたから、武士や僧兵が出てきたと思う。しかし、これは時代の流れかもしれません」

「世の中が動いているのか」覚忠が呟く。

「そうだね。冷静になって世の中を見ればそうかもしれない。

でも山門と寺門の違いというか、両者の主張の違いが、伝教大師の教えの中で、密教の教えと、法華経の教えの、扱いの違いだけだと思うのですが。

それが何故お互いの確執になるのか。

部外者から見ると我慢できる領域と思うのだが？」

「山門派はその違いに拘っている。拘りはいいが度が過ぎている。

それが何年も続いているから」

「私には分かりません。園城寺に火を付けたり、都の民の女子供まで手を出す行為といい仏門に使えるものとして理解できません」

「泰親さんが強く思うのは、それだけ心配してくださっている証だね。嬉しいことだ」

「すいません。今日は少し熱くなってしまった」

覚忠はこれで話題を変えた。

それからしばらくして覚忠は泰親の館を出て園城寺に帰っていった。


久安五年（一一四九）十一月。都では冬が近づいてきた。そんな折に覚忠と泰親は再び会った。今日も覚忠が泰親の館に寄った。

「今日ここに来る途中に民の噂を聞いてきた。それは夕刻を過ぎると、鴨川に悪霊が出るというのだが・・」

覚忠が巷の噂としていった。

「そのことか。知っているが、誰が仕掛けたのかは分かりません」

泰親が悪霊話について素直に答えた。

「では気になることでもあるのか」

覚忠は泰親の顔を見て何かあると感じた。

「前に時代が変わろうとしている話をしました。その中で摂関家も、院政の法皇も、暗中模索をしている。その走りで呪詛《じゅそ》が秘かに行われている」

泰親は、時代の変革期に来ていることから、摂関家や天皇、法皇の中で呪詛が行われていることを教えた。

「呪詛・・か」

覚忠は呪詛と聞いて、耳を疑った。そこで呪詛について聞く
「ところでどんな呪詛するのか?」

「呪詛とは個人が他人を呪うこと。それは政権で敵対している者を邪魔者扱いで亡くなることを強く願い祈祷する。

それは恨みに思う相手に災いが起きるように祈祷より強い呪詛をする」

泰親は覚忠に呪詛が何故行われるのかを教えた。

「では摂関家の誰かが天皇か法皇を呪詛しているのか?」

そこで覚忠は更に具体的なことを知りたくなった。でも泰親はそれをいわない。

「さあ誰でしょう。でもそれだけではないから。鳥羽法皇も近衛天皇か摂関家を呪詛している

と思われる」

泰親は摂関家も天皇も上皇もすべての中で、呪詛が行われているといった。

「本当か」

「私にも以前依頼の相談が来たけれど断りました。

その為に多分同業者が呪詛しているのでは？」

泰親は呪詛するように頼まれて断ったことをいった。それを聞いて覚忠は怖いと思った。

「そうか。お互いの政敵を呪詛しているのか」

それでは人が信じられないのである。

「いいですか、近衛天皇はまだ十一歳。だから鳥羽法皇が院政を引いているのだ。

それでも天皇は天皇。摂関家の藤原頼長は、鳥羽法皇から政治的な権力を取られて、閑職になって。それが悔しいからでは？」

泰親はそれぞれに理由があり、それぞれが権力志向だから仕方ないといった。それから更に呪詛について話し続ける。

「そこで考えるのが、今の天皇が崩御したらどうなるのか。鳥羽法皇が崩御したらどうなるのか。院政は終わるのか、その次は誰がなるのか？

それらを考えて自分の都合のよいように、政敵に災いが起きるように仕掛ける。そのために呪詛が内々に行われていると思われる」

泰親は今の政治の中の様子を話した。そこには呪詛が内々で行われている。

「それでは御所や鳥羽院では、誰もが敵なのか?」

覚忠は全てが敵かと聞いた。

「そう思われる。口には出せないが皆敵だと思わないと。これは巷の噂だが、祈祷だけの場合から丑三つ時に秘かに藁人形に釘を打ち込むのまであるから」

泰親は証がないから巷の噂だといった。

「そんなことがあるのか」

覚忠は五寸釘を指して呪詛するなんて信じられない。

「それがあるんだ。あくまでも噂だが。ある日の夜中に、藤原頼長が京都盆地の西北に聳える愛宕山の天公像の目に、五寸釘を打ち込んだという」

泰親はまことしやかにいった。

「ええ本当か」

覚忠は驚きの度が超えていく。

「だからそれは噂。でも火のない処に煙は立たないというから」

泰親は覚忠をなだめながらいった。

「では火のない処というと愛宕山の五寸釘の話は誰か見たのか」

覚忠は自分の心を鎮める為に改めて聞いた。

「それは藤原頼長がやったというのは分からないが、五寸釘が打たれているのを、神護寺の住職が見ているのじゃ」

「そうか、それでは煙も出るな」

「しかし、誰がやったかが問題だ。それが分からくなっているから」

この時代の巷の噂とはいえ怖い話である。

「そうか。でも怖い世の中だ」

覚忠は今の世の中を知って、祈りたい気持ちになってきた。

しかし、ふと疑問が湧いてきた。

「ちょっと待って。藤原頼長が鳥羽法皇を呪詛するなら、権力の復活を願ってと意味が分かるけど、幼い近衛天皇を呪詛するのか?」

天皇はまだ子供である。その天皇が呪詛するだろうか。

覚忠はその疑問を泰親に問いかける。

「そう理屈で考えると確かに可笑しいですなあ」

泰親も自分のいったことが可笑しいと思った。

「そうだろう。敵対する相手を倒すのが狙いで呪詛するのだから、幼い天皇に頼長が恨みは無いだろうが？」

「私もそう思うが、これぱっかりは噂だからな」

「まるで呪詛による戦場だね」

「それが元で近衛天皇の目が、悪くなってきたと言うのだから怖い話だ」

帝の目を患っている話は、朝廷内で話題になっていた。でもその話は多くが語られずにきた。それは天皇に会うこともできないから、実際に見た者は少ない。

「本当か。近衛天皇の目が患っているのか？」

覚忠はその話は以前聞いたことがあるが詳しく知らない。

そこで更に問いかける。

「私は見たことがないが巷の噂ではそうだ」

泰親はこれも噂だといった。

「では呪詛するとそうなるのか？」

覚忠は呪詛された結果で患ったのかと聞いた。

「帝《みかど》が毎夜悪い夢でうなされている話は聞いたことあるけど。まだ幼い帝だから人を疑うことを知らないのでしょう」

「そうか。でも清涼殿にいる近習の役人は、呪詛のことは知らないのか？」

泰親は幼い疑う心を持たない子供だから、呪詛の効果が出やすいのではといった。

覚忠は嘆き節でいった。

「それは巷の噂を聞いているでしょう。でも噂であって証がないことにはどうすることもできないから」

「証がないから噂話なのか」

「そうじゃ。呪詛したから全てそうなるかと言えば、ならない方が多いだろう」

「そうなのか」

覚忠は疑う心を持ち合わせていないようにいった。

「呪詛が叶う、叶わないは運不運ではないぞ。それは祈祷師の力量の問題だと思う。

同業者の私からいうのも変だが、祈祷で済めばよいのを呪詛までするから。可笑しな世の中になった」

泰親は少し大きな声で祈祷師の力量が重要なカギになるといった。

「そういうことか」

「ともかく摂関家が法皇を呪詛すれば、法皇から摂関家にうるさい奴は黙れと呪詛する。また崇徳上皇のように、もう一度表舞台に立ちたい人は、鳥羽法皇を呪詛するのでは？」

泰親は野に下った崇徳上皇が表舞台に戻りたいと考えて呪詛するのではと思った。

「それは十分考えられることだ」

覚忠は、崇徳上皇が鳥羽法皇により、天皇の座を追い出されたことを考えていた。

「崇徳上皇もまだ若いのに気の毒じゃ」

「ところで誰が呪詛を始めたのか？」

「それは分からない」

「本当に顔を見る人は全て敵側だと思い、呪詛して抹消させたいのでは」

「そうだね。今の世の中何か可笑しい」

覚忠は、そう言って目を閉じた。瞼に呪詛がまかり通る世の中が哀しく映った。

泰親は呪詛の世の中を悲観している。そこで噂話として、世の中のどろどろした部分を話した。でも呪詛をする人の心の弱さは覚忠に話さなかった。本当はもっと泥臭く深刻なのである。そこには政治が絡んでいる。だから僧侶の覚忠のいる世界とは違うのである。

ここで泰親は覚忠に泥臭い現実の話を聞かすのを止めた。


同じ頃、ここは崇徳上皇の館。

「上皇様、以前からお探しの芦屋陰陽師と連絡がとれたと知らせが来ました」

配下の者が崇徳に連絡した。彼は崇徳から一月前に、播磨の陰陽師芦屋道満の血筋が、芦屋陰陽師として家系を継いだのを知り、そこで探して呼んでくるよう指示を受けていた。

「そうか、それで都には何時出てこられるのか？」

「はい近いうちにここに見えるそうです」

「そうか今でも陰陽師をしているのだな」

「そうです。地元ではそれなりに有名人だそうです」

「それで陰陽師として力はあるのか」

「地元の人の話では陰陽道を代々引き継ぎ、それなりの結果を出しているとのことです」

「では期待していいのだな」

「そうです」

それを聞いて崇徳はやっと恨みを放せる時期が来たと思った。

実は随分前になるが、芦屋陰陽師にたどり着く前に、宮中の陰陽師の安倍家と、賀茂家に、呪詛を頼もうとしましたが、それを断られた。

阿倍家は安倍晴明の家系で、今は阿倍泰親がその流れを守っている。

もう一方の賀茂家は賀茂忠行の家系で、今もその流れを守っている。

すでに阿倍家と賀茂家は先約があって呪詛を行っていた。だから崇徳上皇の頼みを聞くと二股を掛けたことになる。両家は、それが分かると命取りになるから、崇徳上皇の呪詛の頼みを断った。

特に阿倍家では、摂関家の藤原忠通から、鳥羽法皇の呪詛してほしいと頼まれていた。でも泰親が呪詛を断った。

しかし、宮中で断り切れずに、泰親の弟子がその任に着いている。

そのころ摂関家の藤原忠通は、鳥羽法皇を無きものにしたく、呪詛していた。摂関家は院政の為に、日陰の職に落ちたのである。それが悔しいからだ。

平安末期は呪詛の時代である。天皇が法皇を呪詛し、摂関家が法皇を呪詛していた。そこに崇徳上皇が、近衛天皇と鳥羽法皇を、無き者にしたく呪詛を企んでいた。

崇徳はもう一度華やいだ表舞台に出たいと思っている。そこでそれを拒んでいる二人を、無き者にするため呪詛したいのである。

一方鳥羽法皇は、崇徳上皇が邪魔であったから、亡き者にしたく呪詛していた。その宮中の中で陰陽師といえば賀茂家である。法皇から賀茂陰陽師に、崇徳を呪詛で亡き者にするよう命令を出した。

近衛天皇は若年で呪詛により眼を患っている。宮中では、天皇の病が治らないのは、呪詛されているからだと、噂されていた。その病が日増しに酷くなっていく。

近衛天皇がなくなれば、次に自分の子供を天皇にしたいと考える者が、呪詛していると噂されていた。それが崇徳上皇である。

また鳥羽法皇が崩御すれば、次は自分が院政を引こうと考えるものがいた。それは崇徳上皇である。

この頃の宮中と院政所は、政治をするところから、自分の利益だけを考える、エゴの塊になっていた。

その陰鬱《いんうつ》な政治に、ひずみが出てきたから武士の台頭が起きた。そして神社仏閣は生き残りをかけて、僧兵を持って力をつけてきた。

それから数日後、播磨の芦屋陰陽師が、崇徳上皇の館にやってきた。そこで崇徳は、近衛天皇と鳥羽法皇の二人を、亡き者にするための呪詛を頼んだ。

そして崇徳は、芦屋たちに館の一角に、部屋を与えて呪詛させた。崇徳はもう一度表舞台に立ちたい。そのために鳥羽法皇が真っ先に邪魔者であった。

この世の中で呪詛が当たり前のように行われていた。相手を呪い殺すために。でもそこで周りの敵から、自分も呪われていることを理解していた。そのために見守り（防御）の術を掛けることも必要であった。これは相手の呪詛から身を守るために、祈祷が必要である。

それぞれの陰陽師は、依頼された要人に呪詛するが、すぐには効果が出るとは限らない。それは呪詛から身を守る祈祷をしていることと、陰陽師の力量が大きな要素であった。

ともかく京の都は、暗い話が絶えることのない世の中になった。


ここは江戸時代の玉林寺の庫裏。

「シーン・・」

也有の話に皆が聞き入り、平安後期の世の怖さに驚き、あきれて声も出ない。

平安後期の暗い話を終えて也有は皆の顔見た。皆は驚いてあっけにとられた顔をしている。だから何を聞いたらよいのか、質問するにも分からないのである。

その男衆の姿を鶴望は微笑んで見ている。そして小さく呟く

「怖い世の中だったのね」

その様子を見て臥雲が声を出した。

「也有さんの話を聞いて驚いたのは、私も同じだ。当時の都は、怖いところだったのがよう分かったわ」

臥雲の言葉を聞いて皆がうなずいた。

そして臥雲は静まり返っている場を見て深呼吸をする。

（五）燃える大山寺①

臥雲は少し間を置き、也有から引き継いで皆に向かって新たに話し始める。

「いよいよ正福寺こと大山寺が、焼き討ちに遭う場面だぞ。ここも一気に話すから質問は後にしてくれ」

臥雲は帳面に目をやり、それからゆっくりと話し始める。

仁平元年（一一五一）。尾張国春部群篠木庄大山村。夏が終わり秋の風が吹き始めた。今年の夏は長雨で篠木庄や味岡庄の百姓衆は苦労していた。

そして、ここ本堂ヶ峰の東の外れに位置する天川山の中腹。そこにある正福寺にも、樹々が紅葉に向けて色を変えてきた。村では秋祭りが終わり、秋が深まっていった。

「和尚、また延暦寺から書状が届きました」

寺男の柿花爺が玄法和尚に声を掛けた。

柿花爺は、大山から西に少し歩いたところにある、野口柿花の集落の出身である。その地名を取って柿花爺と皆が呼んでいる。

「柿花爺ありがとう。また上納金の上乗せ催促の書面だから」

「そうだと思うが。もういい話はないから」

「そうだね、鳥羽法皇に変わってからはいい話がない。いつまで続くのだろうか。こちらが先にオケラになるかもしれないね」

柿花爺は最近和尚の顔が曇っているのを気にしていった。

「寂しいが。仕方ないか。ではこれから仏様と相談しよう」

「ご苦労様」

玄法和尚は寺の台所事情を改善しなければと前々から考えていた。

数年前に都に旅して、延暦寺も園城寺も僧兵を沢山囲って、勢力を拡大してきたことは、自分の目で見て分かっている。

そのため組織が大きくなりお金がかかるようになった。

そこで末寺に向けて上納金の上乗せが始まった。正福寺は山門派の延暦寺の末寺である。そのことは延暦寺の都合で正福寺には関係ない。でもそのことは和尚の口から言えない。

延暦寺側から見たら、親よりも古くから寺が、創立されていることが面白くない。

延暦寺は、寺の始まりが八〇五年に始まり。しかし、正福寺になる前の大山寺は、七世紀頃の奈良時代に創建されている。延暦寺はそれだけに拘って正福寺には特に強く当たってきた。また白河法皇時代に正福寺は持てはやされてきたが、反面延暦寺は冷たくあしらわれてきた時代があった。だからその恨みもある。

一方園城寺と正福寺との関係は何も見つからない。各地の天台宗の寺で聞いてみたが繋がりがなかった。だから関係はないと判断した。

本堂の中では、静寂の時間が過ぎていった。玄法和尚は本尊の前で泣いていた。

「・・・」

玄法和尚は経を読む声も出ず代わりに涙が出てきた。

それは誰にも見せることができない涙である。

どうする事も出来ない虚しさが込み上げてくる。

代々続いてきた寺の歴史において非常に困った問題が起きている。

京の都で見た僧兵たちの野蛮な行為が瞼に写った。

このまま上納金が払えずにいたらどうなるだろうか。それを玄法は考えていた。そこから見えてくるのは悲しいことしかない。

玄法和尚の来る前の玄海和尚の頃は寺も栄えていたが、玄法和尚に代わり、しばらくして白河法皇が崩御した。それでその後法勝寺からの援助が薄くなってきた。そのために寺の台所事情も苦しくなってきた。

そして玄海和尚の頃にいた僧徒の数も段々と減っている。

それはお金の切れ目が縁の切れ目だから仕方ないことである。時の流れとともに正福寺は廃れていった。

既に見栄も無く、寺の台所事情にあった僧徒の数しか養うことが出来ない。

また大山寺の近在にある末寺にも、お布施を上乗せ要求してきたが、何処も羽振りの好い処はない。

大山寺は、山の中にあるのと、近在の集落が小さいので、お布施も少ししか期待できない。

そういう台所事情だから、延暦寺からの上納金の上乗せにも、満額応えられずにいる。

その為に延暦寺から度々督促が来るが、どうすることもできない。今は貧乏寺に落ちぶれてしまった。


本山の延暦寺のある日。会計所の出納係で担当の善甫が嘆いていた。

「また前月も尾張の正福寺から上納金が届いてないぞ」

「もう何ヶ月届いてないのか」

同僚の霧林が善甫を見ながらいった。

「もう半年以上届いてない。それに届いても額が少ないのだ」

霧林は帳面を見て確認してから善甫に言う。このことは以前上役にも話してあるから、またかという気の重い話である。

「そうか、尾張の正福寺は台所がそんなに苦しいのか」

善甫は気の毒そうな顔をしていう。でもだから上納金を納めなくていいと言う事ではない。出納係として厳しさをもって霧林に問いかけた。

「そうみたいだ。昨年も半分も来ていなかった」

霧林は、正福寺の上納金の件を上役に下駄を預けてあるから、深くのめり込まないようにしている。

「では正福寺はもう潰れるのか？」

善甫は勝手に最悪のことを考えていった。それを聞いて霧林が驚いて
「いや先遣隊からの話ではまだ廃寺になるほどではないそうだが」

尾張の正福寺が廃寺になるまで、追い込まれているとは聞いていない。ただ僧徒の数は年々減っている話を聞いたことがある。

「ではなぜ上納金を納めないのか」

善甫はただ上納金が納められない原因が知りたいのだ。

「そうだね、その訳はまだ聞いていないから

ということは延暦寺を甘く見ているのだろうか」

霧林は言いながら正福寺に不信感を抱いてきた。

「それはないだろう」

善甫は同じ宗派の台所事情が苦しい寺を卑下していいのか、疑問を感じたので霧林の言葉を押さえた。

「ではなぜ納めないのだ」

二人は上納金を納めない訳を知らない者同士である。その二人の話は空回りを始めた。

「ところで尾張の正福寺というのは天台宗の中でも本山よりも古いのだろう」

善甫が霧林に寺の歴史を聞いた。

「そうだ。奈良時代にできた寺だそうだ。それで甘く見ているのだろうか?」

「それはないだろうが・・」

「ともかく上に報告しよう」

善甫は末寺からの上納金をまとめた。それから各地の末寺の状況と一緒に上役に相談することにした。

年が変わって仁平二年（一一五二）一月、一年で最も寒い頃である。尾張の国の北部の八層山付近から、入鹿池があり、入鹿川が流れ、尾張本宮山と尾張富士があり、東に尾張白山と、大山本堂ヶ峰に天川山が連なっている。その天川山の中腹に児山があり、児川が流れ木々に囲まれ大山峰正福寺がある。

正福寺を下っていくと大山川が流れている。そこから向かい側に少し小高い丘が続いている。そこは小牧ヶ丘と地元では呼んでいる。その西は篠岡丘陵へと続いている。

年が明けてその小牧ヶ丘に見慣れない僧侶を何度も見るようになった。

その者たちを寺男の柿花爺は、最初は寺に参詣《さんけい》に来た時に顔を見た。

しかし、その後寺を出るたびに顔を見るようになった。その者たちとは挨拶をすれば挨拶を返してくるから特に怪しまなかった。

それが、正月が過ぎ日増しに僧侶の頭数が増えてきた。それで可笑しいと思い玄法和尚に相談した。

「和尚様、最近小牧ヶ丘に屯《たむろ》している僧侶の数が何故か増えてきたぞ」

寺男の柿花爺は不安な顔をして玄法和尚に報告した。

「その僧侶は何をしているのだ？」

和尚は寺から出る機会が少ないので、屯している僧侶をまだ見ていない。それで柿花爺のいう見知らぬ僧侶が、増えてきたことに不安な気持ちが過《よぎ》ってきた。

「それが、あちらこちらを出歩いているようで、特に僧侶として托鉢《たくはつ》をしている訳でもない。だから何をしているのか分からないのじゃ。でもその数が最近増えているから」

柿花爺は自分が見たことをそのまま伝えた。

「では何処を塒《ねぐら》にしているのだ」

玄法和尚が更に問いかけてきた。

「多分篠木庄の中で東に行った所にある天台宗の高蔵寺か、そこから更に東南に行った山田郡の竜泉寺ではないのか」

柿花爺は推測で寺の名前を出した。

「そうかもしれないな」

和尚は不安な気持ちが少しずつ大きくなってきたのを感じた。

「ともかく訳の分からない僧侶が増えています」

「何をしているか分からないが、僧侶の数が増えてきたら。何かある前兆だ。それで何か好からぬことが起きなければいいのだが」

和尚は不安な気持ちを言葉に変えて、柿花爺に注意するように促した。

「そうだね、私もこれからは気を付けて見るから」

「それで寺の名前か何か目印はないか?」

玄法和尚は心配だから、何か手を打つための手がかりがあるか聞いた。

「昨年暮れは僧兵姿をした者を見たことがある。それは裏頭《かとう》を付けた僧兵で寺の名前が書かれてなかった。それに僧侶の姿をした者も、皆何も書かれていないのだ。だから何も分からないままだよ。ともかくこれからは注意して見ますだ」

柿花爺は何処の誰かが分かったら、直ぐに和尚に知らせることにする。

「そうしておくれ。もし何かあったらすぐに連絡をしてな」

和尚は柿花爺に何かあれば伝えるように指示した。

「分かった」

それから柿花爺は庫裏の方に下がっていった。

和尚と話した翌日、柿花爺が小僧の佐々木と牛田を見つけて話しかけてきた。

「二人とも最近訳の分からない僧侶か、僧兵を見るようになったから気を付けておくれ」

柿花爺は見知らぬ僧侶のことを二人にいった。

「裏頭《かとう》をつけ墨の裳附《もつけ》・石帯《せきたい》で結び、白の括袴《くくりばかま》に、白のハバキに下駄をはき、薙刀を持った僧兵なら、去年の暮れに私も見たことがあるよ」

牛田が去年の暮れに下の街道で見た僧兵のことをいった。

「彼らは何処の者かも分からないのだ、だから何をするか分からないから気を付けろよ」

柿花爺は不安な気持ちを表情に出していった。

「同じ僧でも悪い人たちなのか？」

佐々木が柿花爺の顔見てから聞いた。

「それが何処の誰かが分からないから。何とも言えないのだ」

「そうか、数年前に京の都に行った時に僧兵を見たから怖いね」

佐々木は西行法師と京都にいったことを思い出しながらいう。

「そうだね、武士顔負けの戦をする人達だった」

牛田も一緒に行き怖い思いをした仲だから、それを思い出していた。

「でも正体が、兵士か僧侶か分からないから怖いね」

佐々木も怖いといった。

「それがまだ何も分からないのだ」

柿花爺は、僧侶や僧兵がどこの誰か分からない。そのために不安な気持ちになる。

「柿花爺、気を付けます」

「そうだ、何か可笑しなことがあったらすぐに連絡するのだよ」

「分かりました」

それだけ言って柿花爺は井戸に向かって水汲みに行った。

「牛田さん、怖い話だね」

「佐々木は怖いのか？」

「違うよ。何処の誰かが分からないのが気になるから」

佐々木は不安な気持ちを牛田に見せないようにした。

「そうだね、それに最近人の数も増えてきたようだし、何かあるのかなあ」

牛田は、好からぬことが起きなければよいがと、心配な気持ちになった。

「そうだね、気になる」

「だから気を付けよう」

「そうだね。何もないことを祈ろう」

二人の小僧にも彼らが何者か、何をしようとしているのかは分からない。

燃える大山寺②

仁平二年（一一五二年）三月十五日。その日玄法和尚は虫の知らせというのか、朝から心が騒いでいた。

その原因がどこから来ているのか自身に問いかけても分からない。そのために不安な心を抑えて、心を無にすることだけを考えて経をあげる。

そこで本堂に籠り本尊の十一面観音像と向き合い般若心経をあげている。

「仏説摩訶般若波羅蜜多心経

観自在菩薩　行深般若波羅蜜多時　照見五蘊皆空」

「度一切苦厄　舎利子　色不異空　空不異色　色即是空」

無心になって般若心経をあげていると和尚の心は落ち着いてきた。

「空即是色　受想行識亦復如是　舎利子　是諸法空相

不生不滅　不垢不浄　不増不減　是故空中」

それでも玄法和尚は雑念を払い、無心になって阿弥陀経をあげている。

「無色　無受想行識　無限耳鼻舌身意　無色声香味触法」

するとこれは何か重大なことが、起きる前触れではないかと思えてきた。

それを観音像に問いかける。いや自分の心に思い当たる節が無いか問いかける。するといよいよ恐れていたことが、起きるのではないかと思えてきた。

「無眼界　乃至無意識界　無無明亦　無無明尽
乃至無老死　亦無老死尽　無苦集滅道　無智亦無得
以無所得故　菩提薩埵　依般若波羅蜜多故」

それは昨年末から正福寺の周りに見知らぬ僧侶が増えてきた。

そのことは尋常なことではない。

本山からの上納金の上乗せ要求に応えられないだけでなく、通常の分でさえ滞っていた。それがいよいよ責められることになったのだろうか。

でもそうであれば同じ宗派だから事前に何か言ってくるはずだ。

ところがそれはなかった。

「心無罣礙　無罣礙故　無有恐怖　遠離一切顛倒夢想
究竟涅槃　三世諸仏　依般若波羅蜜多故
得阿耨多羅三藐三菩提　故知般若波羅蜜多
是大神呪　是大明呪　是無上呪　是無等等呪」

すると般若心経をあげながら、玄法和尚の脳裏には、数年前に京の都で見た、平家の武士と祇園社のやり取りから、喧嘩沙汰になり、騒然としたことが思い浮かんできた。

そこには神社仏閣にも、武士顔負けの僧兵を雇い、集団で武力行為をする姿があった。和尚は、朝廷や法皇様に僧兵を後ろ盾にし、強訴をする姿を思い浮かべていた。

「能除一切苦　真実不虚　故説般若波羅蜜多呪
即説呪日　羯諦　羯諦　波羅羯諦　波羅僧羯諦」

「菩提薩婆訶　般若心経」

ここで二百七十六文字の般若心経が終わった。そしてこの後法華経をあげた。

もし僧兵に襲われたら、今の大山寺は成す術がない。寺の台所事情が苦しいから、寺同士の抗争の準備は何一つしていない。寺は戦の場でも道場でもない。経をあげて庶民の平和と冥福を祈るところである。その導きの為に精進するのが僧侶の務めとしている。

ところが世の中が変わってきた。僧侶が薙刀や刀を持って戦う時代になってきた。彼らを僧兵と呼ぶ。僧兵を囲い強訴して寺の言い分を通すのである。そしてその僧兵をもって、日本全国に寺領拡大を進めている宗派もある。

しばらくして次に玄法和尚は仏説阿弥陀経をあげていく

「如是我聞　一時仏　在舎衛国　祇樹給孤獨園　与大比丘衆千二百五十人倶　皆是大阿羅漢　衆所知識」

玄法和尚は悲しくなってきた。平和になってそれに慣れてしまうと戦が起きる。そして強いものが生き残って新しい世の中を作る。

この輪廻がまた繰り返されている。そこには弱いものは負けて平伏すか、命を落とすしか道はない。

玄法和尚は朝から何も食べずに座って阿弥陀経をあげている。

そして陽が沈み段々と外が暗くなってくる。

それからしばらくして外が騒がしくなってきた。

「大変だぁ！　僧兵が攻めてきたぞ」

本堂の外で修行僧が叫んでいる。

「バタバタ・・ザワザワ・・」

「松明の列が上ってくるぞ」

その声に驚いたのか山鳥が一斉に飛び立った。

「おおい武器を持て」

外で誰かが叫んだ。

「みんな出てこい！僧兵が攻めてきたぞ」

「敵だ。敵が来た！」

その声が玄法和尚にも聞こえてくる。

どうやら和尚が心配したことが起きたようだ。

赤々と燃える松明を持った集団が、女坂に長い列を作って寺に向かっている。

それが木々の隙間から見える。

「敵はどこの誰だ？」

「まだ分からね」

「皆出てこい」

「敵が入ってきたぞ」

その声と同時に最初の僧兵が寺の中に入ってきた。

そして松明の火を振り回している。

「おおい、誰か手を貸してくれ。火がつけられたぞ」

まだまだ僧兵の集団が女坂を登ってくる。女坂に沿って児川が谷沿いに流れている。その水面に揺れる松明の火が映っている。

正福寺の本堂に燃える炎の明かりが差し込んできた。

でも玄法和尚は阿弥陀経を辞めずに続けている。

「長老舎利弗　摩訶目犍連　摩訶迦葉　摩訶迦旃延」

阿弥陀経の声よりも外の声の方が、大きく騒がしさが増してきた。

「火をつけられたぞ。水を持て」

「早く消さなければ・・、水じゃ水を早く」

「敵が誰か分かったか・・」

「分からない。敵が名乗らないのじゃ」

「ギャァー・・」

「どうした。大丈夫か」

「僧兵が攻めてきたぞ。迎え討て・・」

「武器を持って戦え・・」

「駄目だ、武器がない。武器はどこにあるのか」

「・・・」

「火の粉が上がったぞ。早く消さないと」

「水はまだか、早くしろ」

「摩訶倶絺羅　離婆多　周利槃陀伽　難陀　阿難陀」

そこに何人かの僧侶が本堂に入ってきた。

「和尚、寺が燃やされています。早く逃げてください」

「和尚、早く出てください」

「私のことよりも本尊を安全なところに避難させてくれ」

玄法和尚は本尊を出すことを指示した。

「分かりました。でも和尚も早く出てください」

本堂に入って来た僧徒が数人で本尊を動かし始めた。

「燃え移るぞ。本堂を守れ！」

本堂の外から僧侶の声が聞こえてくる。

「水だ、水だ・・」

「パチ、パチ、ザワ、ザワ・・」

夜空に赤い炎が高く上がる。その火の粉が舞っている。

「早く水を汲んで来い」

「お主らは何処の寺の者だ。名前を名乗れ・・」

誰かが敵に向かって叫ぶ。でも敵は名乗らない。

「・・・」

「羅睺羅　憍梵波提　賓頭盧頗羅墮　迦留陀夷　摩訶劫賓那・・」

玄法和尚は、燃える本堂の中から動かずに、阿弥陀経をあげ続けている。

「消火が間に合わない。誰か、早く大事なものを外に運べ」

本堂や講堂に庫裏も燃えている。風を受けて火の勢いが衰えない。

「水だ。水を持て・・」

「本尊や大事なものを外に出して火事から守れ」

ざわついて走り回る僧徒と、燃える火を煽っている敵の僧兵が交差している。

寺の僧徒は敵と戦うよりも消火に精を出している。

「早くしろ！　すべて燃やせ！」

燃える松明を持った僧兵が叫ぶ。

「本尊を守れ」

本堂から出てきた十一面観音像の本尊を見て誰かが叫ぶ。

「それ、このまま正福寺を全て燃やすのだ。逆らう者は討て！」

松明を持った僧兵が叫び、本堂ヶ峰のあちこちで火の手が上がっている。

「ワーワー。ワーワー・・」

玄法和尚はもうここまで来たら寺と一緒に燃えるまでと心を決めている。

「阿㝹樓駄　如是等　諸大弟子　并諸菩薩　摩訶薩　文殊師利法王子
阿逸多菩薩　乾陀訶提菩薩　常精進菩薩　与如是等　諸大菩薩
及釋提桓因等　無量諸天　大衆倶　爾時仏告　長老舎利弗・・」

燃える大山寺の音と、僧徒と僧兵の声に阿弥陀経の声が消されてきた。

「本堂に火が付いたぞ、早く消せ！」

「ボウー、ザワザワ・・ボウー・・」

更に火の勢いが増していく。

「大変だ、和尚がまだ本堂の中にいるぞ」

誰かが叫んだ。

「早く助けろ！」

誰かが叫ぶけれど、すでに火の手が強く本堂に近づくこともできない。

「駄目だ、火が強くって中に入れない」

誰かが諦め声で叫んだ。

「玄法和尚！」

「和尚早く出てきてください」

「和尚、大丈夫ですか、和尚・・・」

「おい佐々木と牛田は何をしているのだ。近づくと危ないぞ」

誰かが二人を見て叫ぶ。その声を無視して二人が燃える本堂に入って行く。

「玄法和尚、お供します」

牛田が言いながら本堂に駆けこんでいった。

「私もお供します」

佐々木も牛田の後について燃え盛る本堂の中に飛び込んでいった。

「牛田、佐々木、駄目だ、戻れ・・」

燃える本堂の中に二人が消えていった。

「牛田と佐々木ではないか。何故入ってきたのだ」

玄法和尚は驚いて二人の小僧を見た。

「和尚一人にさせません。ご一緒させてください」

牛田が和尚にすがりながらいった。

「・・もう遅いか。

では阿弥陀経を一緒にあげよう。

従是西方　過十万億仏土　有世界　名曰極楽　其土有仏　号阿弥陀・・」

玄法和尚は、本堂が既に火に覆われて、どうすることもできない。そこで意を決した。その為に経をあげる声が大きくなってきた。

牛田と佐々木の小僧は和尚の後ろに座り、怖さで目を閉じて経をあげている。

「バチ、バチ、ゴーゴー・・」

火が強くなってきた。

「佐々木、牛田、戻るのだ」

本堂の外で修行僧が叫んでいる。

「もう間に合いません」

隣の者が火の回る速さを見ていった。

「あ・・・山が燃えている」

「ウオー、邪魔するな」

僧徒たちは寺から持ち出す者と、それを敵から守る者がぶつかりあった。

「早く大事な物を運び出すんだ」

「そろそろ引き上げだ」

どこの誰か分からない僧兵は全てに火を付けて山を下り始めた。

その夜、長い時間天川山と本堂ヶ峰が赤く燃えていた。

赤く燃えているその山は、遠く離れた篠木庄大草村や、味岡庄本庄村からも、陶村からも見えた。それを村人たちは驚きの声を出して見ていた。

白山洞

そして翌日の明け方の大山寺、まだ所どころで白い煙が出ている。寺男の柿花爺は朝早く来て焼け跡に立った。

焼け落ちた本堂の前に、僧侶から近在の里人まで多くの者が集まっている。

その中に朝早いのに大山村に野口村と陶村《すえ》の村役がいる。大草村の村役も来ている。柿花爺は皆に軽く挨拶をする。それぞれが煤まみれになって三人を探している。

それに帰る場所がないので、寝ずに寺にいた僧侶も、火事の後片付けをしている。

「玄法和尚、どこにいますか」

柿花爺は焼け落ちた灰を、棒でかき混ぜながら、声を出して探す。

「和尚生きていたら声を出して」

そこに寺男の柿花爺が再び叫びました。

その声はしわがれて、悲しみの深さが声に出ている。

「牛田どこにいる・・」

「佐々木はどこだ。佐々木・・」

「玄法和尚と二人の小僧の牛田と佐々木の亡骸がありません」

柿花爺が副住職の桃源和尚にいった。

「いないはずがない、もっと探すんだ」

桃源和尚は周りにいる僧徒に向かって大声で叫んだ。

「誰がこんな惨いことをしたのだ」

桃源和尚の側で柿花爺が、棒で燃え堕ちた屑《くず》をさばき、顔に煤《すす》を付けていった。更に「寺に火を付けるなんてこの世は終わりだ。どこの誰かは分からないが何て罰当たりなことをするんだ。これでは神様も仏様もありゃしない。哀しいことだ」

柿花爺はかすれた声で怒りの気持ちをいう。その目から顔に涙が伝わり燃えかすの灰の上に垂れている。

「・・・」

それを隣にいる副住職の桃源和尚は黙って見ている。

柿花爺は涙がとまらない。それを我慢せずに涙がこぼれ落ちていく。皺くちゃな顔に涙が流れている。それを拭きもせずに柿花爺は手を動かして三人を探している。

不思議なことがあるものだ。燃え尽きた本堂の周りを探しているが、三人の亡骸がない。黒焦げの死体も、骨もない。

昨夜火事になった時には和尚は、本堂に確かにいた。そこへ牛田と佐々木が、和尚と叫びながら、燃えている本堂に入っていった。でもその三人の亡骸がない。すべてが燃え尽きたのだろうか。皆がいくら探しても見つからない。

その後、僧徒達に里人も来て一緒に探したが、三人の亡骸を見つけることはできなかった。

周りがバタついている中、桃源和尚は昨夜の火事で持ち出された本尊や仏具に貴重品をどうするか思案していた。そこで皆を集めた。

「今日これから話すことは他言しないでくれ」

桃源和尚は本堂のあった広場に皆を集めて大事なことをいった。

「何の話じゃ?」

和尚の近くにいた誰かが問いかけた。

「実は昨夜の火事で持ち出した本尊などを、どこかに移動させねばならぬ。雨が降る前に動かすのだ」

桃源和尚は山の斜面に野積みされている本尊などを見ながらいった。

「それは分かるが、あれだけのものを何処に運ぶのか?」

誰かがいった。それで皆がざわめきだした。

「とりあえず山向こうの白山洞に入れて雨露をしのごう」

「白山洞か」

「そうだ。何人か先にそこに行って洞の中を綺麗にするのだ。

そうだ、蝋燭を持っていけ。

ところで蝋燭はあるか？」

桃源和尚は全て燃え尽き蝋燭の心配をしていった。

「和尚、離れている大山お不動さんが燃えていません。そこの蝋燭を持っていくから」

「お不動さんか。石尊不動明王は石で出来ているから燃えなかったのか？」

「・・・」

「ともかくお不動さんは燃えてないから」

「ところであれだけの物が白山洞に全て入るか？」

誰かが持ち出した量を見ていった。

「入らなければ近くの洞に入れよう。ともかく雨が降る前に移動させねば」

「すぐに手分けして動いてくれ。ただし他言無用だぞ」

そこで皆はざわつきながら持ち出した物の所に移動していく。

「さあ始めよう」

「では先に行って場所を確保する者と運ぶ者を決めよう」

それで今日の仕事は決まった。その中で柿花爺と主だったものは焼け跡から和尚と稚児の亡骸を探している。

「桃源和尚、運び込んだら盗まれませんか？」

「その心配はあるが、今は運ぶのが先だ」

「もちろん」

「それで白山洞にすべて入ればよいが、入らないと面倒だな」

「ともかく洞や洞穴は幾つもあるから好かった」

僧徒たちは、燃え堕ちた本堂の周りを東に、西に動き回っている。本尊などを運ぶ準備する者、亡骸を探している者がざわめきながら動いている。

「運び終わったら洞の入り口を塞ごうか？」

「そうだな、盗掘に入られないようにしたいからな」

「分かりました」

その後僧侶たちは忙しそうに働き始めた。


ここは江戸時代の玉林寺の庫裏。臥雲が長いこと独りで話をした。そこでまたお茶を啜ろうとするが、お茶がない。それを見ていた鶴望が慌てて急須を持ってくる。

「すいません。お茶をどうぞ」

鶴望《つるみ》は注ぎながら臥雲を見ている。

「鶴望さん、わしにもお茶を」

誰かが鶴望にいった。それで鶴望は
「皆さんにも注いで行きますから」

言いながら鶴望は順番にお茶を注いで回る。

今まで臥雲の気迫に圧倒されていた皆の顔が、その鶴望に集中した。

男は幾つになっても女子《おなご》の仕草を見て喜ぶのである。それはここにいる老人たちも同じである。その様子によって場の雰囲気が和んできた。

そこに玉林寺の布毛和尚が也有に声を掛けた。

「臥雲さんが調べた西行法師のことに異を唱えると笑われるが、都で起きた事件のことまでよう調べたなあ。

也有さん何度も聞くが、その西行が玄法和尚と小僧を連れて京の都に旅し、祇園社事件に遭ったことから大山寺が燃えるまでの時代背景は整合されているのか?」

「布毛和尚の心配はごもっともじゃ。多分初めて平安後期の事件を聞いたと思うが、わしも相談されて当時の事を調べたから安心してくれ。

西行が奥州藤原家に二度旅しているが、一度目は西行が二十代の終わりの頃じゃ。その年代から春日寺の恭栄和尚に逢いに来て木像を彫り三句読んでいる。そして京の都の祇園社事件を年代ごとの点を線で結んで先ほどの話になったと思う」

也有は臥雲を見ながら皆に説明した。

「その通りじゃ。それらは、西行法師の木像が導いてくれたのじゃ」

臥雲は西行法師の木像に感謝していった。

「二人がそういうなら納得じゃ」

布毛和尚はそれでうなずいた。

次に六林が早く言いたそうな顔して
「臥雲さん、今の話を聞いて思うのだが、正福寺を焼き討ちにしたのは、延暦寺の僧兵としたのだな」

大山廃寺の謎の核心について聞いてきた。

「そうだ。私の説は大山寺縁起と同じ延暦寺の僧兵が焼き討ちをしたのじゃ。

巷の噂では本山が末寺を襲うことはないから、焼き討ちしたのは園城寺の僧兵という意見をよく聞くが、わしは延暦寺の僧兵説だ」

「巷の人の人情説だけで園城寺が正福寺を襲ったとは考えられないのか？

私は園城寺説が気になるのじゃ。巷の噂は園城寺説だ。根も葉もないところから噂は出ないという。つまり園城寺説に何か大事なことを見落としていないか」

六林が臥雲の顔を見ながら聞いてくる。

「わしも巷の噂は知っている。前にもいったが園城寺と大山寺を結ぶ証が見つけられないのだ。正福寺は延暦寺の末寺だ。そこで親が子や孫を襲うかという疑問が出てくる。

そりゃあ、襲わないと考えるのが人の道だと思う。でもだから園城寺の僧兵が焼き討ちしたとは言えない。証が見つかれば別だが、何もない今は、延暦寺説を唱えるのは、間違いとは思わないぞ」

臥雲は六林の顔を見ながら自説を聞かせた。

「そうだ。園城寺と正福寺の繋がりが見つけられないのだ。人情説は理解できても、そこから大山寺に繋がらないからじゃ」

也有も臥雲説を支持した。

「それは園城寺が、正福寺を襲う原因がないと言う事か？

そういうことか・・

延暦寺と正福寺の間には、襲撃の原因が、鳥羽法皇に変わって財政援助が無くなり、貧乏寺に落ちぶれ、上納金を納めないこと、白河時代の苦渋を味わった仕返しも、それらが重なったからというのだな」

六林もうなずきながら大事なことを確認した。

「そうだ。延暦寺が当時寺領拡大政策をとっていたから。そこには僧兵に寄る武力の力が効いていたと思う。僧兵を雇うには金が要るからな」

最後に臥雲が自分の考えを述べた。

「いつの世も金がすべてなのか。哀しい話だな」

布毛和尚が仏門に携わる身として感じたことをいった。

「それにしても哀しい話だな。尾張氏は大山寺を創建して、この地に瓦屋根の大きな寺を建てたが、尾張氏が平安時代になると衰退し、それに合わせて大山寺も、衰退し無人寺にまで落ちぶれたのじゃ。

それが平安後期に白河法皇が出てきて、天下三不如意の山法師対策として、大山寺を正福寺と改名して全盛期を迎える。ところが、白河法皇の崩御で、鳥羽上皇に変わり、その後に財政難に堕ちいっていったから。それが運の尽きになり、正福寺は衰退し山法師から焼き討ちに遭うことになる。

平家物語の栄枯必衰の理《ことわり》と同じ定めが待っていた。哀しい話だよ」

也有が栄えるものは必ず滅びるという栄枯盛衰の理を話した。

「ところで園城寺と正福寺を結ぶ何かが見つかれば、また考えてくれるのだな」

「そうだ。確かな証が出れば所説は変わる。だから証拠主義で進めるのが基本と思うぞ」

「分かった。何もない今は、臥雲さんの考える説でいくのだな」

六林は、園城寺説に拘っているが証が出ないから仕方ないと思った。

次に鯉圭が臥雲に声を掛けた。

「わしも気になることがあるのじゃ。埋蔵金の様な寺のお宝は本当に白山洞に移動させたのか。事件があって七百年過ぎているからなあ。白山洞以外にもどこか隠し場所に隠したことはないだろうか。それはもう残っていないのかな？」

鯉圭は、お宝がまだ隠されたままでは、と期待を込めていった。

「それは十分考えられるが、今となってこの年では洞穴探しをする元気もないからのう。それに寺のお宝とは何か。鯉圭さんは考えたか？」

「それは金銀財宝とまではいかないが、奈良時代の貴重品が出てくれれば楽しいなあと思った。まあ本尊もどこにあるか分からない状態だからな」

「鯉圭さんは、そのお宝探しがしたいのか？」

石原文樵《ぶんしょう》が鯉圭に尋ねた。

「お宝探しなどしないよ。ただ気になっただけだよ」

「でも本尊が見つからないということは、まだお宝がどこかに隠されているという考えも出てくるからな」

也有が笑いながらいった。

「そうだよ。それだよ。それで気になったんじゃ」

鯉圭は自分の考えていたことを也有が言ってくれたので嬉しくなった。

「うふふ・・」

そこで皆のやり取りを聞いていた鶴望が笑った。

「鶴望さんどうしたのじゃ。何か可笑しなことでも言ったか？」

也有が鶴望に声を掛けた。

「だって皆さんの話を聞いていたら。まるで子供のように目を輝かせているから。

それが大人気なくって、可笑しくなって。つい笑ったの。ごめんなさい」

「そうか大人気ない会話か。鶴望さんも面白いことを言うのう」

「では老人ばかりで宝探しの話をするのは大人気ないことか。

でもそれは童心に帰って楽しいことではないか」

「うふふ・・・」

「今度は何じゃ」

「いえ、殿方が夢中になれるモノがあって羨ましいの」

「やはりこの場に若い女子がいると場が和むのう。嬉しいぞ」

「若いだなんて、止めてください」

「鶴望さん、わしらから見たらあんたは若いのじゃよ。

でも鶴望さんのお陰で楽しいぞ」

そこで皆はそうじゃ、そうじゃといって鶴望を褒めた。

それから場が和み雑談が始まりまった。

その後暫くして、三回目の場がお開きになった。この日をもって謎を解く会も無事に終了となった。臥雲と鶴望は也有と文樵を庫裏の外まで一緒に出てお礼を言って見送った。

鶴望は片付けがあるので、先に庫裏の中に入っていった。臥雲は中に入らずに一人になって小牧山を見上げていた。

これまで大山廃寺の謎を解く会として三回行ってきた。それがこれで終了したことになる。これで臥雲は、三段階に分けた大山廃寺の謎が解けたと思っている。もちろん二回目の全盛期の謎については也有に任せて謎を解いた。

その謎が、今まで歴史の中で証跡がなく、謎のままだったことが、考察の中であるが解けたと思った。そこで自分の中で、満足感がゆっくりと湧いてくるのが分かった。それが嬉しかった。

第五章　鵺《ぬえ》に襲われる近衛天皇（児《ち》神社伝説）

（一）本家《ほんや》と新家《しんや》

宝暦十年（一七六十）の十一月。尾張国味岡庄のあちこちにある原野一面にすすきの穂が白く色を変え、首が重く垂れてきた頃。季節は秋であるが、今年は少し過ごしやすい。暑くもなく、寒くも無い、過ごしやすい季節である。そこで丹羽鯉圭は意を決し、鶴望の亡くなった主人の兄の麻佐に逢いに出かけた。

鶴望から聞いていた住処は遠くない処である。そこで横内村から岩崎村を抜けて直ぐに味岡村に入り、そこを越せば小松寺になる。そして地名になっている小松寺の東隣にある神社を目指した。

その神社の近くで、里人に聞いて時間もかからずに目指す家に着いた。そこは久保山の裾野にあり大きめな家構えをしていた。家を見て直ぐに納屋などから百姓家と分かった。

鶴望の話では兄者の麻佐は百姓なので家に居るか心配した。しかし、収穫の秋も終わり野良仕事もなく家の庭で藁を打っていた。

そこで二人は挨拶を交わして本題に入る。鯉圭は麻佐の向かい側に腰を下ろし、藁を打つ手を見ながら話しかけた。

「今日は亡くなられた、弟さんの嫁の鶴望さんのことで相談に来たのじゃ」

「鶴望のことか」

「そう。実は鶴望さんを嫁に欲しいと言う人が出てきたのじゃ。それで本人に聞いたら、兄者がいまだに気にかけてくれているからと言うから、今日ここに挨拶に来たのじゃ」

「そうか鶴望に縁談の話が出たのか。その相手はどこの誰じゃ」

兄者の麻佐は鯉圭を睨みながら問いかけてきた。

「以前は常普請の本光寺の住職をしていたが、数年前に職を辞して今は村中村の玉林寺でお手伝いをしている。その傍ら今は歳旦帳や物語などの書を書いている。俳諧ではこの地方では名前の知れた胡盧坊臥雲という方じゃ。年は五十歳ぐらいかな」

鯉圭は臥雲のことを説明するが、麻佐は素直に聞く耳を持っていない。鯉圭が話し出すとわざと藁を打ちだした。

「バンバン・・」

それから手を休めて鯉圭に向かっていった。

「では坊主なのか」

麻佐はいった後も鯉圭を睨んでいる。

「・・・」

それを聞いて鯉圭は一瞬間を置いた。そして
「坊主と言えばそうだが、物書きから俳諧まで幅広い知識人じゃ」

鯉圭は坊主というういい方をしたので少し身構えて言い返した。

「わしは、坊主は好かんのじゃ」

麻佐は鯉圭の話を止めるように好かんといった。

「でもいつまでも子供のいない鶴望さんを一人にしておくのはどうしたことか」

鯉圭はまだ四十路の鶴望の、これからの生活を心配していう。

「その坊主を本人が好いているのか」

「そうじゃ。一緒になりたいが、お兄さんのことが気になるからと、遠慮しているのじゃ」

鶴望のことを思い出し、遠慮していることを伝える。

「まあ今日ここに来て、いき成りその話をしても、わしはいい返事をしないぞ」

麻佐は心を動かさない。

「では駄目だと言うのか」

「そうじゃ」

「困った人じゃ。鶴望さんのことを考えんのか」

鯉圭は麻佐が堅物なので困ってしまった。

「亡くなった弟が鶴望を好いていたから。縁を切りたくないのじゃ」

麻佐は弟思いのことをいった。それで鶴望を放したくないことが分かった。

「そういうことか。では今日はこれで帰るけど、このままでは可哀そうだ。だから鶴望さんのこれからのことも考えてくれ」

鯉圭は麻佐に鶴望のこれからのことを考えるように頼んだ。

そこで別れの挨拶を交わして鯉圭は帰り道に向かった。

しかし、鯉圭は少し興奮している。せっかく来たのに、麻佐が、坊主は嫌いの一言で済まそうとしたのが、気に障っているのだ。

今はまだ日も高い。そこでここまで来たついでに、文津の堀田六林の家によって帰ることにした。小松寺から文津までは半里もない。鯉圭は心を鎮めるように自分に言い聞かせた。そして堀田家にやってきた。その時丁度、六林は家に居た。そこで鯉圭が来たことを知り自ら庭に出てきた。

六林は急に来客が来て、これで少し暇つぶしが出来ると内心喜んだ。

「六林さん、急にお邪魔してすいません。近くに来たから寄ったのじゃ」

鯉圭が成り行きで来たことを謝った。

「鯉圭さんが、来るとは珍しいのう。何かあったのか？」

六林はどうかしたのかと心配顔で聞いてきた。

「これから話すことはここだけの話にしておくれ。他言無用だぞ。実は先ほど鶴望さんの亡くなった夫の兄者の家に行ってきた」

鯉圭は小松寺近くの兄者の家に寄ってきたことを伝えた。

「何があったのだ」

「大きな声では言えないが臥雲さんが、鶴望さんと一緒に暮らしたいと言い出したのじゃ。鶴望さんに伝えると嬉しいが、亡くなった主人の兄者の麻佐さんが、未だに気を使ってくれるので、縁が切れないと言う。亡くなって十年以上過ぎているのに切ないのう」

鯉圭が鶴望のことを堀田六林に説明した。

「それで兄者の家に行ったのだな。そこで何と言われた」

「兄者は、坊主は嫌いだというのだ。だから鶴望が何と言おうと賛成できないそうだ」

鯉圭はありのままに伝えた。

堀田六林も坊主は嫌いだと聞いて少しムカッとした表情をした。

「それで鯉圭さんはイライラしているのか？」

「そうだ。折角ここまで来たのに坊主は嫌いだと一言で片付けられ。それで少し怒れてイライラしていた」

鯉圭は鶴望と臥雲のことをかいつまんで話して聞かせた。

「そういうことか。ウムウム・・

鶴望さんのこれからのことを考えない兄者に、鯉圭さんは怒れたのだな」

堀田六林は笑いながらいった。

「そこでこの場合、何か好い知恵は無いかと思い、六林さんに相談に寄った訳だよ」

「鯉圭さん、難しい相談だね。亡くなった弟の嫁とはいえ、簡単に縁は切れないからなあ。どうしたものか思案が必要だ」

「それを考えて欲しい。それまでは、このことは黙っていて」

「秘密は守るからよいが、まあ時間をかけて考えよう」

六林は考えるからといった。それを聞いて鯉圭は少し楽になった。

それからしばらく雑談をして鯉圭は帰っていった。

堀田六林は鯉圭から困った相談を持ち掛けられた。でも暇つぶしになる面白い話である。臥雲が鶴望に恋をして一緒に住みたくなったとは、六林は笑いたくなった。いい年をして女子《おなご》を好きになるとは、臥雲もまだまだ盛んなのだと、羨ましく思う反面もあった。

でも鶴望も好いていると聞いて少し悔しい思いもあった。男は幾つになっても女子を好きになる、それは自然なのかもしれない。六林は自分には妻というお婆さんがいる。だから他所《よそ》の女子を好きになることはない。それに自分の年をわきまえている。

ところで鶴望の亡くなった夫の兄者は何故鶴望を放さないのだろうか。弟が死んで十年以上になると言うのに意固地なところがあると思った。

並の人なら新たな人生を迎えるように勧めると思うのだが。それを弟が好きだったからと言って、親戚縁者の縛りを解かないのは、やりすぎではないのかと思った。

でもこればかりは他人がどうだ、ああだということでもない。そこで六林はゆっくり考えることにした。

十一月下旬になり、秋も深まり時々冬の声が時々聞こえてくる。小松寺近くにある葦原が枯れてきた。青々とした葉は枯れて白くなり風になびいている。

ここは鶴望の死んだ夫の兄の麻左の家。数日前麻佐は初めて訪ねてきた客人（鯉圭）から鶴望の離縁の話を出されて驚いた。それで再婚したいという。その相手を聞いて坊主と知り駄目だと大きな声を出した。

それは死んだ弟の嫁が本家《ほんや》に相談せずに縁談の話を持ち出されたのが許せなかった。だから先方の期待する返事ができなかった。というよりも事前に鶴望の気持ちを聞いていない。先に鶴望から相談の一言でもあれば状況は変わったかもしれない。それが訳の分からない者がいきなり来て再婚したいといった。そのために麻佐は何か筋が違うのではないかと思った。ともかくこの件で不愉快な思いをした。

それから数日後、麻佐は弟の家に出かけた。

「鶴望、鶴望・・」

麻佐は何度も声をかけるが返事がない。

その日は鶴望の姿がなかった。麻佐はどこかに出かけていると思い、その日は何もせずに帰った。

それから数日後。麻佐は再び弟の家に出かけた。

「鶴望、鶴望・・」

今日も麻佐は何度も声をかけるが返事がない。家の裏にも居なかった。そこで麻佐は鶴望が仕事をしているのか、何かをしていると思った。でも何をしているのかは聞いていないので分からない。そこでここに来た証で手ぬぐいを入口においで帰ることにした。

その日の夜、鶴望は家に帰ってきたときに入口に手ぬぐいを見つけた。しかし、誰がここに手ぬぐいを置いていったのか分からない。

近所の誰かが訪ねてきたのだろうかと考えた。でも近所の者には日中は家にいないことを知らせてある。そこで夫の兄の麻佐が来たのかと思った。

麻佐は来るときは野菜を持ってくるが、今日は置いてない。そのために誰が来たのか分からずに不安になった。

鶴望は家の中に入り、しばらくして暗い部屋に明かりをつける。そこで再び手ぬぐいを見た。いつもなら麻佐は野菜を持ってくるのだが、今の季節は野菜がない。それにここに訪ねてくるのは麻佐しかいない。その麻佐が訪ねてきたのは何か訳があるのかと思案した。でも時々顔を見に来るから今日のところは深く考えなかった。

鶴望は、日中はほとんど玉林寺の庫裏に出かけている。そこで用事がなければ臥雲の夕餉の支度をして一緒に食べてから帰宅する。

風呂は毎日入らない。そこで夜具の準備をしながら、その手拭いが気になり、また見た。手ぬぐいの文様というか絵柄を見て、見慣れた手ぬぐいである。それで麻佐がここに来たことを改めて知り、麻佐がここに来たのは、まだ私のことを心配していると思った。

夫の麻琴は死んでもう十年以上になる。それなのに麻佐は弟の嫁の心配をしている。

そのために鶴望は、今まで臥雲から一緒に暮らそうと何度か誘われてきたが、まだ返事ができずにいる。

鶴望は心が決まらず臥雲の申し出の返事をしてこなかった。それが原因である。以前から麻佐が気配りしてくれていたのを感じていた。麻佐から鶴望を見れば弟の嫁として新家《しんや》（親戚）になる。その縁がまだ続いていることを改めて今日感じた。

今は一人で生きていくために玉林寺の庫裏に通いだし、臥雲の下女として働いている。そこで主人の臥雲に可愛がられて、夫が死んでからの一人暮らしの時より、今の生活は楽になり、それなりに楽しいこともある。

鶴望は、麻佐の弟思いと、臥雲の申し出の間に挟まれて、どうしたら良いのか分からない。そこでモンペを脱いで、寝巻に着替えて布団に入った。布団の中で丸く屈《かが》んで、どうすることもできず、しばらく寝付くまで悩み苦しんだ。

翌日鶴望は吹っ切れない気持ちを我慢して、何時もの様に玉林寺の庫裏に出かけた。しかし、そこに何時もの元気な姿ではない。

「鶴望、顔色が悪いけど何処か悪いのか？」

臥雲が鶴望の顔を見て心配そうに声をかけた。

「何処も悪くないから大丈夫」

鶴望は身体の問題ではなく、心の問題なのだけれど、それを言うことはしなかった。

「それならいいけど」

臥雲は鶴望の声を聞いて安心した。

鶴望はそれから朝餉の用意を始めた。臥雲から顔色が悪いといわれ驚いた。普段は自分の顔を鏡で見ることはしない。だから今日の顔色が悪いとは、自分では気が付かない。でも昨夜寝付かれなかったことが表情に出たのだろうか。臥雲がそれだけ自分のことを見ていると思い、少し嬉しくなった。

でも手拭いが置いてあったことは、臥雲には関係ないので黙っていることにした。

麻佐は鶴望の家に二度行ったが二度とも不在であった。そのためよからぬことが頭の中をよぎるようになってきた。鶴望は亡くなった夫の家から、離縁して家を出るには、それなりの筋を通すべきことである。それは本家にその旨を話し、許可を取るべきである。ところが鶴望からその話が出ていない。

麻佐は弟が病で亡くなってから十数年が経っている。それでも弟が好きだったから、その嫁にも優しくしてきた。

でも鶴望はすでに四十路を過ぎて、女として別の男と、人生をやり直したいというなら、それは考えないといけないと思っている。そうするためにはまず鶴望が、筋道を立てて相談に来るべきである。

ところが再婚の話が本人にからではなく、訳の分からない者から急に言われて動転した。そこで坊主は嫌いだと、大きな声を出してしまった。そのことがあってから、鶴望のことが気になるようになっていた。

実はずいぶん前に、鶴望を嫁に欲しいといわれたことが一度あるが、麻佐はそれを断った経緯がある。

そこで麻佐は二度弟の家に行ったが鶴望はいなかった。どこかに出向いて働いているのかも分からない。それで二度目に行ったときに手ぬぐいを置いてきた。それを見れば麻佐が来たと分かるはずである。

そして数日過ぎても鶴望から何も言ってこない。そこで思い出したのが、坊主は嫌いだといったことにより、来られないのだろうか。もしも鶴望が来て坊主と一緒になりたいと言ってきたらどうしようか？　麻佐は答えの出ぬまま、そこで思考が止まった。

その日の夕餉に麻佐は妻の小花に鶴望のことを話した。

「おい鶴望のことで話を聞いてくれ」

麻佐はご飯を食べ終えてお茶を啜りながらいった。

「鶴ちゃんに何かあったの？」

小花はもう五十近い年である。四十路過ぎの鶴望のことを、可愛いので結婚後ずっと鶴ちゃんと呼んでいる。

「何もないが坊主と一緒になりたいという話がある。それを少し前になるが横内村の者がわしに言ってきた。その場でわしは、坊主は嫌いだといって追い返してしまった」

麻佐は鯉圭がきて、鶴望の話を持ち出された経緯《いきさつ》を話した。

「そんなことがあったの。鶴ちゃんが坊主を好いているの？」

小花は再婚話が出て嬉しそうな顔して聞いている。

「どうも、そうらしいが、わしが坊主は嫌いだといって帰したから

それで鶴望の家に二度行ったが、二度とも家にいないのだ」

麻佐は、坊主が嫌いだというがその理由は言わない。

「では鶴ちゃんはもう一緒に暮らしているの？」

「それはない。村中村の玉林寺の関係者のようだが、詳しいことは分からない」

「相手の方は玉林寺の和尚さんなの？」

「いやそこに居候している偉い方のようだが・・」

「そうなの、弟の麻琴が亡くなって十年以上なるから、縁談の話があるならいいではないの。あんたは賛成なの、反対なの。どっち」

「わしはどっちでもない。ただ本人から何も聞いていないから。

鶴望から一言でも相談があればいいのだが、ないからなあ」

「あんたは鶴ちゃんが再婚するのは反対なの？」

「反対というか坊主は嫌いなのだ」

「あんたが坊主と一緒になるのではないでしょう。鶴ちゃんの気持ちが大事ではないの」

「それはそうだけど」

「私が一度鶴ちゃんの気持ちを聞いてこようか？」

「そうだな。わしも二度出かけたから、今度はお前に出向いてもらおうか。それで家にはいないから、玉林寺に出向いて聞いてくれ」

「分かったわ。天気の良い日に出かけてくるわ」

百姓夫婦の会話は長くない。それで小花は食事の片づけに入り、近いうちに鶴望に会いに行くのを楽しみにした。

(二) 間々《まま》観音

数日後小花は、天気の良い日に村中村の玉林寺に出かけた。そこで寺の者に鶴望のことを訪ねた。そして寺の庫裏に案内して鶴望を呼び出してくれた。それから二人は本堂の脇に行き腰を下した。

「鶴ちゃんの顔を見て元気そうで安心したわ」

小花はこうして話をするのは、何年振りかになるが、安心した様子でいう。

「お姉さんこそ元気そうで嬉しいわ。それで先日家に訪ねてきたのはお姉さんなの？」

鶴望は手ぬぐいのことを思い出して尋ねた。

「違うわ。お父さんが訪ねたけど、留守だったから、手ぬぐいを置いてきたといってたわ」

「そうなの。それで何かありました？」

「実は横内村の方がお父さんを訪ねてきたそうなの」

「それは私のことですか？」

「そうよ。それで鶴ちゃんの再婚の話をしたの」

小花は鶴望の顔を見ながらいう。鶴望の表情がどう変わるかを見たいのである。

「ええ、そんなことがあったの？　私聞いてないわ」

鶴望は再婚の話と聞いて驚いたが、表情を変えずに素っ気なく答えた。

鶴望はまだ何も決まっていない再婚の話を、先に話されて不安な表情をした。そこで誰がそんな話をしたのかと考えて、横内村と聞いて、以前鯉圭から相談されたことを思い出した。

「そうなの。では再婚の話はどうなの」

「それはあるけど。まだ返事をしてないから」

「鶴ちゃん、では好きな人がいるのね」

「そう。でも再婚の返事はしていません」

「好きな人から再婚を言われたが、お父さんのことで返事をしていないのね。それで横内村の方がお父さんを訪ねてきたということなの」

「たぶんそうだと思うけど」

「やっとそれで経緯《いきさつ》が見えてきたわ」小花はそこで安どの表情をした。

「まだ返事ができないのは兄さんのことが気になっていたから。お兄さんが優しくしてくれるから、多分再婚話は反対すると思っていたの」

「そういうことだったの。確かにお父さんは鶴ちゃんの再婚には反対みたい。そこで今日は鶴ちゃんの気持ちを聞きに来たの」

「お姉さん、私どうしていいのか分からないの」

「そうね。お父さんが相手の方が坊主と聞いて、坊主は嫌いだといって、再婚に反対だと追い返したというの。それを聞いて私は心配になって」

「そんなことがあったのですか」

「そうみたい。ところで好いたお方が坊主というのは本当なの？」

「そうです。前は常普請にある本光寺の住職をしていたけど、身体を壊してから身を引いて、ここの庫裏で静養していたの。そこで私は世話係として働きだしたの」

「何処が悪いの？」

「さあ、疲れからでしょう。今は元気になってお寺のお手伝いをしながら、暇なときは物書きをしているの」

「そういうことなのね。それで鶴ちゃんが、日中は家にいないのね。それで鶴ちゃんは相手の坊主の方のことを好きなのね」

「そう。夫の麻琴さんが死んでから一人で苦労してきたから。それがここの庫裏で世話を始めてから私の生活が変わってきて。だから私嬉しいの」

「そうね、女一人で生きていくのは大変よね。ご苦労様」

「それでお兄さんが野菜を時々届けてくれるし、気配りしてくれたから」

「鶴ちゃんは、お父さんと好きな方の間に挟まれて困っているのね」

「そうなの。ところでお兄さんはどうして坊主が嫌いなの？」

「多分性に合わないのでしょう。坊主が嫌いなんて困った人だわ」

「そうなの」

「今日は鶴ちゃんの気持ちを聞いたから、お父さんに再婚できるように頼んでみるわ」

「お姉さんお願いします」

「あ、そうそう。鶴ちゃんが本当に再婚したいのなら、一度お父さんを訪ねて話をしてちょうだい。そしたら本家と新家の筋を通すことになるからね」

「そうですね。話しが決まったら訪ねます。でもまだどうなるか分かりません」

「慌《あわ》てなくっていいから。よく考えてね」

それからしばらく庫裏での仕事や生活の話をして、小花は家に戻っていった。


鶴望は姉の小花と本堂の脇で相談して、少し心が休まった。でも板挟みの状態は変わらい。

そのため数日後にはまた悩みだした。

その変化を毎日一緒にいる臥雲には分かった。鶴望がどうも口数が減って精彩がないと感じていた。そこで心配して鶴望に問いかけた。

「鶴望さん、最近様子がおかしいが何かあったのか?」

臥雲は鶴望が心配で何があったのか、体が悪いのか、心配で聞いた。

「何もありません。ただ最近調子が悪いだけ。臥雲さんが心配することではないから」

鶴望は心配させないようにいう。

「そうか女子《おなご》の体のことは、わしには分からないからなあ」

臥雲は下を向いたまま答えた鶴望を見ていう。

「私も五十路近い年だから調子悪いの」

「そうか、無理をしないでくれ」

「臥雲さんは優しいのね」

「そうだ、明日にも二人で間々《まま》観音（小牧山間々観音）にお参りに行こうか。わしには女子の体のことは分からないから。鶴望さん、間々観音にお参りに行こう」

間々観音は織田信長が小牧山に城を建てるまではそこにあり、その後小牧山の北側にある飛車山龍音寺に遷座されたのである。間々観音は、母乳の出がよくなるといわれ、地元では女子供のお参りが絶えないところである。また地元民は間々乳観音と呼んでいる。男衆はおっぱい観音とか、おっぱい寺と呼ぶ者もいる。

「間々観音にお参り？」

鶴望は間々観音は知っているが、一緒にお参りと言われて少し驚いた。

「そうだよ。たまには二人で出かけよう。そこの観音様は病気平癒や女子の体のことでお参りするのだろう？」

「間々観音はおっぱいの出がよくなるようにお願いするのでしょう。

私この年で子供は産めないから。もう乳《ちち》が出なくっていいわ」

鶴望は子供を産む年を越している自分には関係ないことと分かっている。

「子供のために乳が出るようにお参りする人は多いが、観音様は女子の身体のことなら相談に乗ってくれるはずじゃ」

臥雲は鶴望の顔を見ながら労わりの気持ちでいう。

「そうなの？」

「そうだよ。偶《たま》には観音様の慈悲の気持ちにすがるのもいいではないか。わしは、お前さんの身体が早く良くなってほしいのじゃ」

「では心の問題もいいの？」

鶴望は、ここで初めて自分の身体の調子が悪いのは、心の置き場が決まらずに悩んでいることをいった。

「お前さんは心の問題なのか？　では悩みごとがあるということか？」

臥雲は今まで顔色が悪いのを、調子が悪いと言っていた意味を知った。

「すいません。臥雲さんが一緒になりたいというから。それで夫の兄の麻佐さんのことで悩んでいたの」

鶴望は兄さんが結婚に反対していること。それに坊主は嫌いといったことで悩んでいる。そのことで自分は、どうしたら良いのか分からずにいた。でもその中で麻佐が坊主は嫌いだといったことは臥雲には言わなかった。

「では兄さんはお前さんの結婚に反対しているのじゃな」

「そう」

「では聞くけど、わしのことをお兄さんに相談したのか？」

「違うの。誰かが兄の家にいって話をしたそうなの」

「誰かが？」

臥雲は、それを聞いて鯉圭のことを思い出したが、あえて聞いた。

「多分鯉圭さんだと思うの。お姉さんが先日ここに訪ねてきて、その話をしてくれたの。その時に横内村の人と言ったから」

鶴望は話の成り行きで、姉の小花が、ここに訪ねてきたことも話した。

「では鯉圭さんだな。半年ほど前に一度鯉圭に相談したことがあったから」

「そうなの。それで一度鯉圭さんが私に相談を持ち掛けてきたのね」

鶴望は鯉圭が訪ねてきて、本堂に出て、二人で話をしたのを思い出した。

「そういうことがあったのか？」

「ええ」

「でもそうなら、私のところに、その話をしに来るはずなのに。鯉圭さんは何にもいわないからなあ。それとも反対に気を使っているのか？」

臥雲は、鯉圭が兄のところに訪ねたことを聞いていない。だから何を話して、どうなったのかを全く知らないのだ。

「何かあったのかしら」

「あったから来られないのかなあ」

「では、お兄さんが反対しているのを知ったからかしら」

「そういうことか。兄さんが反対しているから、鯉圭さんは何とかしようと思案しているのか。それでわしの処に話しに来られないのか」

「ごめんなさい」

「お前さんが謝ることではないから、心配しないで」

「そうなの。私が返事をしないばっかりに、ごめんなさい」

「これで少し明かりが見えてきたような気がする。それで兄さんが、私たちのことを反対していることが分かった。少し残念だが、これからどうするか考えよう」

臥雲は今まで返事がもらえずに、どうすることもできないままであった。それから返事が、できない理由が分かったので、少し明るくなってきた。

鶴望の困り事も分かり、これからどうしたら、前に進めることができるかを考えることにした。そこでまずは二人で、間々観音にお参りに行こうと決めた。

「鶴望さん、これからその心の問題を、どうしたら良いか一緒に考えよう。そこでまず明日間々観音に一緒にお参りに行こう」

「臥雲さん、ありがとう」

鶴望はそういって天井を見上げた。その目は涙を抑えているのが分かった。

「私も実は楽しみにしている。人様の悲しみの葬儀に経を読み、供養するのは仕事だが、お前さんのために観音様にお参りに行くのは、初めてじゃ。だから嬉しいのじゃ」

臥雲は鶴望を見ながら明日が楽しみになってきた。

「私お参りに行くのが嬉しいようで、少し恥ずかしいわ。もうこの年で乳のことは心配ないから」

鶴望が、今度は少し笑いながらいった。

「間々観音にお参りしたら乳が出る、出ないという話ではなく、お前さんの身体の調子が悪いというから。わしはそれを心配してお参りに行きたい」

臥雲は素直に自分の気持ちを伝えた。

「私もいつまでも若くないわ。四十路を過ぎて、五十路に近いから、女の証も終わりそう」

鶴望は自分の年のこと、身体の変化を心配していう。

「年のことは言わないでくれ。お互いにもう若くないからなあ」

「そうね」

「そこで明日は、お前さんが元気になるように観音様にお参りしよう」

「臥雲さん・・」

鶴望は、労わってくれる臥雲が嬉しく思えて顔を見上げた。

「そうと決まれば今日は駄目だから、明日は頼まれ仕事を早く終えて出かけよう」

玉林寺から間々観音までは、近所というには少し遠いが、小牧山の手前にある。ここ村中村の玉林寺の隣村の間々にある。距離が近いから直ぐに出かけられるが、今日は葬儀の手伝いで出かける都合があるから、明日行くことに決める。

翌日朝のお勤めを終えて、二人は間々観音に出かけた。二人で出かけることは、滅多にないので鶴望は嬉しかった。

そこで臥雲の少し後を付いていく。葦原に吹く風の音を聞きながら、口数は少なく影を踏まずに歩いていく。

そして間々観音に着いて二人並んで手を合わせた。

二人とも仏様に手を合わせるのは、寺で生活している者の勤めで毎日している。しかし、今日はいつもの玉林寺ではなく、間々観音で手を合わせている。鶴望はなぜか嬉しかった。でも少し寂しい気持ちが蘇ってきた。

鶴望は、旦那が死ぬ前に子供を作るために、ここにお参りに来るべきだった。そうすることもしないで、子供ができる前に、夫は病気になり帰らぬ人となった。それから男運に恵まれず、年を重ねて、子供を産むことのできない年になり、この観音様にお参りにきた。

でも今日は好いた人と一緒に、ここでお参りしている。

そこで人の生きざまの不思議を感じた。

臥雲も不思議な気持ちでお参りしている。いつもは経をあげながら、故人の冥福を祈るために手を合わせている。それが今は隣に好いた女《ひと》と一緒に手を合わせている。この女《ひと》を幸せにしたいと思い手を合わせている。臥雲は嬉しかった。お参りしながら自分が素直な気持ちになれたことが嬉しかった。

(三) 鵺《ぬえ》に襲われる近衛天皇

仁平二年(一一五二)の平安京。十四歳の近衛天皇(第七六代天皇)は時々悪い夢を見るようになった。帝《みかど》は十二歳の正月に元服し、その年の三月に、摂関家藤原頼長の養女の多子を皇后として迎えている。

その頃はまだ幼さの残る二人であったが、帝を取り巻く役職者たちに、昼間も夜事も振り回されて疲れ切っていた。そして一年ほど過ぎて帝は体調を崩した。帝の症状は良くなったり、悪くなったりを繰り返している。

その年の夏は酷く暑くなった。帝は夜半になると、悪い夢で起こされることが多くなってきた。まだ若い帝は戦の経験は一度もない。戦どころか最近では清涼殿から出たことがない。帝だから食べることから風呂まで何一つ自分ですることはない。

その帝は少年らしく、大人への不安から死者の霊が、化けて出る怖い夢を連日のように見ていた。帝の寝床の周りは御簾《みす》が掛けてあるが、外には近習《きんじゅう》の者が息を殺して見張りをしている。だから悪い夢を見てうなされると、直ぐに誰かが出てくる手はずになっている。

季節は真夏の盛りになり、夜中に清涼殿の寝床に化け物が出るようになった。

「ヒョー・・ヒョー・・」

バケモノの鳴き声がきこえてくる。

帝は恐ろしくなり床から腰を曲げる。でもまだバケモノの姿は目に見えない。

「ヒョー・・ヒョー・・」

段々と声が大きくなってきた。

「誰か居《お》らぬか」

帝が怯えた顔をして叫んだ。

「・・・」

「ヒョーヒョー・・」

「誰か居らぬか・・」

帝がもう一度叫んだ。

「・・・」

そこにはバケモノが帝の前に出てきて、対峙しているではないか。

そこに数人の近習の者が入ってきた。

「帝、大丈夫ですか」

「そこにバケモノがいる。早く退治しろ！」

帝が天井を指さしながら叫ぶ。

「バケモノ、覚悟しろ。今日こそ退治してやるぞ」

近習の者が叫んだ。

「ヒョー・・ヒョー・・」

バケモノが叫びながら突進してきた。

「帝、危ない」

「出合え、皆の者出合え。バケモノが出たぞ」

側の者が叫んだ。その声を聞いて侍が何人か寝床に入ってきた。

「バケモノが廊下に出たぞ」

「あ！危ない」

「負けるな。逃げるな」

「誰か弓を持て」

「ヒョー・・ヒョー・・」

「逃がすな、追え」

「どこに行った。探すのだ」

「バケモノ、出てこい！」

帝が起きてバケモノを追い払おうとした。しかし、簡単にはいかず近習の者と一緒になって追い払った。

それが毎夜のように続き、宮中では大きな騒ぎになってきた。

朝廷でバケモノについて詮議《せんぎ》した結果、鵺《ぬえ》だと分かった。鳴き声といい姿といい伝説のバケモノの鵺であった。鵺は猿の顔をして、身体はタヌキに似て、手足は虎に似て、尾は蛇にいている。

そこで武士を増やして清涼殿を守るが、帝は安心出来ない。護衛の問題ではないからだ。帝は悪い夢を見るのが続き、身体が可笑しくなってきた。寝不足で日中眠くなる。そこで眠くなれば昼寝をすればよいのだが、問題が起きた。帝が体の不調を訴えるようになったのだ。数年前に目を患い、それが癒《い》えたのが一年前である。それが最近目の調子が、また悪くなってきた。そのため視力も段々落ちてきて、誰にも会わなくなった。

その頃朝廷では毎日のように鵺退治の詮議が続いていた。

そこで妖怪退治で有名な源頼政が呼ばれた。頼政の家系は、酒呑童子《しゅてんどうじ》や土蜘蛛《つちぐも》といった妖怪を倒した、伝説の源頼光の家系である。そこで頼政は朝廷の重臣から頼まれ、鵺退治を引き受けた。

それで頼政は夜になると清涼殿に詰めることにした。

そして数日後のことである。

「ヒョー・・ヒョー・・」

帝の寝床の静寂を破って鵺の鳴き声が聞こえてきた。

「ヒョー・・ヒョー・・」

帝は声に驚き目を覚ますと、バケモノが飛んでいた。

「キヤー・・助けてくれ！」

帝が叫んだ。その声は帝の寝床の方から聞こえてきた。

「ギャオー・・ギャオー・・」

鵺が帝を見て威嚇してきた。

「バケモノがでた。だ・誰か居《お》らぬか」

帝は立ち上がり怖さから声を震わせて叫んだ。

「帝・・大丈夫ですか・・」

近習の者が帝に向かって声を掛けた。

若い帝は脂汗を掻いて震えている。

「帝、大丈夫ですか」

頼政は続けて近習の者と一緒に帝の部屋に入った。

「バケモノだ」

帝が、叫びながら御簾《ぎょれん》を上げて飛び出してきた。

「ギャオー・・ギャオー・・」

鵺が帝の後を追い廊下に出てきた。その鵺は廊下の天井から庭に出て叫んだ。

清涼殿の庭には鵺の仲間らしき妖怪が夜空を飛び回っている。

「バケモノ、我こそは源頼政である。覚悟しろ・・」

頼政が口上を述べている間に鵺は夜空の中に消えていった。

「バケモノ、逃げるのか。わしの矢を受けて見ろ」

「・・・」

鵺は夜空から消えていなくなった。

そこで頼政は夜空を飛んでいた妖怪に向かって矢を射った。

「・・・」

射った矢はビューと音を残し、手ごたえの無いまま暗闇に吸い込まれていった。それを皆が見上げている暗い夜空に、落胆の声が聞こえた。

「畜生、なんてバケモノだ」

頼政は矢が通り抜けていくのを見て悔しがった。

結局その日は鵺を倒すことが出来なかった。それから帝は部屋に明かりを付けて、寝床に戻った。

その後、連日源頼政は清涼殿に詰めたが、バケモノは出てこなかった。

そして半月ほど過ぎた日。帝が夜中に夢でうなされ始めた。それから帝は目を覚まして天井を見た。そこには前見たバケモノの鵺が睨んでいる。

「ヒョー・・ヒョー・・」

鵺が低い声で威嚇するように鳴いた。

「バケモノだ。バケモノが天井にいるぞ」

帝は恐ろしさに震えながら大声で叫んだ。

「バケモノだ。誰か居らぬか」

「帝大丈夫ですか。

あ、バケモノだ。頼政殿は居らぬか」

その声を聞いて源頼政が帝の寝床に入ってきた。

「バケモノ。覚悟しろ。我こそは源頼政である」

頼政が口上を述べるが、バケモノの鵺はまた廊下に逃げだした。

「ギャオー・・・」

鵺は体制を整えて頼政たちに襲い掛かってきた。

「バケモノ、覚悟しろ」

そこに近習の者が刀を振り回した。

廊下の外には大きいの、小さいの、赤いの、白いの、しま模様など幾多のバケモノが飛んでいる。

「ギャオー・・」

「バケモノよ。覚悟してわしの矢を受けて見ろ」

そう言って頼政は鵺に向かい、弓を目一杯引き寄せた。その時に弓の弦がキーと鳴った。

「それー・・」

頼政の掛け声とともに矢が鵺に飛んでいき突き刺さった。

「やったぞ」

頼政の声がし清涼殿に響き渡る。

矢を受けた鵺は庭に落ちた。そして黒い血を流してバタバタしていたが、段段《だんだん》と消えていなくなった。

「あ、バケモノが消えた」

近習の者が叫んだ。

「本当だ、消えていなくなった」

「待て、黒い血が流れている。だから仕留めてはいるのだ」

「そうだ仕留めたのだ」

頼政は庭に出て黒い血を見てバケモノが消えたのを確かめた。そして呟いた。

「確かに射ったのだが、消え失せたか」

それを見ていた他の悪霊たちはいつの間にか夜空から消えていた。

それでも清涼殿では、頼政がバケモノの鵺を撃ち落としたと、噂がすぐに広がった。

翌日の朝廷の詮議の場でも、その話で持ちきりになった。そして天皇から恩賞がでるという話が聞こえてきた。

その後頼政の手柄もあり帝の寝床にはバケモノ騒動はなくなった。

しかし、月日が過ぎて季節が変わるころになると、また帝が夢でうなされるようになった。

それが連日続くのだ。

「ヒョー・・ヒョー・・」

鵺が鳴いている。

そして帝がうなされて目を覚ますと、バケモノがいるのだ。天井から帝を見ている。

驚いた帝は叫んだ。

「お化けが出た。誰か居らぬか」

「帝、大丈夫ですか」

近習の者が襖をあけて、御簾を開けると、バケモノが廊下に逃げていった。

近習者が廊下に出ると、バケモノは夜空をぐるぐる回っていた。今日は二頭のバケモノの鵺が飛んでいる。

「バケモノだ。皆の者出合え！」

今日は、源頼政はいない。だから清涼殿に詰めている強者《つわもの》が走ってきた。

「バケモノ、覚悟しろ」

そう言って刀や槍を振り回した。

「ギャオー、ギャオー・・」

バケモノが強者に襲ってきた。

「ヒェー、た・助けてくれー」

弱腰の者が腰を抜かして叫んだ。

それから一時ほど、お化け騒動で清涼殿は大騒ぎであった。その後お化けたちは夜空に消えていった。

それから時々バケモノ騒動が起きるようになった。

帝は疲れて目の病が酷くなってきた。

（四）式神

九月、京の都。覚忠は鳥羽院に行った帰り、少し遠回りになるが、阿倍泰親の屋敷に寄った。

今日も連絡なしで来たが泰親は笑って会ってくれた。

「今日は鳥羽法皇様のご機嫌伺に都に出てきました」

「それで法皇様は元気でしたか」

「今日は天気も良いのでご機嫌でした」

「ところで最近では延暦寺の悪い話ばかり耳に入ってくるから。

巷では、平家が延暦寺に近づいているという噂を聞いたので。我が世の春を歌う平家と、我が物顔で闊歩している延暦寺が、繋がるなんて考えただけでも怖い世の中だ」

「そうか、平家と延暦寺が通じるのか？」

「噂です。覚忠様は知らなかったのか？」

「私の家は摂関家だから政治の世界を知らないとはいえない。だから私は好んで聞かないようにしている。それよりも私は天台宗の法灯を消さないことを祈っている」

「相変わらず正統派だね。仏門の世界に生きる人として、せめて志だけでも正していなければいけないのですね」

「その基本の部分が今の延暦寺には乏しいのじゃ。力こそが正道のように語るのが少し悲しいわ」

寺門派の覚忠は今の正道の世を嘆いた。同じ天台宗でも延暦寺の山門派は、僧兵姿のまま肩で風を切って街中を闊歩《かっぽ》している。彼らは力こそが正義だと、言わんばかりである。

覚忠はその話を聞くたびに不愉快になってくる。

「だから私は覚忠様が好きです。でも時代が変わろうとしている。今の時世では、力がなければ寺は抹消されてしまうかもしれません」

泰親は寺が生き延びるために仕方ないといった。でも内心は仏門の身で、力こそ正義という山門派には異議を唱えている。

「そうだね。武士が生まれて摂関家が弱くなり、法皇が院政を引いて。近頃では政治の世界も変わってきたから。だから力が必要なのでしょう」

「そう考えれば延暦寺は、時世の流れに飲み込まれずに、頑張っていることになるのではないか？」

「そこは分かるところもある。でも民に迷惑をかけていいのだろうか？」

「それはいけません。力の使い方を間違えている者が、何人かいるのでしょう」

「それが嘆かわしいのじゃ」

「数年前の夏にあった祇園社乱闘事件はご存じで」

「聞いている」

「平家が武装して祇園社に入ろうとして、それを止めたために喧嘩になった話。祇園社の後ろには延暦寺が付いているから。

だから先ほどの平家と延暦寺が近づいたという話は、この事件で止まったと思います」

泰親は覚忠の憂いを心配していた。

世の中が変わろうとしているから、神社仏閣だけではすまなくなってきた。武士の台頭があり、平家が強くなってきた。すると対峙する源氏の話も聞くようになる。それぞれが生き残るために力を付けようとしている。

覚忠は泰親の話を聞きながらうなずいていた。そこで話の間を見つけて切り出した。

「実は今日は泰親さんに相談があってきたのじゃ」

「相談ですか、珍しいですね。どんなことですか」

「今年の三月に、尾張国篠木庄大山村の天台宗の正福寺が、僧兵によって、焼き討ちされた話は聞きましたか？」

「噂話程度に知っているが」

「私はそれを聞いて涙が止まりません。山門か寺門か不明だが、同じ天台宗の僧兵が、末寺を襲い、火を付けたのじゃ。それで和尚と稚児二人がなくなった」

覚忠は大山寺で焼き討ちにあい、住職と稚児二人がなくなったことを知らせた。

「そうか。可愛そうなことをしたな。

それで襲ったのが、山門なのか寺門なのか、まだ分からないのですか?」

「まだ襲った犯人は分からない。でも天台宗の身内だということじゃ。

ただこのことが世の中に知れ渡ると、天台宗の心証が非常に悪くなる。
・・それが心配なのじゃ」
覚忠はあくまで天台宗のことを心配している。

「そうだね、同じ宗派で、親が子か孫の寺に火を付けて、人を殺したとなると恐ろしい話になるから」

泰親は同じ宗派内の争いなら、恐ろしい話になると心配した。

「そうなのじゃ。それで法灯の灯が揺れ動いているのだ。

まだ消えていないが、それが心配なのだ」

「それで覚忠さんはどうしたいのじゃ」

「泰親さん、この恐ろしい話が世の中に広まらないようにできないだろうか」

「それは事件というか、焼き討ちにしたことを、無いことにしたいというのか」

「いや死んだ人は生き返れません。だからないことにするとはいわない。ただ人の噂にならないように出来ないかと思って」

覚忠が泰親に嘆いた。

「そういうことか」

「どういう手立てがあるでしょうか。すでに焼き討ちに遭って半年近く過ぎましたから、現地がどうなっているのか分からないし・・」

「私も尾張には行ったことがないので分からないが・・

それで覚忠さんの相談の件は分かりました。私が噂を広めないように祈祷しょう。

ところで一つ調べてほしいのですが。覚忠さん、延暦寺と園城寺の抗争（確執）の記録（※4）を調べることは出来ますか？」

「調べてどうしますか？」

「園城寺と正福寺の関わりがあるのか、どうか知りたいのです」

「そういうことなら分かりました。帰ったら調べます」

「それで双方の抗争というか、喧嘩沙汰は記録に残っていますか?」

「寺にあったことは全て記録するようになっている。だから分かるはずだが。でも正福寺は延暦寺派と聞いていますので、園城寺との関わりは聞いたことがありません」

「では今回の焼き討ちは、園城寺との関係はないのですね」

「確かではないが、そう思います。でも抗争はずいぶん前から始まっているから、寺に戻ったら調べて連絡します」

「お願いします。私は祈祷の準備をします」

「泰親さん宜しく頼むぞ」

覚忠は、正福寺(大山寺)焼き討ち事件が世の中に拡散しないように泰親に頼んだ。それを泰親は快く引き受けてくれた。

その日二人はそれで別れた。

泰親は覚忠と別れてしばらくしてから祈祷所に入った。そして静かに瞑想の世界に慕った。

それから尾張大山寺がどうなったのかを占った。

そこには大山本堂ヶ峰が赤く燃えている。山の中を僧侶が泣き叫んでいる。

「玄法和尚・・・」

それからしばらくして静かになった。

「ナマサマンダ・ボダナン・カロン・ビギラナハン・・・」

「・・・」

すると上空に式神が飛び、稚児僧の怨霊が飛び回っている。

それから続いて祈祷をした。

「ナマサマンダ・ボダナン・カロン・ビギラナハン・・・」

「・・・」

それで怨霊はどこかに飛んでいった。

数日後、覚忠から泰親に書状が届いた。そこには園城寺と正福寺を結ぶものは何も見つからなかったとあった。


仁平三年（一一五三）のある日、朝廷の使者が、この頃天文権博士の要職についていた阿部泰親の屋敷に来て、帝の健康のことで呼び出した。近衛天皇は若干十五歳の若さである。身体を患い、特に目の病は失明の心配もあった。

泰親は、帝が清涼殿に悪霊が棲みつき、取りつかれて苦しんでいる話を聞いていた。そのことについては、賀茂氏の陰陽師が登用され祈祷を任されていた。しかし、なかなか悪霊騒ぎが落ち着かない。

そのために泰親に声が掛かった。泰親は帝に会うことは許されなかったが、清涼殿の中を見ることは許された。そこで泰親は清涼殿の中に異様な霊気を感じた。

その異様な霊気を更に知るために、清涼殿の中でしばらく瞑想にふけることを願い出て許された。それから長い時間独りで瞑想に更けた。

そして泰親は、これは一筋縄ではいかないと直感した。

そこで自宅に帰り祈祷所に籠って帝の病気祈願の祈祷をすることにした。

「ナマサマンダ・ボダナン・カロン・ビギラナハン・・・」

「・・・」

それで悪霊が鵺《ぬえ》に化けて帝を苦しめていることを知った。

数日後、泰親はその夜、清涼殿の庭に祈祷所を設けた。そして四方に松明を燃やし、五芒星を描き、日没と同時に祈祷を始めた。

「ナマサマンダ・ボダナン・カロン・ビギラナハン・・・」

「・・・」

「ヒョー・・ヒョー・・」

しばらくして泰親の上空に鵺が表れて飛び回わる。鵺は大きな唸り声を出して泰親を攻めてくる。鵺は猿の顔をして、身体はタヌキに似て、手足は虎に似て、尾は蛇にいている。そして気味の悪い鳴き声で泣きだした。

「ヒョー・・ヒョー・・」

その鵺が暗闇の中で暴れ回った。

それでも泰親はそれに負けずに祈祷を続ける。すると式神が表れて鵺と戦い始める。

しばらく式神と悪霊の鵺が、夜空で戦いを続けている。鵺が鳴き声を上げるが、どちらが優位か分からない戦いである。

そしてしばらくして鵺の姿がどこかに消えていった。

次の日も泰親は日没と同時に祈祷を始める。

「ナマサマンダ・ボダナン・カロン・ビギラナハン・・・」

「・・・」

この日も悪霊が化けて鵺となり泰親を攻めてくる。泰親は鵺に負けずに祈祷を続ける。すると今日も式神が現れた。ただ今日の式神は昨日よりも力強さを増していた。

「ナマサマンダ・ボダナン・カロン・ビギラナハン・・・」

「・・・」

「ヒョー・・ヒョー・・」

しかし、今日は鵺が二頭現れた。二頭が輪になって泰親を攻めてくる。

そこに式神が表れて泰親を守る。

「ヒョー・・ヒョー・・」

松明の明かりに照らされた泰親の上空で、式神と悪霊の鵺が戦っている。しかし、鵺が素早く逃げていった。

数日後、今日も泰親は日没と同時に祈祷を始めた。昨日から祈祷によって泰親は、鵺の正体を探《さぐ》っているのだが、それが分からないのだ。

そこでさらに強く祈祷を始めた。

「ナマサマンダ・ボダナン・カロン・ビギラナハン・・・」

「・・・」

「ナマサマンダ・ボダナン・カロン・ビギラナハン・・・」

「・・・」

「ヒョー・・ヒョー・・」

そして鵺が二頭現れた。でも今日の鵺は攻めてこない。暗闇をぐるぐる回っているだけだ。

そこに式神が現れた。式神と鵺が向き合っている。

「ヒョー・・ヒョー・・」

その時泰親は鵺の声を聞いた。

「おお・・」

「お主たちの正体は誰ぞ。成仏できないのは何かあるのか」

泰親は鵺に向かって叫んだ。

「ヒョー・・ヒョー・・」

「・・・」

「正体をお教えろ・・」

今度は祈祷しながら心で叫んだ。

「私は尾張の大山峰正福寺の小僧の牛田だ。隣にいるのは同じく佐々木だ」

悪霊と化した鵺が泰親の心に応えた。

「何、正福寺というのは、燃やされた尾張国篠木庄の正福寺のことか。あの焼き討ちに遭った地元民が大山寺と呼ぶ寺の小僧なのか?」

泰親が鵺に向かって心の中で叫んだ。

「そうじゃ、天台宗の醜い争いの中で和尚とともに・・・」

牛田の霊が成仏できずに震えた声で怒っているのだ。

その声が泰親には泣いて聞こえてきた。

それからしばらくして
「・・さらばじゃ」

二頭の鵺は夜の闇に消えていった。

その日夜遅く祈祷をおえてから泰親は、悪霊の正体が分かった旨を担当役人に伝えた。それから泰親は霊を成仏させるために、燃えた正福寺(大山寺)の境内に神社を設けて、小僧の霊を鎮めるようを進言した。

翌日朝廷で泰親の申し立てが審議され、直ぐに鷹司宰相友行が呼ばれて手筈《てはず》をするように命を受けた。そこで鷹司は、まだ行ったことのない、尾張国春部郡篠木庄大山村に出向くことにした。その地に新たに神社を創建するために、宮大工など数名を供に尾張に向かった。

途中尾張二宮の大縣神社により、縣大宮司に会い協力を頼んだ。鷹司たちは天皇の命を受けた朝廷からの使者であるから縣大宮司は喜んで協力した。

その後大山峰正福寺の焼け跡に出かけた。そこで神社を創建するため絵図や予算などを調べて一度都に帰った。

その見積もりを朝廷で審議し、直ぐに創建の指示が出た。その後正福寺の本堂の裏手の斜面を削り、神社は創建されることになった。

児《ちご》神社創建の話が出て、地元の大山や大草・野口の村人は喜んだ。村人にとっては大山寺の復興のための資金難で目途が立たない中での話である。正福寺が、燃えてから修行僧は一人二人といなくなっていき、寺は廃寺の手前まで来ていた。そのため残っているのは主だった役職者だけである。

そんな中に降ってわいたような話で、神社創建になったのである。そのために住民たちは困っている中で嬉しい話となった。何よりも天皇の病気治癒の請願で朝廷から偉い人まで来て、神社を建てるのである。そこで宮大工など人が集まり再び村は賑やかになった。でもその際には大山寺の再建話まではいかなかった。しかし、児神社の本殿と拝殿に社務所まで一通りの神社の形態を成す工事は順調に進んだ。

児神社は二人の児僧の霊を慰めるために創建されたのだが、その裏には近衛天皇の顔の病気と、鵺に化けた二人の小僧の話は、地元民に知らされていない。

そして神社の名前は児神社と名付けられ、二人の小僧が幼かったので児《ちご》の名を付けた。二人は多聞童子と善玉童子として神社の守り神にした。

児神社が出来てからは、清涼殿は静かになりにバケモノは出なくなったという。

宝暦十年（一七六〇）も師走になった。ここは玉林寺の庫裏。鶴望は臥雲と間々観音に出かけてからも、未だに、求婚の申し出に返事をしていない。でも間々観音に出かけて心の問題を打ち上げたら、心の負担（ストレス）が軽くなってきた。

それでも夕餉を終えたら自分の家に帰っていくのが常である。その時雪が舞う日もあり臥雲が心配する日が多くなってきた。

ある日臥雲は夜になると帰っていく鶴望を止めた。そして声を掛ける。

「鶴望さん、家に帰っても暗く寒いだけだろうに。ここに泊まっていきなさい。ここなら寒さも我慢できよう」

「臥雲さん、心配しないで下さい。独り暮らしに成れていますから」

鶴望は臥雲を見ずに外の気配を気にしながら話した。

「お前さんはよくてもわしが寒いのじゃ。同じ布団に入ろうとは言わないから、ここで暮らそう。それで昼間時々家に帰ればよいではないか。

ここにはお前さんの布団もあるから」

臥雲は、鶴望の兄が坊主は嫌いだといって、結婚に反対していることで、悩んでいることを聞いた。しかし、その対処はまだできていない。どうしたら兄の麻佐に許してもらえるか、その答えが出ていないのである。

臥雲は寒く暗い家に帰らずとも、暖かいここに泊まって欲しいのだ。それを鶴望に何度も言うのだが、それに応えないのである。

「ではまた明日」

そう言って鶴望は帰っていった。

臥雲は鶴望が戸を閉めるときに目と目があった。その目が寂しそうに感じた。鶴望が帰って、いつもの様に一人だけになった。この寂しさが嫌で一緒に暮らそうと口説いたのである。でも未だに鶴望は返事もくれない。

以前鯉圭にもこのことを相談した。しかし、その後鯉圭からは何も言ってこない。それが不思議なのであるが、改めて聞きに行く勇気もない。人を恋するとは切ないものだと老いた身体が痛切に感じている。

でも明日の朝になればまた鶴望がやってくる。それだから我慢できている。そこで鶴望が来なくなれば、臥雲は、自分が分からなくなるだろうと思った。

その頃、堀田六林は丹羽鯉圭から相談を受け、反対している兄者を説き伏せる手立てが思いつかないのだ。それで日数が過ぎて少しイライラしてきた。その挙句には、何という厄介な問題を持ち込んでくれたものよと、鯉圭を恨み始めた。

ある時そんな自分を顧みて、どこか間違っていると気づいた。そこでまずは問題の相手に逢いに行こうと思った。でも策もないまま逢いに行っても好転しない。好転させるためには、鶴望本人が行くのが好いかもしれない。でも臥雲が行くのは藪蛇《やぶへび》になると思った。

では鶴望が何処まで臥雲と夫婦になる気があるのかが、重要なカギになると考えた。そこで鶴望独りで行くのではなく、私か鯉圭のどちらかと鶴望の二人連れで逢いに行き、縁切りのお願いをしたらどうかと思いついた。

そこまで考えて一度鯉圭の意見を聞きたくなった。

その後六林は、新しい年の初七日が過ぎて、風のない日に、横内村の鯉圭の家を訪ねた。鯉圭は息子夫婦に家業を任せ隠居生活をしている。

「久しぶりだのう。鯉圭さんは元気でしたか」

六林が最初に声を掛けた。

「わざわざ六林さんが見えたのは好い策でも見つかりましたか?」

「実は策がなくって困っているのじゃ。それでわしか鯉圭さんのどちらかと鶴望さんの二人で、兄者の所に行き縁切りをお願いしに行ったらどうかと思うのじゃ」

六林は今日まで考えてきた結論を鯉圭にいった。

「成程、鶴望さんと一緒に出掛けて縁切りを伝えるのか。それは好い考えだ」

鯉圭は手を打って喜びの仕草をした。

「そう思うか」

「それでお主かわしかどちらがいいと思う?」

「それは鶴望さんと話をしている鯉圭さんが、行くべきと思うが、お主次第じゃ」

六林は鯉圭の顔を見ながら、お主と鶴望の二人で行ったらと、暗に思わせるようにいった。

「そうだな。この件は、六林さんが絡《から》んでいることは誰も知らないからな。その点わしは臥雲さんと鶴望さんの両方に話を聞いているからのう」

鯉圭は六林の言う通りだと思いながら話した。

「それでは、鯉圭さんが鶴望さんともう一度話をして、その先を決めたらどうだい」

「そうだな、鶴望さんの考えを確かめないといけないからなあ。年も変わったから一度訪ねてみよう」

鯉圭は二人から相談を受けて以来、自分から遠ざかっていた。そこでこれを機会に尋ねることを思いついた。

「そうしたらどうだ。なんなら臥雲さんの考えも聞いたらどうだい。今のどちらでもない状態を続けるよりかは好いと思うが」

六林は庫裏に行ったら臥雲の考えを聞いたらと進言した。

「そりゃいい考えだ。六林さんありがとう。わしも臥雲さんから相談を受けて鶴望の声を聞いて兄者に逢ってから悩んでいたのじゃ。

それを六林さんに押し付けて申し訳ない。本当にありがとう」

鯉圭は頭を下げて六林に感謝の気持ちを伝えた。

それから二人は時々笑い声を出して世間話をして過ごした。それから六林は空模様を気にして帰っていった。

宝暦十一年（一七六一）一月半ば。正月気分が抜けた頃、鯉圭は玉林寺の庫裏に臥雲を訪ねた。その日臥雲は文を書いていた。それは大山廃寺の平安後期に焼き討ちに遭った状況の個所である。そこに鶴望が、鯉圭さんが訪ねてきたことを告げた。鶴望の後ろから鯉圭が顔を出して元気な姿を見せた。

「今日は二人に相談があるのじゃ」

鯉圭が開口一番に二人の顔を見ていった。

「新年早々、相談とは何事じゃ」

臥雲が手を止めていった。そこで鯉圭が鶴望に声を掛ける。

「鶴望さんも一緒に話を聞こう」

「では直ぐにお茶をお持ちします」

そう言って鶴望は一度下がって行った。

そこで鶴望が来るまでの間二人は世間話をして待った。

それから鶴望がお茶を持って戻ってきた。

「今日は二人の仲を纏《まと》める為にどうしたら良いかの相談じゃ。実は昨年二人から相談され、わしは独りで亡くなったご主人のお兄さん（麻佐）に逢ってきたのじゃ」

「そうか、兄さんに逢ってきたのか。それで何と言っているのじゃ」

臥雲はその話を既に鶴望から聞いているが、その場では聞いていないふりしていった。

「そう慌てるな。逃げはせぬから。お兄さんは、死んだ弟が鶴望さんを好きだったから、今も縁を繋いでいるそうじゃ」

鯉圭は二人に兄のいったことを素直に伝える。

「鯉圭さん、兄さんはそういったのか」

臥雲が大きめの驚きの声を出す。

「そうだ。弟が鶴望さんを好きだったので、他所に嫁に出すのは反対だそうだ」

「そうか。まだ兄の麻佐さんは、死んだ弟の麻琴さんのことを思っているのね」

鶴望が兄弟の名前を伝え不安そうな顔を下に向けていった。

その顔は耐えて、どこか哀しそうな眼をしている。

「それで臥雲さんのことを伝えたら、わしは、坊主は嫌いじゃというのだ。

それから子供のいない鶴望さんを何時まで縛っておくのか、そろそろ親類の縁を切ってもいいではないかといったのだが、わしの言う事は聞かないのじゃ」

鯉圭は不愛想な麻佐の対応をありのままに二人に伝える。

「そうか、坊主は嫌いといったのか。百姓と聞いていたが少し生意気な奴だなあ」

臥雲は坊主と言われて頭に血が上った。それでつい声を荒げてしまった。

「臥雲さん悪く言わないで」

「おお、鶴望さんがいたなあ。すまぬ」

我に返った臥雲は鶴望に向かって頭を下げた。

「そこで今日はどうしたら二人の仲が、好転するのか相談に来たのじゃ」

「そういうことになっていたのか。でも坊主は嫌いだと言われて、わしが出て行ったら話が拗《こじ》れないだろうか?」

「それは拗れるだろう。臥雲さんは顔を出さない方がいいと思う。

そこで鶴望さんの気持ちを確かめたいのじゃ」

「私の気持ちですか。私は・・」

鶴望は下を向いて言葉が続かない。

「鶴望、夫婦にならずとも好いから、ここでわしと一緒に暮らそうぞ」

この時初めて臥雲は鶴望の名前にさんをつけせずに、男らしく少し強めの声を出して鶴望と呼び捨てた。

「臥雲さん・・」

「鶴望はどうしたいのじゃ」

「実は鯉圭さんがお兄さんの家に出かけてから、お兄さんが私の家に訪ねてきたの。しかし、私はここにいて留守だったの。それで何日か後にお姉さんがここに訪ねてきたの。それで鯉圭さんが言う通り、坊主は嫌いだというの。お兄さんは、坊主は性に合わないというの」

「ではわしに言ったことと同じなんだ」

「それで私が本当に再婚したいのなら、本家と新家の関係で、私がお兄さんの家に話をしに行かなければいけないけど。でも坊主と再婚するのは反対だと言っているから、私行くのがつらいの。今は二人の間に板挟みで悩んで。だから未だに返事が出来なかったの」

鶴望は今まで胸の中で悩み苦しんできたことを二人に話した。

「そういうことがあったのか。鶴望、よく話してくれた」

臥雲は鶴望の苦しみを知って抱きしめたくなったが鯉圭がいるので我慢した。

そこで鯉圭が二人のために道筋を示した。

「この問題は二人の問題だから。鶴望さんが夫婦になりたいと言うなら。まずは一人でお兄さんの家に出むいて、話をしてくるべきだと思う。

そこで多分反対というから、次にわしと二人でお兄さんの家に行って、鶴望さんの言葉で夫婦になるから縁を断ちますと言うべきだと思う。

ここまでは鶴望さんは分かるだろう?」

鯉圭は再婚したいなら本家と新家の関係を断つのが先だという。

「分かるけど、駄目だといわれるのが分かっているから」

鶴望は答えが分かっているから、その先に一歩踏み出せないでいる。

「別の考えは、今臥雲さんがいったように、このまま生活を共にして、既成事実を作るのも作戦かもしれないけど」

鯉圭は二人の顔を見て、これからどうするのか、選択をすべきと進言した。

「鯉圭さん、よく言ってくれた。この問題はそのどちらにするか、これから二人で考えよう」

臥雲は鯉圭に礼を言って、鶴望を見た。臥雲は一緒に暮らせるなら、籍を入れる問題はどちらでもよい。後は鶴望の考え次第である。

「もう少し考えさせて」

鶴望は臥雲を見つめていった。

臥雲と鶴望は風呂を一緒に入ってもその後のことは自重している。鶴望が庄屋の江崎家の縁者だからである。でも二人共夜の経験があるのは分かっている。だから操を守るとか律儀なことはいわない。後は鶴望の心の置きよう次第である。

鯉圭はそこで二人の様子を見て、この場は遠慮した方がよさそうと思った。

これから二人で相談して、もし麻佐の所に行くことになれば、一緒に行くから声を掛けてくれと言って庫裏を出ていった。


鯉圭が二人に話した日から数日が過ぎた日のこと。一年で最も寒い大寒の頃である。鯉圭は、その後の二人が気になり再び庫裏を訪ねてきた。そこで庫裏に入る前に、いつもと少し変わった個所を見て裏に回った。すると庫裏の裏庭の物干し竿に、男物と女物の寝巻に臥雲の晒《さら》しと褌《ふんどし》と鶴望の赤い腰巻が干してあった。鯉圭が庫裏に来てその洗濯物を見て、まずは一緒に暮らし始めたのが分かった。

そして独りで笑った。声を出さずに更に笑った。

（五）夢の跡

宝暦十一年（一七六一）三月。村中村から西に目をやると、ひと際高い伊吹山が見える。この時期は、まだ雪を抱いているその姿を見るのが、村人の楽しみである。桜の季節になっても山頂の雪は残っているが、必ずとは限らない。その雪の量を見て季節の進み具合を測るのが百姓の仕事でもある。なぜならそのことが野良仕事に直接影響してくる。

臥雲は鶴望と一緒に暮らし始めて初めての春になった。二人は鯉圭から遊んでいた畑を借りて野良仕事を始めた。そこで二人は慣れない百姓のまねごとをして汗をかいている。

臥雲は二人の生活が始まってからは、生活のためにお金を稼がねばならない。臥雲の本業は坊主だ。玉林寺の庫裏に世話になって以来、臥雲は時々布毛和尚から声が掛かり、葬式と法事の手伝いをしている。その仏事が重なると臥雲は独りで檀家の家に出かけて対応した。それを二人の生活の糧にしている。だから以前より増してその仕事に精を出している。布毛和尚は、二人が一緒に暮らし始めたことを、臥雲から聞いているので何も言わない。

でも二人の生活が始まり落着いてきた。しかし、本光寺住職の時代にやっていた俳諧の飛車窟の集まりは、中座したままである。

それから物書き業としての大山廃寺の謎解きは凡《およ》そ見えてきた。それを書き物にするかどうか悩んでいる。その訳は大山寺の最盛期は白河法皇の後ろ盾で玄海和尚を盛り立ててきた。でもその領域は横井也有の考えからで、二人の連名ならともかく、臥雲は書き物にする気持ちが、何故か湧いてこない。

それでも本にするとしたら結末をどうするか、これから考えていく。臥雲は、大山寺が焼き討ちに遭ったのは、山法師（延暦寺）の僧兵によると考えている。

巷では園城寺の僧兵ではと言われているが、どうしても園城寺と大山寺を結ぶ線（関係）が、見つからない。

もしも園城寺が大山寺を襲ったら、延暦寺が黙っていただろうか。そうなれば臥雲は延暦寺と園城寺の焼き討ち騒動が起きるはずと考える。それが起きた記録がどこにもない。つまり園城寺が襲ったと考えられない。

だから大山寺は、本山の延暦寺の僧兵によって焼き討ちに遭ったと考察した。

その原因は白河法皇の時に、冷たくあしらわれて、鳥羽法皇の時代に代わってからは、掌返しで貧乏寺に堕ちていった。そこで本山への上納金を納められなくなり、見せしめに襲われたと考えている。

ところで臥雲は、也有たちと桜の季節に、江岩寺と大山廃寺に行く約束をした。それから大山峰の白山神社奥の宮に行き、そこからの尾張平野を一望する景色を眺めるのを楽しみにしている。

山法師たちが比叡山に登り、京の都や琵琶湖と近江の街を見下ろし、優越感に慕っていたことを、大山峰に登り、也有に同じ気持ちを感じさせたいと思っている。その眺望を也有が見て感じて、どう思うか、それを感じ取るために一緒に登りたくなった。

その話を鶴望にしたら私も山に登りたいと願いでた。鶴望は最近では村中村から出たことがない。そこで二人は相談して、鯉圭も誘って、握り飯を作り、花見を兼ねて大山廃寺にいくことにした。臥雲は鶴望と二人で遠くに出かけるのは初めてである。鶴望も花見が出来ると喜んだ。

四月初旬。天気に恵まれた長閑《のどか》な春日よりの日。初々しい鶯の声を聞きながら、丹羽鯉圭が早めに庫裏にやってきた。そして横井也有と下男の石原文樵も、巳の刻（十時）に玉林寺の庫裏に、名古屋からの疲れを見せず笑顔で到着した。

この日の為に鶴望は早く起きて沢山の握り飯を作った。それを皆に配り、竹筒に水を入れて出かける準備をした。

今日の鶴望は、竹で編んだ背負い篭に、紺のモンペに作務衣の上着を着ている。それに頭は手ぬぐいを巻いて、女らしさを見せている。鶴望は出かけるのが嬉しそうである。その浮き浮きした鶴望を、也有は笑って見ていた。

そして男四人に女一人の五人組の今日の道順は、まず玉林寺から東に進み、新町、小牧原を抜けて東田中を通り、陶村《すえ》を経て大山村の江岩寺に向かう、道中の景色を楽しむ道のりで二里半程の距離である。また女人連れのため起伏の少ない平坦な道を選んだ。その為に陶村の上末迄、真直ぐ東に進み、そこから北に向きを変えて、本庄村まで進み、明知村道に出て池内、林、野口を通り大山の集落に入る段取りにした。

そこで昼餉は江岩寺まで我慢する。この道筋を以前臥雲はよく使ったので、今日は見慣れた景色の中をあまり会話せずに進んだ。そして上末を過ぎて鶴望の顔色を見て休みを取る。一同が道端に腰を下ろして一息つく。そこで臥雲が目の前の山並みを見て口を開いた。

「あの高い山が本宮山、その向こうに見えるのが尾張富士じゃ。東の峰が白山に本堂ヶ峰、天川山で、そこに大山廃寺があるのじゃ」

「臥雲さん、バケモノ物語を書いたのが、そこにある本宮山なのか？」

也有が指さしながら問いかけた。

「そうじゃ。その向こう側に大縣神社がある」

「こうして山々を見ると桜が咲き、木々が萌え始めているのがよく分かる」

鯉圭が萌えると上手いことをいった。

「鶴望さんは大丈夫か?」

也有が山並みを見ている鶴望に声を掛けた。

「私久しぶりなので、こうして出歩ける事が出来て嬉しいの」

「ではどこも出かけていないのか?」

「そうなの。村から出ていないから」

「それで今日は嬉しくってソワソワしていたのか?」

「うふふふ・・」

「これからは臥雲さんに好きなところに連れてってもらいなさい」

也有が臥雲に向かって言いながら腰を上げる。それに釣られて皆も腰を上げた。

それから順調に進み昼過ぎに江岩寺に着いた。

そこで岩彩和尚に挨拶して本堂脇に昼餉の場所を借りる。食べ終わった頃合いに岩彩和尚が顔を出す。そこに臥雲が声をかけた。

「岩彩和尚、前に来た時は大山寺の創建時代の話をして、十二世紀に寺を再興して全盛期を迎えたのだが、その訳が分からなかった。だが今日は違うぞ」

臥雲が少し誇らしげにいった。その訳を今日は伝えに来たのだ。

「ではその訳を教えてくれるのじゃな」

「そうじゃ。大山寺縁起に書かれていた時代は、都では白河法皇が、政を取り仕切っていたのじゃ。

白河法皇は有名な天下三不如意といって『賀茂川の水、双六の賽、山法師、是ぞわが心にかなわぬもの』のこと。この中にある加茂川の水、双六の賽は自然界のことで、どうにもならないことなのじゃ。

しかし、山法師は延暦寺の僧兵のこと。僧兵は朝廷や天皇、法皇に仏事にかかわる政について横やりを入れて困らせていたのじゃ。そこまでは聞いたことがあるだろう」

臥雲が天下三不如意について説明した。

「それは聞いたことがある」

「そこで白河法皇は山法師をどうにかしたかったのじゃ。その頃の法皇は人の扱いなら何とでもなるから。人・モノ・金が、自由にできる日本の殿様は、それを使って山法師対策に乗り出したのじゃ」

臥雲は、白河法皇が天下三不如意の、山法師対策の為に乗り出したと教えた。

「そうなのか？」

岩彩和尚はそこまで考えたことが無かったので驚いている。

「そうだ。白河御殿の前に法勝寺という大きな寺を建てて、日本国と天皇家の安泰のための祈願寺にした。

そこで次に法皇は、山法師を黙らせるために延暦寺より大きな寺を造り、そこに力を注げば延暦寺は衰退すると考えたのじゃ。

その頃法勝寺の玄海上人が、当時廃寺になっていた大山寺の再興を申し上げたのじゃ。

延暦寺より寺の歴史がある大山寺が大きくなれば、そして法皇がそこを重宝すれば、どうなるか分かるだろう」

白河法皇が全面的に協力して、大山寺を再興させたことを、臥雲は岩彩和尚と鯉圭を見て説明をした。

そこに天下三不如意の山法師対策があったことを特に和尚に伝えた。

「そういう事なのか」

岩彩和尚はただただ驚いて大山寺の再興の話を聞いていた。

「大山寺が正福寺と呼んで、白河法皇の後ろ盾で、都から修行僧を受け入れて寺が大きくなったんじゃ。大山寺縁起は、短期間に全盛期を迎えたことが書かれているが、その訳が書かれていない。今いったことで全盛期を迎え、山法師を黙らせたと思う」

臥雲が縁起に書かれていない、再興の訳を解いて教えた。

でも実際はそのころ武士の台頭があり、白河法皇は平家を重んじ始める。それが山法師を静かにしたという見方もある。しかし、そのことはここでは言わない。

「そういう訳があったのか。初めて聞くが、まんざら嘘でもなさそうに聞こえるが」

岩彩和尚は、白河法皇が天下三不如意の山法師対策の為に、大山寺を再興させたといった臥雲を見つめた。それでその話は信用に値しそうである。

「そうじゃ、ただそれを証明する証が無い」

「でもよう調べてくれた。嬉しいぞ。まあ証はないのが残念だが」

岩彩和尚はしばらく臥雲と話をして、これから近所の檀家に経を上げに行くといって庫裏を出ていった。

そこで五人はこれから大山廃寺に行くことにした。

五人は臥雲を先頭にして、寺の裏手に回り、児川に沿って女坂を上っていく。

深い森を抜け坂道を上がれば、大山廃寺と児神社である。

「これが児神社か。するとこの広場が大山寺の跡になるのか？」

也有が周りを見ながら声を出した。

「そうだよ。向こうに鐘楼堂の基礎石がある。また東に下れば大山不動があるから」

臥雲が大山廃寺の地形について教えた。

「私は初めて来たが、想像したより少し狭い感じがする」

文樵が期待していたことと違うのを感じて呟やいた。

「文樵さん、ここだけではないぞ。この山を登れば五重塔の跡があるし、周りに宇堂を建てた痕跡があるから」

臥雲は両手を使いあちらこちらを指して説明した。

「そういうことか。山岳寺院だからな。狭い場所に建てるのは仕方ないことじゃ」

「そこの鳥居は児神社のものか」

「そうだと思う。だってお寺に鳥居はいらないだろう」

「うふふ・・」それを聞いて鶴望が笑った。

「ここは山の中腹だから桜がまだ少し早いのかな。でも向かいに見えるのは篠岡丘陵から小牧ヶ丘で、ヤマト朝廷の時代は、須恵器などを焼いていたのじゃ」

鯉圭も少ない知識を出して説明した。

「周りを歩いて見ると結構広いな。ここに大山寺があったのか。何かジーンと胸に来るものがあるわ」

也有が深呼吸しながら続けて話しをする。

「大山寺縁起には、ここに三千人の僧徒が生活していたことになる。それを臥雲さんは二百人から三百人と言っていたが。延暦寺の僧兵を黙らすために、白河法皇は力で、ここを大きく、強力なお寺を作り上げたんだ。

静かにしていると頭の上の木々がざわめき、僧徒たちの声が、そして経が聞こえてくるようだ。まるで白河法皇の夢の跡のような気がする」

也有は山の中の自然の声を聞いて、それが当時の大山寺の修行僧の声に聞えてきた。それはまるで白河法皇の夢の跡のようだといった。

「白河法皇の夢の跡とはよういったわ。確かにここは山法師に対峙するために再興した寺だからな」

臥雲も当時を偲んで白河法皇の夢について考えていった。

大山寺の再興と平家の台頭が重なり、結果として山法師は以前の様に我が物顔で街中を歩けなくなった。

「ここで白河法皇は山法師を鎮めるために大山寺（正福寺）を大きくした。それは法皇の夢であったから。でも法皇が崩御したらその夢はどうなる？」

文樵が也有のことばを受けて臥雲に問うた。

「そこで院政の跡を継いだ鳥羽法皇は、叔父（白河法皇）の後を継いだにも係わらず、掌返しで白河法皇の夢を無残にも捨てたと思う」

臥雲は、雲上人と庶民の違いを思い、叔父の夢を孫が掌返しをしたことを悲しんだ。

「叔父の夢、それを子ではない孫が、受け継ぐのが人の世ではないのか？」

鯉圭は、親の夢を子が継ぐことを思い、同じ血筋だから少し怒りを込めていう。

「鳥羽法皇は父（堀川天皇）を早くに無くし、お祖父さんに育てられた。そのお祖父さんの夢と孫の夢が違ったのかなあ
それで掌返しをするとは悲しいことだ」

文樵が遠い昔に想いを悲しんだ。

「儚《はかな》いなあ。でもここが白河法皇の夢の跡だったのか」

鯉圭は落ち着きを取り戻して、悲しみを感じて儚いという。

「夢の跡か・・」

臥雲は樹々のざわめきを聞きながらつぶやいた。

「鶴望さんは、ここに立って何か感じるか」

也有は振り向きながら鶴望に声を掛けた。

「私は白河法皇の夢の跡ではなく、臥雲さんの夢がここにあると思ったの」

鶴望は白河法皇を知らない。ただ臥雲が謎解きの為に、大山寺縁起を紐解いていたので臥雲の夢といった。

「そうかここは臥雲さんの夢の場なのか。鶴望さんも面白いことを言うな」

也有は鶴望を見て少し驚きの表情をした。

「それではお勧めの景色を見に山の上を目指そうか」

そこで臥雲が音頭を取って歩き始めた。

そして五人は廃寺から半時ほど歩いて白山神社の奥の宮にやってきた。

ここからは尾張平野が全て見える。西に養老・鈴鹿山脈が聳え、目の前には篠岡丘陵の緑の木々があり、その向こうに尾張徳川家の名古屋の街並みが見える。

「すごい景色だな。臥雲さんが勧めるだけはあるぞ。

好い景色を見せてくれてありがたい」

也有が嬉しそうに汗を拭きながらいった。

「あれ遠く目の前にあるのは名古屋城ではないか」

「そうだ名古屋城だぞ」

「ではその先の緑は熱田の森か」

「西にある小牧山が可愛いらしく見えるな」

「この景色を見たら、汗が引きます。好い景色だわ。

所々に煙が上がっているのは、焼き物を焼いているの？」

煙を見て鶴望が聞いてきた。

「そうだね、あの煙は焼き物を焼く窯から上がる煙だよ」

鯉圭が指さしながら教えた。

「比叡山の延暦寺から、都や琵琶湖を見下ろして、山法師たちが優越感に慕っていたと、誰かがいったけど、確かにこの景色を見たら優越感を感じるぞ。それで大山寺を考えれば、山法師と対等に渡り合えそうだ」

　也有は山法師が味わっていた優越感が、ここ本堂ヶ峰でも感じ取られた。それで白河法皇が大山寺を再建させた。その意味が分かったような気がした。

「そうだね、この景色を見たら嬉しいだろう。それで白河法皇が大山寺を再建させたのは正解だったと思うぞ」

　臥雲も白河法皇の先見の明があったことを褒めた。

「わしもそう思う」鯉圭もそう思った。

「本当に見飽きない景色だ。嬉しいぞ。臥雲さんありがとう」

　也有が改めて臥雲に礼をいった。

「私にはまぶしい景色だわ」

　鶴望は遠くの名古屋の街並を見てぽつりと言った。

　そして鶴望は臥雲と也有を見て嬉しそうな顔をしていると感じた。それからここに一緒に来て好かったと思い嬉しくなった。

　臥雲と也有の二人は、同じ思いをして、幻といわれた大山廃寺の謎を解くために費やしてきた時間が、走馬灯のように回り始めたのを感じていた。

了

（この小説はフィクションです）

(白山神社奥の宮から右上に小牧山、その奥に玉林寺)

(大山廃寺境内にある児神社)

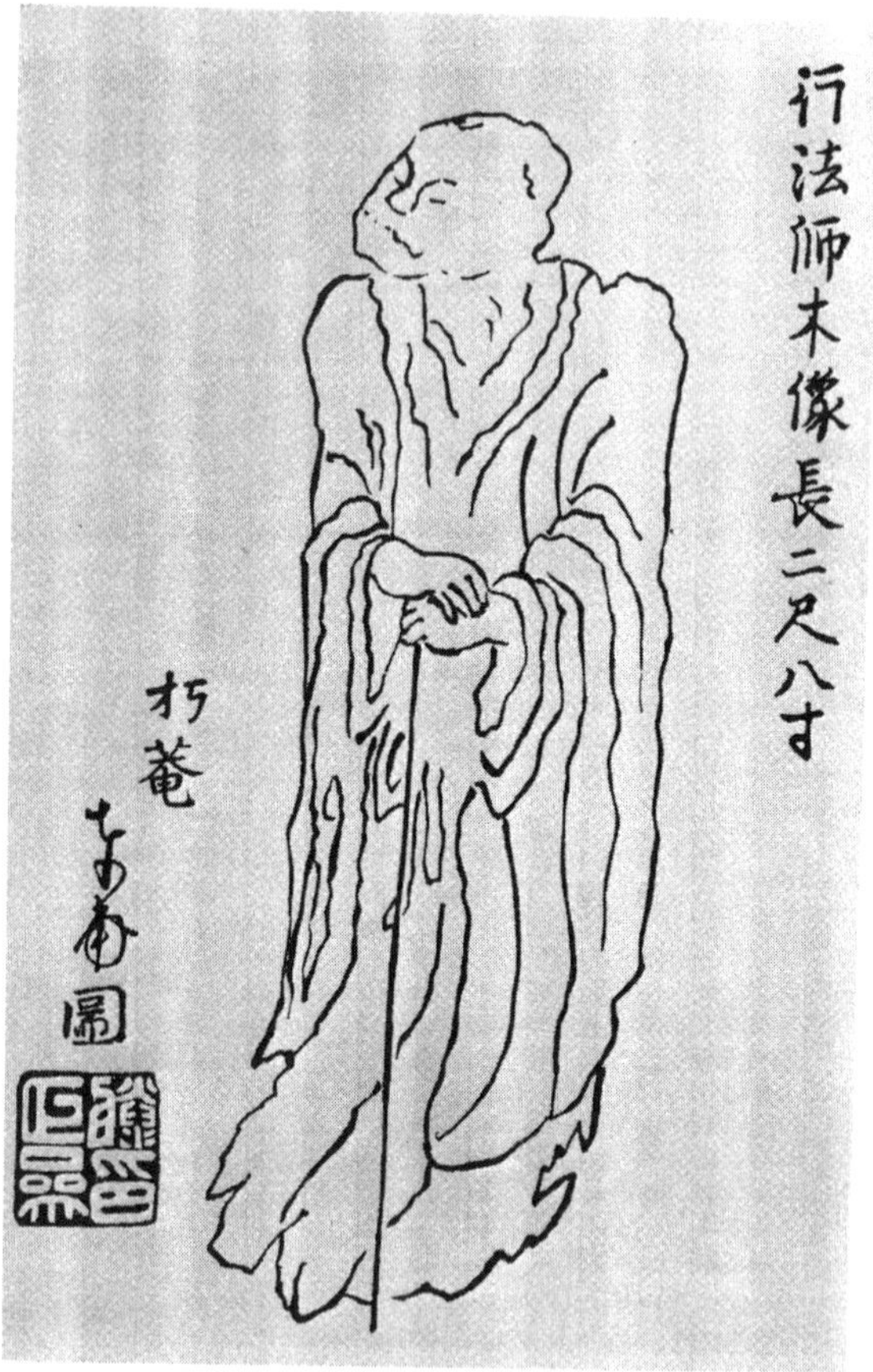

※1西行法師木像（東甫描く）

※3小牧の文化財　第八集より　大山寺跡から出土した軒丸瓦

（八枚紋様（花弁）の軒丸瓦）

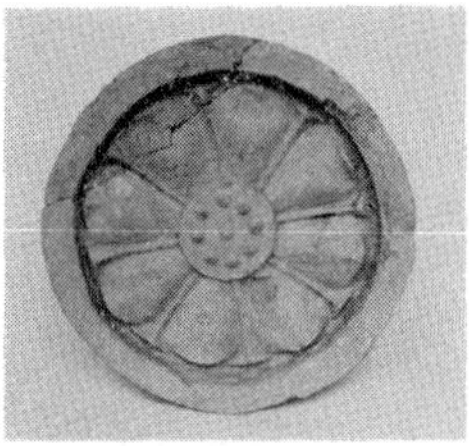

軒丸瓦（白鳳～奈良）

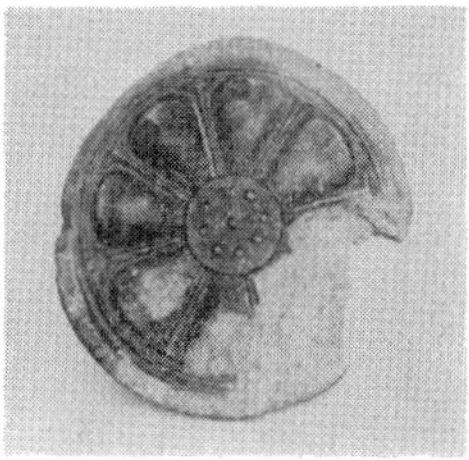

軒丸瓦（奈良）

（十六紋様（花弁）の軒丸瓦）

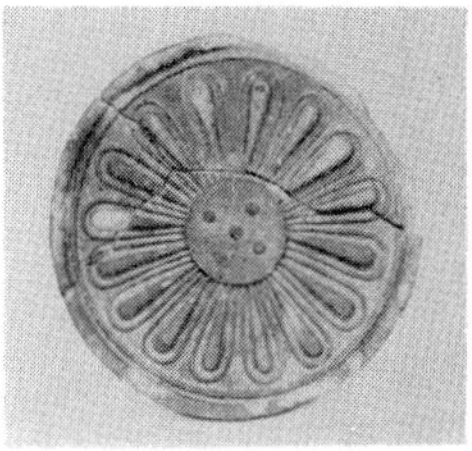

軒丸瓦（奈良）

軒丸瓦（奈良）

※4山門対寺門の確執の記録

1	1035年3月7日	園城寺三尾明神祭に延暦寺僧徒が乱入する
2	1035年3月29日	園城寺僧徒が延暦寺権僧正〈明尊〉の山上坊舎を焼く
3	1038年10月27日	延暦寺僧徒が大僧正〈明尊〉の天台座主に任じられようとするのを不満として入京し奏状を出す
4	1039年3月16日	延暦寺僧徒が高陽院に放火する
5	1039年5月	園城寺の戒壇設立について、その可否を諸派に問う
6	1041年5月14日	園城寺の戒壇設立について、延暦寺だけがこれに反対する
7	1042年3月10日	延暦寺僧徒が円城寺円満院を焼く
8	1048年8月11日	明尊を天台座主にする。山徒これを拒む
9	1070年6月29日	園城寺戒壇建立の可否を諸派に問う
10	1075年2月	延暦寺・園城寺の僧徒戒壇の事で相闘う
11	1079年6月2日	延暦寺僧徒千余人、感神院に強訴する

（着色の項は焼き打ち事件）

12	1081年4月15日	園城寺僧徒、日吉社の祭事を妨げる
13	1081年4月28日	延暦寺僧徒、園城寺を襲い堂社房宇を焼く
14	1081年9月14日	園城寺・延暦寺の僧、相争い検非遺使および源義家を園城寺に遣わし、悪僧を逮捕させる
15	1081年9月24日	前陸奥守源頼俊に園城寺の僧徒を捕らえさせる
16	1092年9月28日	延暦寺衆徒の訴えによって藤原為房らを流す
17	1093年8月6日	延暦寺衆徒、座主〈良真〉を襲う
18	1094年3月8日	伯耆大山寺衆徒、源義綱を強訴する。源義綱これを警固し神人を射殺する
19	1100年6月8日	園城寺衆徒、同寺長使隆明の房舎を焼く
20	1101年12月3日	延暦寺僧徒が闘争する
21	11021年5月7日	延暦寺衆徒が右大臣忠実に法成寺長史の事を強訴する
22	1104年4月3日	延暦・園城寺衆徒の争い激化する

23	1104年10月26日	延暦寺衆徒の訴えを議し、ついで源義家らに命じ悪僧を追補させる
24	1105年1月1日	延暦寺衆徒が園城寺僧燈観を訴える
25	1105年1月	検非違使庁が延暦寺の濫行悪僧を大宰府に送る
26	1105年8月29日	延暦寺衆徒と日吉神人が太宰権師藤原季仲を訴える
27	1106年9月30日	延暦寺衆徒が故太政大臣信長の二条第に濫行する
28	1108年3月21日	延暦・園城寺の衆徒が、尊勝寺濫頂阿闌梨の事を訴える
29	1109年6月8日	延暦寺衆徒・清水寺別当〈定深〉を訴え蜂起する
30	1111年11月16日	延暦寺の悪僧を逮捕する

31	1112年3月13日	延暦寺僧徒、園城寺を襲い堂社房宇を焼く祇園社に行き強訴する
32	1114年7月6日	延暦寺山頂において兵杖を帯びることを禁じる
33	1120年4月29日	延暦・園城寺の僧徒の乱闘のことを議し僧徒の濫行を禁じる
34	1121年5月27日	園城寺僧徒が延暦寺の修学僧を殺したため、延暦寺僧徒、勧学院一乗寺の厨房を焼く
35	1121年5月	延暦寺僧徒が園城寺金堂などを焼く
36	1122年8月9日	延暦寺僧徒、座主〈寛慶〉を帰山させる
37	1123年7月4日	延暦寺僧徒蜂起し、座主〈寛慶〉を逐う
38	1123年7月18日	延暦寺僧徒の入京に備え、平忠盛、源為義を発して撃退する
39	1133年7月21日	延暦寺西塔の学徒と中堂の僧が闘う

40	1138年4月29日	延暦寺の衆徒が神輿をかつぎ入京し強訴する
41	1140年5月25日	延暦寺僧徒が園城寺を焼く
42	1142年3月16日	園城寺の僧徒が延暦寺を焼く
43	1147年4月7日	延暦寺の僧綱などが越前白山を領とすることを請う
44	1147年4月14日	法皇は兵を出して延暦寺の僧徒に備える
45	1147年6月28日	平清盛の従者が祇園の神人と闘い、このため忠盛・清盛の父子は延暦寺の僧徒によって流罪を訴えられる（祇園社事件）
46	1151年9月16日	山徒の争闘を禁じる
47	1152年3月15日	山門と寺門の論争から尾州大山寺を焼き払う（辞書未記載）
48	1158年6月18日	天台座最雲法親王勅によって延暦寺衆徒を慰諭し兵をやめさせる
49	1161年10月12日	延暦寺僧徒、神輿を奉じて入京し強訴する
50	1162年2月1日	延暦寺僧徒が蜂起して、園城寺長史〈覚忠〉の天台座主補任を拒む

参考文献

※1西行法師木像流転録（胡盧坊臥雲）　小牧市教育委員会発行
西行法師木像の絵（東甫描く）
※2大山廃寺遺跡概況（入谷哲夫）　小牧市教育委員会発行
オンテラヤシキ図（裏表紙の絵）他
※3小牧の文化財　第八集　小牧市教育委員会
大山寺跡から出土した軒丸瓦
※4山門対寺門の確執の記録　堀河書房新社・他
日本史年表
※　小牧の文化財　第二十集　小牧の歴史　小牧市教育委員会
尾張名所図会　大山廃寺（表紙の絵）（原資料：愛知県図書館）

大山廃寺《おおやまはいじ》（国史跡・小牧市）伝説の謎を解く
「天下三不如意《てんかさんふにょい》　白河法皇の夢の跡」

2025年1月17日　初版第1刷発行

著　者　尾崎　豊隆（おざき・とよたか）
発行所　ブイツーソリューション
〒466-0848 名古屋市昭和区長戸町4-40
電話 052-799-7391　Fax 052-799-7984
発売元　星雲社（共同出版社・流通責任出版社）
〒112-0005 東京都文京区水道1-3-30
電話 03-3868-3275　Fax 03-3868-6588
印刷所　藤原印刷
ISBN 978-4-434-35098-6